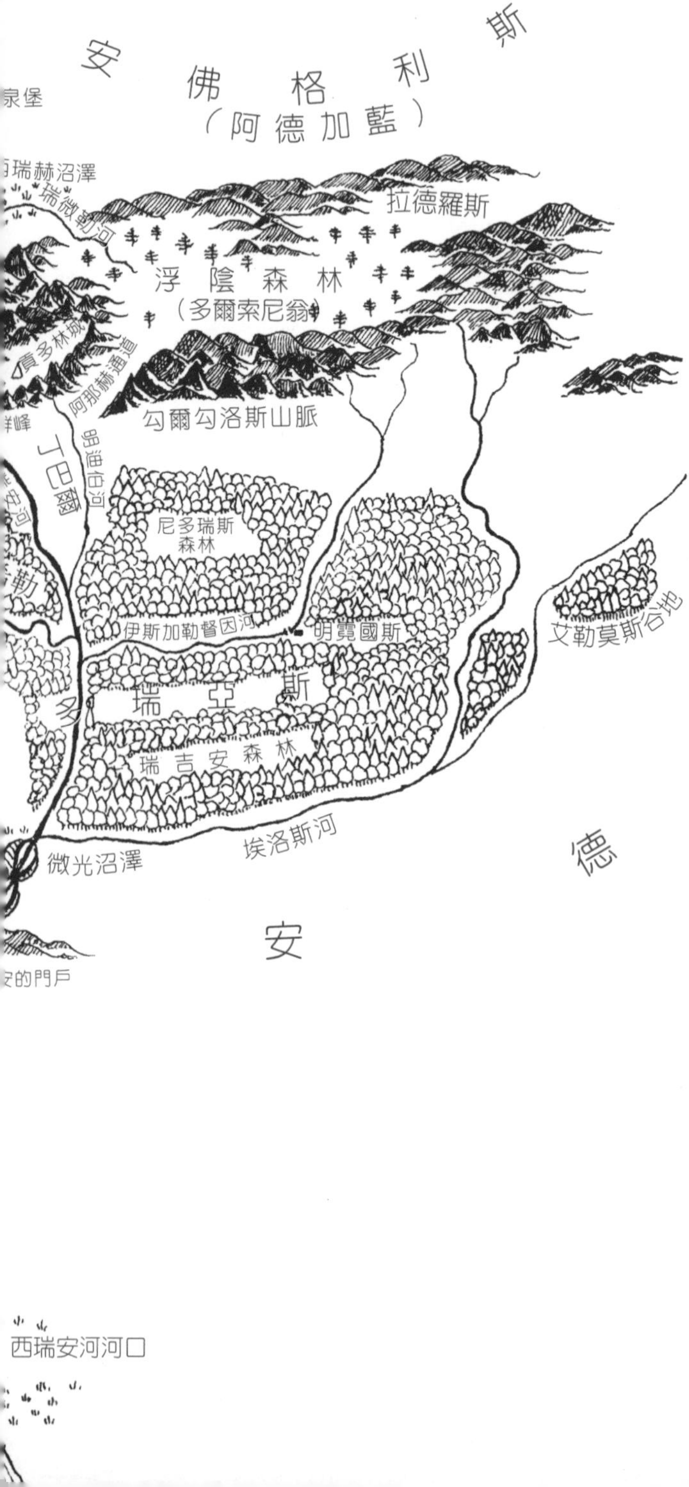

安佛格利斯
（阿德加藍）
瑞微勒河
拉德羅斯
浮陰森林
（多爾索尼翁）
貢多林城
阿那赫通道
勾爾勾洛斯山脈
丁巴爾
明迪伯河
尼多瑞斯森林
伊斯加勒督因河
明霓國斯
多瑞亞斯
瑞吉安森林
艾勒莫斯谷地
埃洛斯河
微光沼澤
德
安
西瑞安河河口

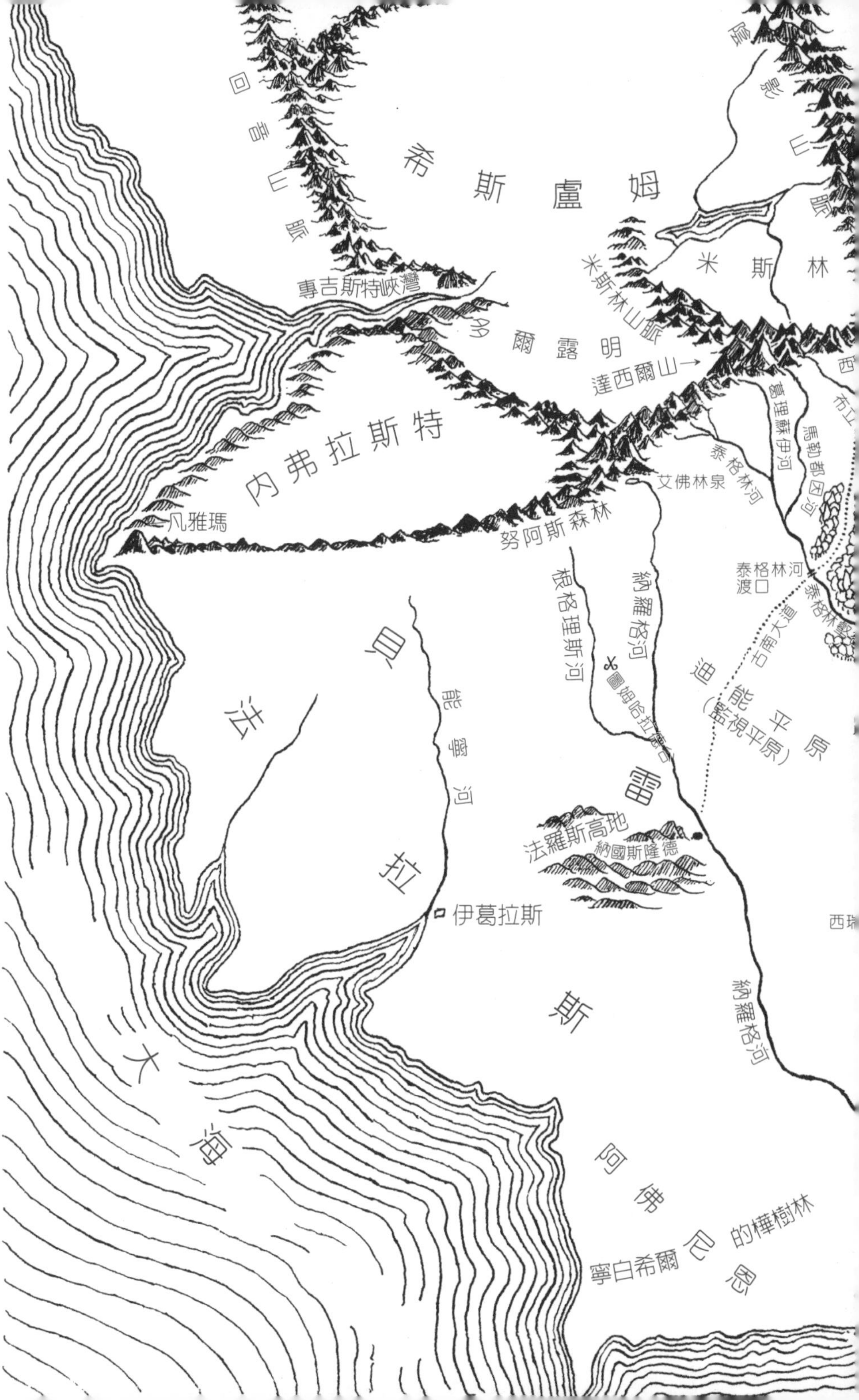

回音山脈
希斯盧姆
陰影山脈
米斯林
米斯林山脈
專吉斯特峽灣
多爾露明
達西爾山→
內弗拉斯特
凡雅瑪
努阿斯森林
艾佛林泉
泰格林河
葛理蘇伊河
馬勒都因河
泰格林渡口
古南大道
迪能平原
（監視平原）
納羅格河
根格理斯河
圖姆哈拉德
能寧河
貝
雷
法拉斯
法羅斯高地
納國斯隆德
伊葛拉斯
大海
阿佛尼恩
寧白希爾的樺樹林

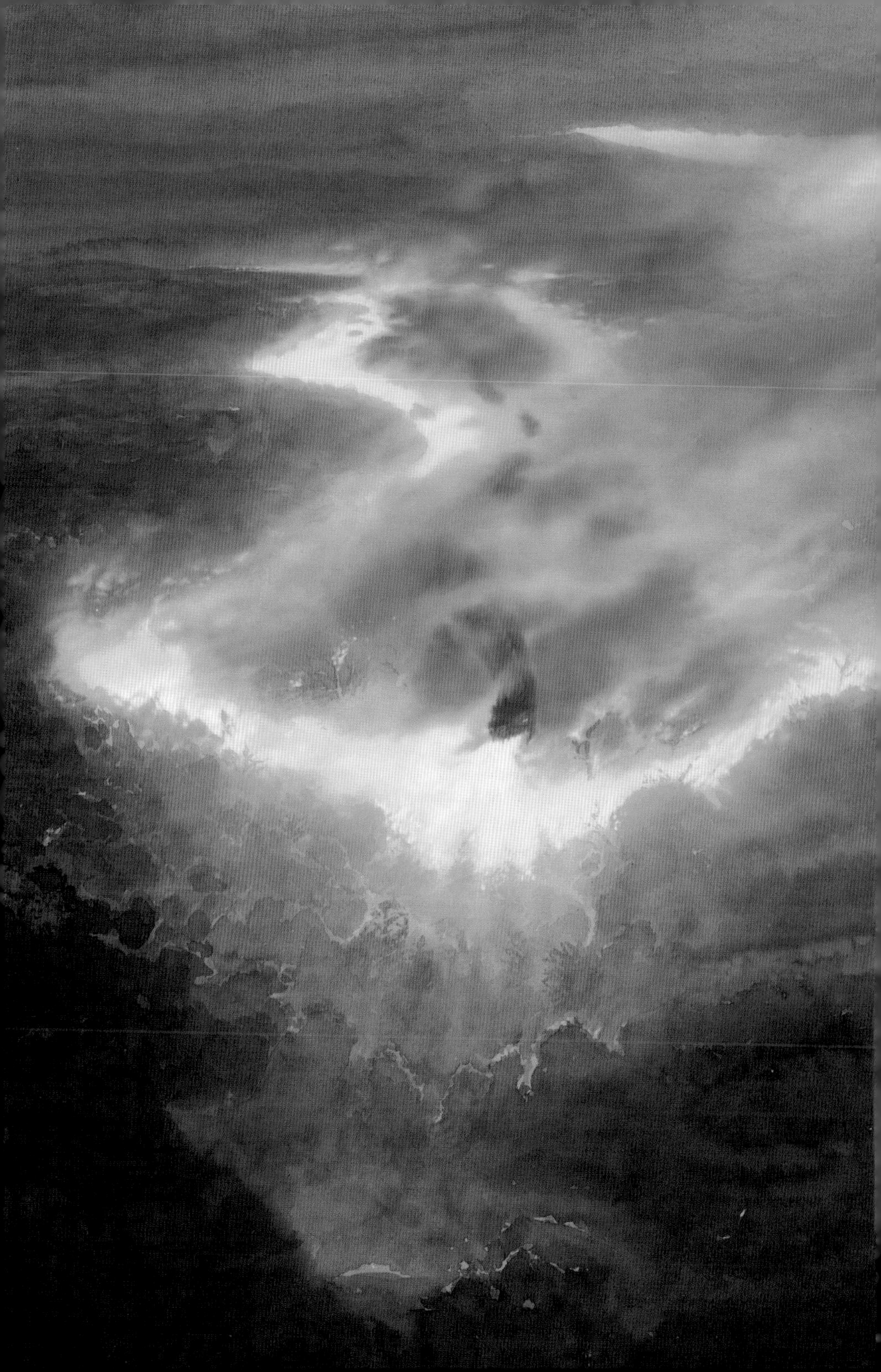

胡林的子女

胡林子女的故事
NARN I CHÎN HÚRIN

The Tale of the Children of Húrin

J.R.R. 托爾金（J.R.R. Tolkien） 著
克里斯多福・托爾金（Christopher Tolkien） 編
艾倫・李（Alan Lee） 繪圖
鄧嘉宛 譯

獻給

蓓禮・托爾金（Baillie Tolkien）

目次

前言

不可否認地，有為數極眾的《魔戒》（*The Lord of the Rings*）讀者，對於遠古時期的傳說（它們先前以多種形式出版在《精靈寶鑽》（*The Silmarillion*）、《未完成的傳說》（*Unfinished Tales*），以及《中土世界的歷史》（*The History of Middle-earth*）等書籍中），完全一無所知，只聽說它們的風格很奇怪，敘述的方式令人望而生畏。因著這緣故，長久以來，我一直認為，有理由把我父親所寫長版本的《胡林的子女》（*The Children of Húrin*）的傳說，作為獨立著作出版。出單行本，只做最少的編輯工作，最要緊的是讓整個故事敘述連貫，沒有斷層或干擾。儘管我父親留下一些部分沒有完成，我還是希望盡可能不引入扭曲或虛構來完成它。

我曾經想過，如果講述胡林和莫玟的孩子，也就是圖林和妮諾爾之命運的故事，可以用上述方式呈現給讀者的話，那麼一扇窗便向著這樣一處場景、一則故事敞開了——它們設置在未知的中土世界中，既鮮活又直接，其構思又是來自遙遠年代的傳承：那是在藍色山脈以西那片已被淹沒的大地上，樹鬍年少時曾經在那裡漫遊；那是圖林·圖倫拔的一生，從多爾露明、多瑞亞斯、納國斯隆德，直到布雷希勒森林。

因此，這本書主要是給這樣的讀者看的——他們或許還記得巨蛛屍羅的外皮是如何堅不可摧，「任何人類的力量都無法刺透，哪怕拿的是精靈或矮人打造的兵器，哪怕握劍的是貝倫或圖林這樣的英雄」；又或許，他們記得愛隆曾在瑞文戴爾向佛羅多提起圖林，說他是「古時偉大的精靈之友」之一；但除此之外，他們對他再無瞭解。

當我父親還是個年輕人，遠在第一次世界大戰那幾年，那時《哈比人歷險記》（*The Hobbit*）與《魔戒》的故事敘述根本連個影子都還沒有，他就已經開始寫一系列故事，他稱之為《失落的傳說》（*The Book of Lost Tales*）。那是他的第一部幻想文學作品，而且內容充實，因為雖然該書沒有完成，但是裡面有十四個完整的故事。也就是在這本《失落的傳說》裡，敘述中首次出現了諸神，或說維拉；伊露維塔（創造者）的兒女：精靈與人類；大敵米爾寇—魔苟斯；炎魔和半獸人；以及故事所發生的那些大地：位在西方大海彼岸的維林諾（諸神之地），和「偉大陸地」（後來稱為「中土」，位在東西兩大海洋之間）。

在《失落的傳說》當中，有三個故事最長也最具完整性，這三個故事都既涉及了人類也涉及了精靈：它們是《緹努維兒的傳說》（*The Tale of Tinúviel*，這故事在《魔戒》中簡略提及，也就是亞拉岡在風雲頂，對哈比人講述貝倫與露西安的故事；這故事是我父親在一九一七年寫的），《圖倫拔與弗耶烙基》（*Turambar and the Foalókë*，圖林‧圖倫拔與惡龍，這故事至少在一九一九年就已經存在了），以及《貢多林的覆亡》（*The Fall of Gondolin*，寫於一九一六至一七年）。有一封信常被人引述，我父親於一九五一年、也就是《魔戒遠征隊》出版的三年之前，曾寫過一封描述他作品的長信，在這封信後來常被引用的一段文字中，他述說了他早年的心志：「很久很久以前（在那之後不久我就氣勢不再了），我就有心將一些複雜又互相關連的傳說組合在一起，上至恢弘的創世故事，下至浪漫的仙境傳奇——讓那宏大的景象借由地球上的渺小者得以傳頌，而渺小者也在恢弘的背景中閃耀出絢爛的光彩……我會將某些偉大的傳奇詳載盡述，其他許多部分則是輕描淡寫，不去詳說。」

從這項回憶來看，似乎從很久以前，他對於後來被稱為《精靈寶鑽》的神話傳奇的構思，便包含這樣的想法，即某些「故事」應該要以更完整的形式出現；事實上，就在這封一九五一年的信中，他明白提到，這些故事就是我上面提及的，三個在《失落的傳奇》中最長的故事。他在信中稱貝倫與露西安的故事是「《精靈寶鑽》的首要故事」，對此故事他說：「這故事是（我認為它既美麗又深富感染力）英雄—仙境—羅曼史，讀者只需對這故事的背景具有粗淺的認知，就可以讀懂它。但它同時也是整體故事的根本環節，它承上啟下的作用比它自身作為獨立故事的意義，更為重要。」他繼續寫道：「還有其他一些故事同樣被著重記述，同樣具有自身的獨立性，卻仍和整部歷史緊密相連。」——這些說的就是《胡林的子女》與《貢多林的覆亡》。

因此，從我父親自己的話來看，似乎毫無疑問，如果他可以達成他所渴望的，最後完成作品之深度與廣度，他將視這三個遠古時期的「偉大的故事」（「貝倫與露西安」、「胡林的子女」，以及「貢多林的覆亡」）為充分完備自足的作品，不需要非得具備《精靈寶鑽》的傳奇這主體故事的知識後，才能閱讀。另一方面，正如我父親同時也觀察到的，胡林子女的故事跟遠古時期中精靈與人類的歷史息息相關，必然會涉及許多存在於那更龐大故事中的事件與環境。

然而，倘若對人物與事件加上大量卻又對當下所閱讀的正文不是真的那麼重要的附註，以至於增加讀者的負擔，那就跟出版這本書的動機大相逕庭了。不過，讀者也許會不時發現，這樣的協助也很有幫助，因此我在簡介中簡略描繪了在遠古時期接近尾聲時的貝雷瑞安德以及其中的居民，那正是圖林跟妮諾爾出生的時代；同時，我還附上了一幅貝雷瑞安德和北方大地的地圖，以及一張清單，裡頭包含了所有本故事中出現的人、事、地的名稱，並且每個名詞都有簡要說明，還有一些簡化了的家譜。

本書最後的附錄有兩個部分：第一個是有關我父親對完成這三個故事最終形式的種種嘗試；第二個是關於本書內文的編輯選擇，它在許多方面都跟《未完成的傳說》不同。

我非常感謝我兒子亞當•托爾金（Adam Tolkien）給予我不可或缺的幫助，他協助我安排組織了簡介及附錄中的資料，並且讓本書順利進入令我氣餒也使我畏縮的電子傳輸世界裡。

簡介

遠古時期的中土世界

圖林這名人物對我父親而言有極深刻的重要性，他以坦率直觀的對話刻畫出了一幅圖林童年的鮮明圖景，而這對全局至關重要：他嚴肅、不苟言笑，同時又有正義感、熱情衝動；（他父親）胡林是性急、開朗、滿心樂觀，而他母親莫玟則是沉默寡言、勇敢而高傲；此外這圖景還包括了在魔苟斯突破了安格班合圍之後、圖林出生之前的年月裡，他們全家於多爾露明寒冷鄉間的生活，彼時已是憂患重重。

而這一切都發生在遠古時期，在這世界的第一紀元，一個無法想像的遙遠時代。這故事上溯到的時間，其久遠程度曾在《魔戒》的一個片段中鄭重表達出來。在瑞文戴爾愛隆所召集的重大會議上，他論到「精靈與人類的最後聯盟」，以及第二紀元末了時索倫的潰敗，那是遠在三千多年前的事了：

說到這裡，愛隆暫停了片刻，長嘆一聲。「我仍清楚記得他們那鮮明耀眼的旗幟。」他說：「那使我想起遠古時代貝雷瑞安德大軍的榮耀光輝，當時召聚了那麼多勇猛善戰的貴族和將領，但那還比不上桑苟洛墜姆崩毀時的戰陣氣勢，而精靈們以為邪惡已經永遠被消滅了，然而事實並非如此。」

「你還記得？」佛羅多在驚愕中脫口大聲說出心裡想到的。「可是我以為，」當愛隆轉過來面對他時，他結結巴巴地說：「我以為，吉爾加拉德的陣亡是很久以前的事情了。」

「的確是。」愛隆嚴肅沉重地回答：「然而我的記憶甚至可追溯到遠古時代。埃蘭迪爾是我父親，他是在貢多林城陷落之前在該城出生的；而我母親是迪奧的女兒愛爾溫；迪奧是多瑞亞斯王國的公主露西安的兒子。我已見過這世界的西方在三個紀元中的起落滄桑，許多的敗亡，許多的勝利皆是徒勞一場。」

遠在愛隆於瑞文戴爾召開會議之時的六千五百多年前，圖林在多爾露明出生，根據《貝雷瑞安德編年史》（*Annals of Beleriand*）所載，是「在該年的冬天，帶著悲傷的預兆」。

但是他悲劇的一生決不能單靠對他性格的刻畫來理解，因為他是受了詛咒，一生都被困在一個龐大又神秘的力量的咒詛中，即魔苟斯加諸在胡林、莫玟以及他們孩子的仇恨咒詛，只因為胡林藐視他，拒絕服從他。而這位後來被稱為「黑暗大敵」的魔苟斯，正如他對被俘獲到他面前的胡林所宣稱的那樣，原本是「米爾寇，遠在創世以前就已存在，在眾維拉中居首位，能力也最強大。」此時他變得永久具體化了，取了巨大宏偉又恐怖的形象，身為中土世界西北區域的君王，他以肉身居住在他巨大的堡壘安格班——「鐵鑄地獄」中：黑煙從他堆立在安格班上方的高山桑苟洛墜姆的頂端滾滾冒出，污染了北方天空，遠遠便可看見。根據《貝雷瑞安德編年史》所言，「魔苟斯的城堡大門距離明霓國斯橋不過一百五十里格；說遠是夠遠，但以威脅度而言卻又實在是太近了。」這裡的記載指的是通往一座宮殿的橋，那宮殿被稱為明霓國斯，意思是「千石窟」，遠在多爾露明的東南邊，乃是收養圖林作為養子的精靈王辛葛的居所。

但是具有形體的魔苟斯懂得恐懼。我父親對他的描述是：「隨著他惡意的滋長，隨著他從自身散出所醞釀的邪惡，包括謊言和妖物，他的力量便傳給了它們，並由此被分散；於是他自己變得愈發束縛於大地，不願意跨出他黑暗的堡壘。」因此，當諾多精靈的最高君王芬國盼單身匹馬來到安格班前挑戰魔苟斯出來決鬥時，他在堡壘門前大喊著說：「出來吧！你這懦弱之君，親自上陣來！你這穴居者，馭奴者，說謊者，龜縮者，諸神與精靈的敵人，出來！我要看看你這懦夫的長相。」於是（據說），「魔苟斯出來了。因為他不能在他的將領面前拒絕這樣一場挑戰。」他揮著巨大的鐵鎚葛龍德出戰，每一鎚都在地表擊出一個大坑，最後他把芬國昐擊倒在地；但是芬國昐在死前以劍將魔苟斯的巨足釘在地上，「黑血噴湧流出，填滿了葛龍德砸出的所有坑洞。從此之後魔苟斯的足就跛了。」不只如此，當貝倫與露西安化身成狼與蝙蝠的形狀，潛入安格班最深處魔苟斯坐鎮的大廳，露西安用一個咒語迷住他：接著，「突然間他倒下來了，就像一座山傾倒崩塌，像打雷般，從他的寶座轟然趴倒在地獄的地板上。鐵王冠從他頭上滾落下來，發出陣陣的回響。」

這樣一位膽敢宣告：「我之所圖的陰影籠罩著阿爾達（地球），所有其中的居民都將緩慢又確定地屈服在我的意志之下」如此對邪惡神靈的咒詛，不同於力量遠不及他之人所做的咒詛。魔苟斯不是「祈求」邪惡或降災在胡林和他的子女身上，他不是「呼喚」一種更高的力量來代替——因為他想要靠他自己強大的意志力量造成敵人的毀滅，正如他對胡林自稱「阿爾達之命運的主宰」。因此，他「設計謀畫」了那些他懷恨之人的未來，他對胡林如此說：「**我的意念**將如**厄運的烏雲**籠罩著所有你所愛之人，這將把他們帶入黑暗與絕望的深淵。」

他專為胡林設計的痛苦折磨是「透過魔苟斯的雙眼視物」。我父親給這句話的意思下了個定義：如果有人被迫直視魔苟斯的眼睛，他將「看見」（或者說，他的頭腦將從魔苟斯腦海中接收到）一幅極為可信的圖景，這圖景是種種事件的反映，但同時也被魔苟斯深不可測的惡毒怨恨所歪曲過；哪怕真有什麼人能拒絕魔苟斯的控制，胡林本身也沒有做到。我父親說，這一方面是因為他對親人的愛，並且他為他們所受的痛苦感到焦慮，這使得他渴望盡可能得知有關他們的一切，無論來源是什麼；另一方面則是由於驕傲，因為他相信自己已經在辯論中擊敗了魔苟斯，從而可以「勝過、看穿」魔苟斯，或至少可以析出重大關鍵、區分事實與惡意。

這便是胡林的命運——從圖林離開多爾露明起，一直到死，以及在他那從未見過父親一面的妹妹妮諾爾的一生中，胡林都不能動彈地坐在桑苟洛墜姆的高處，心中被折磨他的人挑撥而起的苦毒日增。

在圖林的故事裡——他給自己取名叫圖倫拔，意為「命運的主宰」——魔苟斯的咒詛似乎可被視為一種釋放出來、專門行惡的力量，正在搜尋著它的受害者；因此據說這位墮落的維拉自己也害怕圖林「會成長到擁有一種力量，使得加於其身的咒詛變成一場空，從而逃過那專為他設計的厄運」（見本書頁一四三）。後來，在納國斯隆德，圖林隱藏了他的真名，因此當葛溫多揭露他的名字時，他被激怒了：「朋友，你對我行了惡事，你洩漏了我的真名，把厄運又召回到我身上，而我寧可躲避它。」葛溫多曾被囚在安格班，正是他告訴圖林充斥在那裡的傳言——魔苟斯對胡林以及他所有的親人下了一個咒詛。不過這時，他以此回應圖林的憤怒：「厄運是在你的身上，不是在你的名字上。」

這個複雜的概念在故事中至關重要，以至於我父親甚至給它想了另一個名字：*Narn e'Rach Morgoth*，「魔苟斯之咒詛的故事」。而他對此的看法可在這些話中得見：「不幸的圖林的故事就此結束了，這是魔苟斯在遠古世界的人類中，所行最惡劣的事。」

當樹鬍邁步穿行在法貢森林，兩手臂彎裡各抱著梅理和皮聘時，他給他們唱了一首歌謠，論及他在遠古時代中去過的地方，以及那兒所生長的樹木：

春天，我走過塔沙瑞楠的柳樹林。
啊！在塔斯仁谷地，那春天的景象和氣息！
我說，那真是不錯。
夏日，我漫步在歐西里安德的榆樹林。
啊！在歐西七河邊，那夏日的光芒和韻律！
我想，那真是再美不過。
秋季，我來到尼多瑞斯的山毛櫸樹林。
啊！在尼多瑞斯森林裡，那秋季的金黃殷紅，和歎息的落葉！
我已經心滿意足了。

冬天，我爬上了多爾索尼翁高地的松樹林。
啊！在多爾索尼翁高地上，那冬日的風吹白雪，和黑色枝枒！
我放開喉嚨，對著蒼天歌唱。
如今這些大地都隱在波浪之下，
我只能走在安巴倫那、塔倫莫那、阿達羅畝，
走在我的土地上、走在法貢森林中，
此地的樹木根深，
年歲比那塔瑞莫那羅畝的樹葉
還要古老厚重。

「大地所生的樹人如山脈一樣古老」，樹鬍的記憶的確是夠遠古。他是在回想廣闊的貝雷瑞安德大地上古老的森林，那片大地在遠古時代終了時，在天崩地裂的大戰中隨著陸沉而毀滅了。大海湧入吞噬了一切藍色山脈（又稱為「盧恩山脈」或「林頓山脈」）以西之地：因此《精靈寶鑽》附帶的地圖往東至那條山脈而止，而《魔戒》附帶的地圖則是西起於同一地帶，而在該地圖上稱為佛爾林頓和哈爾林頓（北林頓與南林頓）、位於上述山脈以西的沿海地區，就是當年被稱為歐西里安（意思是「七河之地」）和林頓（樹鬍曾在這裡的榆樹林中

漫步）的地區，是在第三紀元僅存的殘餘。

樹鬍還曾經漫步在多爾索尼翁（「松樹之地」）高地巨大的松樹林中，該地後來被稱為「浮陰森林」，意思是「暗夜籠罩的森林」，因為魔苟斯將它轉變成一處籠罩在黑暗與恐懼魔咒中的區域，一處使人迷失並絕望的區域（一四八頁）；他也到過尼多瑞斯，那是辛葛的王國多瑞亞斯北部的森林。

圖林那可怕的命運，是在貝雷瑞安德以及其北方的大地上展開；事實上，樹鬍所走過的多爾索尼翁與多瑞亞斯，都在他人生中扮演著決定性的角色。他出生在一個烽火漫天的世界裡，儘管當貝雷瑞安德的諸多戰役中最大也是最後的一場發生時，他還是個孩子。簡述一下事態的發展，將能解釋整個故事敘述進程中所會出現的問題與涉及的背景。

貝雷瑞安德的北邊界線大致是由威斯林山脈——「陰影山脈」——所組成，山脈以北便是胡林的家鄉多爾露明，屬於希斯盧姆的一部分；而貝雷瑞安德向東，則是一直延展到藍色山脈的山腳下。而山脈另一邊的大地，在遠古時代的歷史裡幾乎沒有涉及；但塑造了這段歷史的種族們，卻是來自東方，藉由越過藍色山脈的隘口通道而來。

在遙遠的東方，一處名叫庫伊維因恩——「甦醒之水」——的湖邊，精靈首次出現在這世界上；隨後他們被維拉召喚離開中土，渡過大海抵達位於世界西邊的「蒙福之地」阿門洲，「諸神之地」。那些接受召喚的精靈，在狩獵之神維拉歐羅米的帶領下，離開庫伊維因恩湖，展開橫越中土的漫漫旅途，這群精靈被稱為艾爾達，意思是「參與偉大旅途的精靈」，高等精靈；由此跟那些拒絕召喚、選擇中土作為家鄉與命運的精靈區分開來，那是「低等精靈」，被稱為亞維瑞，意思是「不情願的」。

然而，不是所有的艾爾達都渡過了大海離去，雖然他們都越過了藍色山脈；那些仍然留在貝雷瑞安德的精靈被稱為辛達爾，意思是「灰精靈」；他們的最高君王是辛葛（意思是「灰袍」），他在明霓國斯——位在多瑞亞斯的千石窟——進行王國的統治。而渡過大海的艾爾達，也不是全部都留在諸神之地；他們的親族中有一大支，諾多（知識的主宰），返回了中土，而這群精靈被稱為「放逐者」。主要促成他們對維拉反叛的是費諾（「火之魂魄」）：他是芬威的長子，芬威率領大隊的諾多精靈離開了庫伊維因恩，但如今卻因被殺而身亡了。精靈歷史中的這個血腥事件，我父親曾在《魔戒》的附錄A中簡短敘述過：

費諾是艾爾達精靈中於藝術和學識上成就最大者，但也最為驕傲任性。他打造了三枚精靈寶鑽，其中注滿雙聖樹泰爾佩里安和羅瑞林的光輝，也正是雙聖樹給予諸神之地的光明。大敵魔苟斯垂涎這三顆寶石，他盜走了它們，在摧毀雙聖樹後把寶石帶到了中土，守護安置在戒備森嚴的桑苟洛墜姆（聳立在安格班上的高山）的堡壘中。費諾違背維拉們的意願，遺棄了蒙福之地，流亡回到中土，並且帶走了他大部分的同族；陷在驕傲中的他，企圖用武力從魔苟斯手中奪回精靈寶鑽。艾爾達精靈和伊甸人對抗桑苟洛墜姆的無望戰爭自此展開，不過在這戰爭中，他們最後一敗塗地。

在諾多族返回中土不久後，費諾就在戰爭中陣亡了。他的七個兒子在貝雷瑞安德的東部，位於多爾索尼翁（浮陰森林）與藍色山脈之間的地區，擁有大片疆域；但是他們的勢力在慘烈的「淚雨之戰」中被徹底摧毀了，這場戰役在《胡林的子女》中有所記述。此後，「費諾眾子就像風中落葉般四處飄零」（五三頁）。

芬威的次子是芬國昐（費諾的同父異母弟弟），他被奉為所有諾多精靈的最高君王；他與他的長子芬鞏統治著希斯盧姆，那是位在龐大的威斯林山脈（陰影山脈）的西邊與北邊的土地。芬國昐居住在米斯林大湖旁，芬鞏則擁有希斯盧姆南部的多爾露明。他們的要塞是伊希爾塔壘（泉之塔），位在伊希爾・西里安（西里安泉源）旁，那便是西里安河在陰影山脈東麓的發源地：胡林與莫玟的跛足老家僕撒多爾，曾在這裡當兵服役了許多年，正如他所告訴圖林的（三三至三四頁）。在芬國昐單挑魔苟斯卻不幸身亡之後，芬鞏取代他成為諾多精靈的最高君王。圖林曾見過他一次，那時他「和許多他的貴族將領騎經多爾露明，穿過拉萊斯橋，周身閃爍著燦爛銀光。」（三二頁）

芬國昐的次子是圖爾貢。在諾多精靈返回中土之後，他起初居住在名為凡雅瑪的宮殿中，那宮殿靠近海邊，位於多爾露明西邊的尼佛瑞斯特地區；但他隨後秘密興建了隱藏之城貢多林，該城矗立在圖姆拉登平原中央的一座山丘上，該平原整個被西里安河東邊的環抱山脈團團圍住。當貢多林城在經歷多年辛勞興建完成之後，圖爾貢與他的百姓，包括諾多精靈與辛達爾精靈，都從凡雅瑪遷到貢多林居住；隨後數百年中，這座美輪美奐的精靈之城一直是無上機密，它唯一的入口不但無法被人發現，還設有重兵防守，因此沒有陌生人能夠進入；而魔苟斯也無法得知該城的位置。直到「淚雨之戰」，在圖爾貢遷離凡雅瑪超過三百五十年之後，他才帶著他雄壯的軍伍踏出了貢多林城。

芬威的三子，也就是芬國昐的弟弟與費諾的異母胞弟，名叫芬納爾芬。他沒有返回中土，但是他的四個兒子與一個女兒，卻隨同芬國昐，以及他的兩個兒子一眾人等一起離去。芬納爾芬的長子是芬羅德，他受到多瑞亞斯王國中富麗華美的王宮明霓國斯的啟發，建立了一座地底城堡納國斯隆德，他因這座城堡而被人稱為費拉岡，翻譯出來的意思是「洞窟之王」或矮人語中的「鑿洞者」。納國斯隆德的門開向位於西貝雷瑞安德的納羅格河的峽谷，那條河流經被稱為法洛斯森林（或高法洛斯）的高地丘陵；不過芬羅德的領土延伸得深遠遼闊，東達西里安河，西至在伊格拉瑞斯特港口入海的能寧河。然而芬羅德在魔苟斯的主帥索倫的地牢中遭到殺害，於是芬納爾芬的次子歐洛隹斯繼位，做了納國斯隆德的王：這件事發生在圖林在多爾露明出生後的次年。

芬納爾芬的另外兩個兒子，安格羅德和艾格諾爾，扈從於他們的兄長，居住在多爾索尼翁，面向北邊廣大的阿德加藍平原。芬羅德的妹妹凱蘭崔爾在多瑞亞斯與王后美麗安居住了很久。美麗安是位邁雅，是擁有大能力的神靈，但是取了人的形體，與辛葛王一同住在貝雷瑞安德的森林中；她是露西安的母親，愛隆的高祖母。在諾多精靈從阿門洲返回中土前不久，有為數極眾的安格班大軍南侵進入了貝雷瑞安德，美麗安（根據《精靈寶鑽》的記載）「以她的力量在整個區域（尼多瑞斯與瑞吉安森林）四周築起一道隱形之牆，充滿迷惑與陰影——這便是美麗安的環帶，從此之後，沒有任何人能在違反她或國王辛葛的意願下，進入他們的王國，除非這人身負的力量比邁雅美麗安更強大。」此後，那塊區域被稱為多瑞亞斯，意思是「圍起之地」。

在諾多精靈返回中土的第六十年，多年的和平終止了，一支半獸人大軍從安格班蜂擁而出，但卻被諾多精靈徹底擊敗殲滅。這場戰役叫做「安格拉瑞伯之戰」，意為「光榮戰役」；不過精靈王族們也都記取了這項警訊，並設下「安格班合圍」，這防線維持了將近四百年之久。

據說，人類（精靈稱他們為阿塔尼，「次生者」；也稱他們希勒多爾，「跟隨者」）在遠古時代趨近尾聲時，在中土的遙遠的東方甦醒；但是那些在「長久和平」時期，也就是在安格班被圍困、大門深閉的那些年間，進入貝雷瑞安德的人類卻始終沒有吐露他們早期的歷史。帶領第一批人類越過藍色山脈的領袖叫做老比歐；對他們第一個碰到的精靈，納國斯隆德之王芬羅德・費拉岡，比歐表示：「我們身後盤踞著一種黑暗；我們已經摒棄了它，也絕無返回彼處之念。我們的心已經轉向西方，我們相信必在那裡找到大光。」胡林家的老僕人撒多爾，在圖林童年時也是對他這樣說過（三五頁）。然而，後來據說當魔苟斯得知人類的甦醒後，他最後一次離開了安格班，抵達東方；那些第一批進入貝雷瑞安德的人類，是已悔改並且也反叛了那位「黑暗之力」，從此遭到那些他的膜拜者與僕役殘酷的追殺與壓迫。

這些人類屬於三個家族，後世稱他們為比歐家族、哈多家族，以及哈蕾絲家族。胡林的父親「長身」高多是屬於哈多家族，正是哈多的兒子；但是他母親是來自哈蕾絲家族，而他妻子莫玟則是來自比歐家族，是貝倫的親戚。

這三支家族的人民被稱為「伊甸人」（辛達林語叫做「阿塔尼」），他們被稱為「精靈之友」。哈多居住在希斯盧姆，芬國盼王封他為多爾露明的領主；比歐的百姓則在多爾索尼翁安定下來；而哈蕾絲的百姓在這段時期居住在布雷希勒森林。在安格班合圍時期終了時，有與他們大相逕庭的一族人類越過了藍色山脈到達此處；他們通常被泛稱為東來者，其中有些人在圖林的故事裡扮演了很重要的角色。

「安格班合圍」為一場隆冬深夜的恐怖突襲（雖然策畫已久）所終結，那時離合圍之始已有三百九十五年。魔苟斯從桑苟洛墜姆中釋放出道道烈焰洪流，位在多爾索尼翁高地北邊，一片青蔥翠綠的阿德加藍大平原，從此變成一片焦土，荒蕪不毛之地；後來這地區被改稱為安佛格利斯，意思是「令人窒息的沙塵」。

這場災難性的攻擊被稱為「布拉苟拉赫戰役」，意思是「驟火之戰」。此時惡龍之祖格勞龍從安格班出動，首次展現出牠的全部威力；不計其數的半獸人大軍洶湧侵入南方；住在多爾索尼翁的精靈領主們，以及比歐百姓中大多數的戰士都遭到了殺害。精靈王芬國盼以及他兒子芬鞏以及希斯盧姆的將士們，被逼退到陰影山脈東麓西里安泉的堡壘，在這場防禦戰中，「金髮」哈多被殺陣亡。隨後，高多，也就是胡林的父親，繼位為多爾露明的領主；這場烈焰的洪流，被陰影山脈的屏障所阻，因此希斯盧姆和多爾露明沒有陷落。

在布拉苟拉赫戰役之後的那年，芬國盼在絕望的憤怒中，單槍匹馬前往安格班挑戰魔苟斯。兩年之後，胡林和胡爾去到了貢多林。再過了四年之後，在一次敵人捲土重來對希斯盧姆的攻擊中，胡林的父親高多在西里安泉堡壘的防衛戰中陣亡——當時撒多爾也在場，正如他告訴圖林的（三四頁），當時看見胡林（一個當時年紀才二十一歲的年輕人）「接替起領主的責任，繼續發號施令」。

當圖林出生時，多爾露明人對這一切都仍然記憶猶新，那時距「驟火之戰」才過了九年。

發音註解

以下的註解，旨在澄清一些名稱在發音上的幾個主要特色。

子音

C　永遠是發k的音，絕對不發s的音；因此，Celebros是「Kelebros」而不是「Selebros」。

CH　永遠都是發蘇格蘭語中loch或德語中buch的ch音，絕對不發英語中church的音。例子有：Anach、Narn i Chîn Húrin。

DH　永遠都發為英語中有聲的th（輕聲），就如then中的th，而非thin中的th。例子有：Glóredhel、Eledhwen、Maedhros。

G　永遠都是發英語中get的音；因此Region不是發為英語中region的音，並且Ginglith的第一個音節要發如英語中的begin，而不是如gin。

母音

AI　發音如英語中eye的音；因此Edain的第二個音節要發像英語中的dine，而不是Dane。

AU　要發英語中town中ow的音；因此Sauron的第一個音節要發為英語中的sour，而不是sore。

EI　如在Teiglin中要發為英語中grey的音。

IE　不應當發成英語中的piece，而是要同時將i與e的母音連著發出來；因此Ni-enor不可發為「Neenor」。

AE　例如在Aegnor，Nirnaeth中時，都是個別母音a-e的合併，但對於不熟悉此語言而無法正確發音者，或許可勉強以AI的發音方式代替。

EA和EO　兩個音不會一起發，而是構成兩個音節；因此它們合併時常分別寫為ëa和ëo，像是Bëor（尤其是在昆雅語裡），或者是在人名的一開頭，會寫成Eä和Eö，如：Eärendil。

Ú　在Húrin，Túrin這些名詞中，應當發成oo的音；因此Túrin是發成「Toorin」，而不是發成「Tyoorin」。

IR，UR　在子音前（如Círdan，Gurthang）時，不應當發成英語中的fir，fur，而是應當發成

E

英語中的eer，oor。

當出現在一個字的字尾時，永遠發出明顯有聲的母音，在此情況下常寫成ë。同樣出現在字的中間時也都發音，如：Celeborn，Menegroth。

胡林子女的故事

NARN I CHÎN HÚRIN

The Tale of the Children of Húrin

第一章　圖林的童年

「金髮」哈多是伊甸人的領袖之一，深受艾爾達精靈的眷愛。他在世的年日是效忠於精靈王芬國盼的麾下，芬國盼在希斯盧姆那片叫做多爾露明的地區，賜給了他廣闊的封地。他的女兒葛羅瑞希爾，嫁給了布雷希勒地區人類的領主，哈勒米爾的兒子哈勒迪爾；在同一場喜宴中，他兒子「長身」高多娶了哈米爾的女兒哈瑞絲。

高多和哈瑞絲生了兩個兒子，胡林和胡爾。胡林比弟弟大三歲，但是他的個子卻比同族的人都矮；這一點他是遺傳自母親的族人，但其餘各方面他都像他祖父哈多，不但身強體壯，而且熱情性急。不過，他內裡如火的熱情燃燒得很穩定，並且他有極大的堅忍意志。在北方所有的人類當中，他對諸多精靈的謀略瞭解最多。他弟弟胡爾個子很高，除了他自己的兒子圖爾之外，他是所有伊甸人中身材最高大的，並且是個飛毛腿；但是，如果賽跑的路程漫長坎坷的話，胡林會是頭一個到家的人，因為他從頭到尾跑起來的步調都一樣有力。他們兄弟之間極其親愛，兩人在年少時絕少分開。

胡林娶了莫玟，她是比歐家族布雷荀拉斯之子巴拉岡的女兒；因此她是「獨手」貝倫的近親。莫玟有高䠷的身材，烏黑的秀髮，由於她明亮的目光與美麗的面容，人都喚她伊蕾絲玟，意思是「美貌如精靈」；然而她的個性卻稍嫌嚴肅高傲。比歐家族悲傷的歷史，令她心痛難當；她是在布拉荀拉赫戰役的災難後，如流亡者一般，從多爾索尼翁來到多爾露明。

胡林和莫玟的大兒子名叫圖林，他出生在貝倫去到多瑞亞斯遇見辛葛的女兒露西安•緹努維兒的那一年。莫玟也為胡林生了一個女兒，她名叫烏爾玟；不過眾人都喚她菈萊絲，意思是「歡笑者」，這是大家對她短暫一生的最大印象。

胡爾娶了麗安，她是莫玟的堂妹；她是布雷荀拉斯之子貝雷根德的女兒。命運弄人，使她出生在如此艱辛的年日裡；她有顆溫柔良善的心，既不愛打獵也不愛戰爭。她喜愛大地上的樹木與原野中的花朵，她擅長作歌，是位歌者。她才嫁給胡爾兩個月，胡爾就與他哥哥一同參與了尼奈斯•阿農迪亞德戰役，而她從此就未曾再見到他。

不過，眼前先把故事轉到胡林和胡爾年少的時候吧。據說，有一段時間，高多的兩個兒子，遵循那時北方人類的習俗，他們住在布雷希勒的舅舅哈勒迪爾家做養子。他們經常參與布雷希勒人對抗半獸人的戰鬥，那時半獸人經常侵略他們領土的北界；雖然胡林那時只有十七歲，卻長得非常強壯，而年紀較小的胡爾已經長得幾乎跟當地的成人一樣高大了。

有一次，胡林和胡爾隨同一個偵察小隊出巡，卻遭到半獸人埋伏突襲，他們跟其他人都被打散了，兄弟倆被追趕到了布立希阿賀渡口。他們本來很可能在那裡被擒拿或被殺害，但是，烏歐牟的力量在西瑞安河各支流仍然很強；據說，河上突然飄起了一陣大霧，將他們從敵人眼前隱蔽起來，如此他們逃過一劫，越過布立希阿賀渡口進到了丁巴爾。他們在那地區迷了路，在克里塞格林群峰的峭壁腳下那些丘陵間，漫無目的地艱難跋涉了許久，直到他們被該處奇詭的地形地貌弄得一籌莫展，進退兩難。就在那時，大鷹索隆多望見了他們，牠派牠手下兩隻老鷹去幫助他們；於是老鷹載起兩兄弟，載他們越過了環抱的山脈，來到了秘密的圖姆拉登谷，以及尚未有人類見過的隱藏的城市貢多林。

在那裡，精靈王圖爾貢在得知他們的家世後，十分歡迎他們；不僅因為哈多是精靈之友，此外，烏歐牟也曾勸告圖爾貢要善待哈多家族的子孫，因為危急之時他將會從這個家族得到援手。胡林和胡爾在王宮中作客，住了將近一年；據說，在這段時間裡，心思敏捷又熱中學習的胡林，習得了大量精靈的學問，同時也瞭解到一些精靈王的謀略與意圖。因為圖爾貢非常喜歡高多的這兩個兒子，常與他們談話；並且他確實是出於喜愛，想把他們永遠留在貢多林城，不僅僅是因為他的法律規定，沒有陌生人——無論他是精靈還是人類——能在找到通往這個秘密王國的路徑，或是見過這個城市之後，還能得以離去，除非等到精靈王解除禁令，讓隱藏的子民再度現身。

但是胡林和胡爾渴望回到自己族人的身邊，一起分擔如今困擾他們的戰亂與悲傷。胡林對圖爾貢說：「王啊，我們不同於艾爾達，乃是會老死的人類。你們可以經年累月忍耐，等候有朝一日與你們的敵人決一死戰；但是我們的歲月苦短，我們的希望與力量很快就會消亡。此外，我們並未找到來到貢多林的路，事實上我們也不確知這座城是坐落在何處；我們乃是在滿懷恐懼與驚愕之中被從高空帶來，並且，天見可憐，我們兩眼當時都是蒙上的。」於是，圖爾貢准了他的祈求，他說：「如果索隆多願意，你們可以以前來時同樣的方式，獲准離去。我對這別離感到十分難過；但是，以艾爾達看待時間的標準，再過不久，我們就將會再見面的。」

不過，精靈王妹妹的兒子，即在貢多林中相當強勢的邁格林，對他們的離去一點也不難過，他因王對他們的額外開恩而非常嫉妒，他對來自人類一族的任何人都無好感；他對胡林說：「王對你們的恩惠比你所知的還要浩大，有些人恐怕會懷疑，憑什麼嚴格遵行的法律要對兩個人類的小騙徒網開一面——如果他們沒得選擇，必須遵照規定，將待在這裡做我們的僕役，直到老死，恐怕這樣對大家而言都安全一點。」

「王的恩惠的確浩大。」胡林回答說：「但是如果我們的承諾還不令你滿意，那麼我們願意對你發誓。」於是兄弟倆發誓絕不吐露圖爾貢的任何謀略，並對他們在他王國中所見的一切嚴守秘密。然後他們離去，老鷹在夜間前來載他們離開，在天亮之前，讓他們在多爾露明著陸。他們的親族看見他們都非常歡喜，因為從布雷希勒派來報信的人說他們失蹤了；然而他們就連對自己的父親都不肯吐露他們是去了哪裡，只說他們在荒野中蒙老鷹搭救，並由老鷹載他們返家。但是高多說：「難道你們在荒野中住了一年？還是老鷹讓你們住在牠們的窩巢中？可是你們顯然吃得飽又穿得好，衣飾光鮮如王子般返回家來，一點也不像在森林野地裡流浪的樣子。」「父親，不要再問了，」胡林說：「滿足於我們的平安歸返吧；我們是在發誓緘口的情況下才得以歸來的。那誓言依舊約束著我們。」於是，高多不再追問他們了，但是他和許多旁人都對事實真相有所猜測。人們認為，緘口的誓言以及老鷹，這兩者都指向圖爾貢。

時光荏苒，魔苟斯恐怖的陰影不斷延長。在諾多精靈返回中土世界後的第四百六十九年，精靈與人類中間又萌動了希望；因為貝倫與露西安的事蹟在他們當中流傳，而魔苟斯在他安格班的寶座上顏面掃地，並且有人說貝倫和露西安還活著，或說他們從陰府又返回了人間。那一年，邁茲羅斯偉大的計畫也幾近完成，在艾爾達精靈以及伊甸人重振的力量下，魔苟斯的推進受阻，半獸人被全部驅離了貝雷瑞安德。於是，有人開始談起即將來臨的勝利，說當邁茲羅斯率領聯軍，將魔苟斯逐出地底，封鎖所有安格班的門戶，那時他們就會一雪布拉苟拉赫戰役之恥。

但是智者仍舊感到不安，害怕邁茲羅斯太早暴露他增長的力量，而這會給魔苟斯足夠的時間來考慮對策。他們說：「新的邪惡總會在安格班破殼而出，遠超過精靈或人類的想像。」就在那年秋天，彷彿他們的預言應驗，從北方陰沉的天空下颳來了一陣邪風，它被稱為「邪氣」，因為它是致命的；在北方與安佛格利斯接壤的各個地區，許多人在那年秋天生病和死亡，他們絕大多數是人類家族的孩童與正在成長的青少年。

那年，胡林的兒子圖林才五歲，而他妹妹烏爾玟在初春時才滿三歲。當她在原野中奔跑時，她閃爍的秀髮彷彿草原中金黃的百合花，她的笑聲彷彿那條歡樂小溪的水聲，它從山麓上淌流而下，一路歡唱著穿過她父親家族居住之地，名為拉來斯水；依其名，所有家人都稱這孩子菈萊絲，當她與他們在一起的時候，他們的心都很歡喜。

但是圖林沒有她那麼討人喜愛。圖林像他母親一樣是黑髮，並且脾氣也注定會像她；他並不活躍，雖然他很早就會說話，卻很少開口，看起來總比實際年齡更成熟。圖林對不公平的事或嘲弄很難忘懷；但是他父親的熱情也在他身上，因此他會出人意表地衝動暴烈。然而他又極富同情心，有生之物的傷痛和悲哀都能令他落淚；他這在一點上也像他父親，因為他母親對人對己都是一樣嚴厲。他很愛他母親，她對他說話總是坦白而直接；他很少見到父親，因為胡林常常遠離家園，隨著芬鞏的大軍駐守在希斯盧姆的東界；當他返家時，他快速的言談中充滿了陌生的詞彙、戲謔和隱語，這常使圖林很迷惑，並讓他覺得不自在。在那段日子裡，他內心所有的溫暖都給了他妹妹菈萊絲；但是他很少跟她一起玩，他喜歡悄悄地守護著她，看著她在草原上或樹下玩耍，唱著歌謠，那是伊甸人的孩子很久以前做的歌，那時他們才剛學會說精靈文不久。

「菈萊絲美得像精靈的小孩。」胡林對莫玟說：「但是卻比他們短暫，唉！不過也許因此而更美麗，更珍貴。」圖林聽到這些話，琢磨它們，卻無法瞭解其意。因為他從未見過精靈的孩子。那時候沒有任何艾爾達精靈居住在他父親的土地上，他只見過精靈一次，當時是芬鞏與許多他的貴族將領騎經多爾露明，馳過拉來斯橋，周身閃爍著燦爛銀光。

然而就在那一年過完之前，他父親話中的真意終於顯明了；「邪氣」來到了多爾露明，圖林病倒了，在病榻上躺了許多時日，發著高燒，夢境黑暗。既因為他的命運，也靠著他體內生命的力量，之後他康復了。但當他問起了菈萊絲，他的保母回答說：「胡林之子，莫要再提菈萊絲；不過你妹妹烏爾玟的事，你可以問你母親。」

當莫玟來到他床前，圖林對她說：「我的病已經好了，我想見烏爾玟；可是，為什麼我不可以再說菈萊絲呢？」

「因為烏爾玟已經死了，歡笑在這家中沉寂了。」她回答道：「但是，莫玟之子，你活下來了；而造成這一切的『大敵』亦然。」

她沒有設法安慰他，正如她自己也沒有尋求安慰一樣；她狠下心以沉默來應對傷痛。但是胡林坦率地表達喪女之痛，他拿起他的琴想要做一首哀歌，卻因哀痛而無法成曲；他毀了琴，衝到戶外向北方舉手大吼道：「中土世界的傷毀者，惟願我能直接面對你，如我王芬國盼般給你重創！」

雖然圖林再也沒有在莫玟面前提起他妹妹，卻在夜裡獨自痛哭了一場。那段日子裡，他只有一個朋友可傾訴，對這位朋友，他訴說他的悲傷與家中的空寂。這位朋友叫做撒多爾，是胡林家中的一個僕人；他是個跛子，不受人重視。他本來是個樵夫，不知是因為倒楣還是工作不當，他使斧頭時砍斷了自己的右腳，而缺了腳的右腿也萎縮了。圖林叫他拉巴達，意思是「跳著走」；不過這名字並未令撒多爾感到不悅，因為喊的人是出於憐憫而非譏嘲。撒多爾在外屋中工作，修補或製造一些家中需用、卻價值不高的小器具，因為他會一些木工的技術；圖林會幫他跑腿，取些他要用的東西，省掉他跛足的不便。有時候，圖林會偷偷帶一些他發現沒人看管的工具或木材來，他認為他的朋友或許會用得上。撒多爾對此報以微笑，然後會吩咐他把那些禮物歸還原位；他說：「你可以自由的贈予，但只能贈予那屬於你自己的。」他會盡自己所能來報答這孩子的仁慈，雕刻一些小人或小動物給圖林。不過圖林最喜歡的是聽撒多爾講的故事，因為在布拉苟拉赫戰役時，撒多爾還是個年輕人，而今他很愛回想在他殘廢前那段身強力壯的短暫時光。

「胡林的兒子啊，他們說那是一場大戰。我因那年的需要，被徵召離開了我在林中的工作；但是我沒有參加布拉苟拉赫戰役，否則我可能會傷得更有顏面。我們去得太遲，結果只抬回了前領主哈多的棺木，他因著護衛芬國昐王而戰死了。從那之後我成了一位士兵，戍守在精靈王族所建、雄偉的西瑞安泉堡壘許多年；或說現在看來是很多年，因為隨後的沉悶年歲乏善可陳。當黑暗君王進攻西瑞安泉時，我正戍守在那裡，你的祖父高多代替精靈王作為該處的統帥，他在那次攻擊行動中被殺；我親見你父親立刻肩負起領導與指揮權，儘管那時他才新近成年。人們說，在他體內有一團火，這火使他手中的劍熾熱。他帶領我們把半獸人趕進了沙漠中；從那天起，他們就再不敢踏進城牆守衛的視野。但是，唉！我對戰爭的熱愛之情已經飽和，因為我已經看夠了鮮血和創傷。我獲得了許可，可以回到我渴望已久的森林中。而我卻在林中受了這傷；或許，一個逃避自身恐懼的人，終究發現他不過是抄了捷徑去與它相逢。」

在圖林成長的過程中，撒多爾以這樣的方式跟他說話；而圖林開始提出許多問題，撒多爾發現它們很難回答，而且認為這些問題該由圖林更親近的族人來教給他。有一天，圖林對他說：「菈萊絲真像我父親所說的，像個精靈小孩嗎?當我父親說她更短暫時，他是什麼意思呢?」

「是很像，」撒多爾說：「因為人類和精靈的小孩，在年幼時看起來很像是同一族。但是人類的孩子長得更快，很快就會過完青春歲月；這便是我們的命運。」

於是，圖林問他：「什麼是命運?」

「要問人類的命運，」撒多爾說：「你得去問那些比拉巴達更睿智的人。然而，眾所周知，我們會衰老，轉瞬即逝；還有許多人因不幸而更早夭亡。但是精靈不會衰老，若非遭受深痛巨創他們也不會死亡。他們能從那些會使人類致命的創傷與悲痛中痊癒；據說，即使軀體被毀，他們也能再次復生。而我們就不是這樣。」

「那麼，菈萊絲不會回來了?」圖林問：「她去了哪裡呢?」

「她不會回來了。」撒多爾說：「至於她去了哪裡，沒有人知道；至少我不知道。」

「情況一直都是如此嗎?也許，我們會不會遭受了魔王的某種咒詛，像『邪氣』那樣?」

「我不知道。在我們背後有一種黑暗，很少有故事從其中傳出。我們的先祖或許有故事可說，但是他們沒有說出來。就連這些先祖的名字都被遺忘了。山脈聳立在我們與他們過往的生活之間，如今沒有人知道他們逃避了什麼。」

「他們害怕過嗎?」圖林問。

「也許，」撒多爾說：「也許我們是從對黑暗的恐懼中逃離，但卻發現它就在這裡，在我們面前；除了大海，我們再無去路。」

「我們不再害怕了。」圖林說：「不是人人都害怕。我父親就不害怕，我也不會；或者，至少我會像我母親，害怕卻不表現出來。」

在撒多爾看來，那時圖林的眼睛不像孩子的眼睛，他想：「悲傷可以磨利堅定的意志。」不過他開口大聲說出來的是：「胡林和莫玟之子，拉巴達猜不到你的心以後會怎麼想；但是你將很少向人表露你的心思意念。」

然後圖林說：「如果所願不能得償，或許還是不要說出來更好。但是，拉巴達，我真希望我是一名艾爾達。那樣菈萊絲或許能復生，而我會在這裡等她，哪怕要等她等很久。等我長得夠大，我要作個戰士去追隨精靈王，拉巴達，就像你那樣。」

「你將會對他們瞭解良多的。」撒多爾說著，嘆了口氣：「他們是一支美麗的種族，令人羨慕；並且他們有種影響人類心靈的力量。然而我有時會想，如果我們從未遇見他們，只是走自己平凡的路，或許會比較好。因為他們已經博學精深，並且他們驕傲又不朽。在他們的光輝中我們顯得黯然失色，或者是我們的火焰燃燒得太快，而我們背負的宿命分量又更為沉重。」

「但是我父親喜愛他們，」圖林說：「沒有他們，他便不快樂。他說我們所知幾乎全是學自他們，並且因此成為一支高貴的民族；他還說，那些近來越過山嶺前來的人類，比半獸人好不到哪裡去。」

「確實如此。」撒多爾回答：「至少對我們當中一部分人而言是如此。但是，上進是艱辛的，並且從高處也很容易跌落低谷。」

在無人能夠遺忘的那年，按著伊甸人曆法來算的第三個月，圖林將近八歲了。在他的長輩之中，已經傳言將有一次大規模的軍事召集行動，對此圖林毫無所知；不過他注意到他父親常常專注堅定地凝望著他，就像一個人看著某種他極為珍視，卻必須要與之分離的東西。

胡林知道莫玟的勇氣與守口如瓶，如今他常對她說起精靈王族的計畫，以及他們若進展順利或挫敗時，什麼狀況可能會降臨。他因希望而心緒高昂，他對戰爭的結果並不懼怕；因為在他看來，中土世界當中，沒有什麼力量能夠挫敗艾爾達的力量與輝煌。「他們曾經見過西方的光明，」他說：「黑暗終將在他們面前潰散。」莫玟沒有反駁他；因為在胡林的陪伴下，希望總是更像會成真。但是她的家族中也有對精靈傳承學識的瞭解，她自己心裡想：「但他們豈不是已離開了那光明，如今又被它摒除在外嗎？也許西方的主宰們已經把他們排除在考量之外；如此一來，就算是首生的兒女，又怎麼可能可以戰勝大能者之一呢？」

這類疑慮的陰影似乎沒有籠罩在胡林・薩理安身上；然而，在那年春天的一個早晨，他在不安的睡眠中心事重重地醒來，那一整天，他的明快心情都為陰雲遮蔽；那天傍晚，他突然說：「當我被徵召時，莫玟・伊蕾絲玟，我將把哈多家族的繼承人託付妳看顧。人類浮生短暫，人生中危機四伏，哪怕和平時期亦然。」

「事情向來如此。」她說：「但你的言外之意是什麼呢？」

「只是謹慎起見，不是懷疑。」胡林說；然而他看起來十分憂慮。「然而有遠見者必然意識到這一點：局勢不會保持原狀。這將是孤注一擲，有一方必將跌至比當前更差的境地。如果是精靈的王族們失敗了，那麼伊甸人也必然遭禍；而我們住得離大敵最近。這塊地區可能會落入他的魔掌。但是，如果情況確實惡化了，我不會對妳說：**不要害怕**！因為妳怕的是該怕的東西，但也僅此而已；恐懼不能令妳驚慌失措。然而我要對妳說：**不要等待**！只要我能，我一定會回到妳身邊，但妳不要等待！妳要盡可能迅速到南方去——如果我活著我就會跟上，我會找到妳，哪怕我不得不找遍貝雷瑞安德全境。」

「貝雷瑞安德廣闊遼遠，對流亡者而言卻是無家可歸。」莫玟說：「我該往何處去？該帶多少人一起逃？」

對此胡林沉默地思索了好一會兒。「我母親的族人居住在布雷希勒，」他說：「按直線距離來算，該地離此有三十里格遠。」

「如果這樣的邪惡時期確實臨到，在人類當中還能找到什麼幫助？」莫玟說：「比歐家族已經滅亡了。如果強盛的哈多家族也覆沒了，哈蕾絲家族的那一小撮百姓還能在何種角落中容身？」

「他們會因地制宜。」胡林說：「他們人數不多、學識也不豐富，但是不要對他們的勇敢置疑。除此之外哪裡還有希望？」

「你沒有提到貢多林城。」莫玟說。

「沒有，那名字絕不會出自我口中。」胡林說：「但是，妳所聽到的傳言不虛：我曾去過那裡。但是我現在告訴妳實情，這話我從未對他人說過，也不會說——我也不知道它位在何處。」

「但是你猜過，而且我想你猜的離題不遠。」莫玟說。

「或許吧！」胡林說：「但是除非圖爾貢本人將我從誓言中釋放出來，否則哪怕對妳我也不能說出那個猜測；因此，妳的搜尋將會是徒勞一場。更何況，就算我可恥地說了，妳最多只會去到一扇緊閉的大門前；因為除非圖爾貢出來參戰（關於這點，無人聽說，也無人指望），沒有人能進得去。」

「那麼，如果你的親族指望不大，而你的朋友又拒絕你，」莫玟說：「我就必須自己拿主意了！我這會兒想到的是多瑞亞斯。」

「妳的目標向來很高。」胡林說。

「你是想說，高過頭了？」莫玟說：「然而，我想，『美麗安的環帶』會是所有防禦中最後被攻破的；而且比歐的家族在多瑞亞斯中將不會被輕視。我現在難道不是多瑞亞斯王的親族嗎？因為貝倫的父親巴拉希爾是貝雷苟爾的兒子，而我父親也是。」

「我的心不傾向辛葛。」胡林說：「他不肯援助我王芬羣；而且當我聽到多瑞亞斯的名字時，我不知道是什麼陰影落到了我心上。」

「聽到布雷希勒之名，我的心也感到陰鬱。」莫玟說。

突然間，胡林笑了，他說：「我們坐在這裡辯論著鞭長莫及之事，以及來自夢裡的陰影。局勢不會變得那麼壞的；但是若真如此，那麼一切就要靠妳的勇氣與主意了。屆時妳就隨心行事吧；但是要行動迅速。不過，如果我們最後勝利，那麼精靈王們決心恢復所有比歐家族的領地，並交給他的後裔；而那就是妳，巴拉岡之女莫玟。到時候我們將有權統治廣大的土地，我們的兒子將繼承重大的遺產。沒有了北方惡毒的威脅，他將變得極其富有，成為人中君王。」

「胡林·薩理安，」莫玟說：「我覺得這樣說更現實：你眼光很高，但我害怕會跌得很重。」

「即使最差情況之下，妳也無須害怕。」胡林說。

那晚，圖林在半睡半醒之間，他恍惚感覺到他的父母站在床邊，在燭光中低頭凝視著他；但是他看不見他們的面容。

在圖林生日那天早晨，胡林送給他兒子一個禮物，一把精靈打造的小刀，柄和鞘是銀黑兩色；他說：「哈多家族的繼承人，這是你生日的禮物。但是要小心！它是一把嚴苛殘酷的武器，而鋼鐵只為能駕馭它的人效力。它可以欣然切斷你的手，如同切割他物一般。」於是他把圖林舉起放在一張桌子上，親吻他，並說：「莫玟之子，你這會兒可比我還高了；很快地，你腳踏實地也會有這麼高。到那天，會有許多人畏懼你的刀鋒。」

隨後圖林跑出房間，獨自出去了；在他心中有股溫暖，就如太陽照在冰冷的大地上，喚醒勃勃生機一樣。他對自己重複著他父親的話語，哈多家族的繼承人；但是有另外一些話語也浮現在腦海中：要慷慨給予，但要給屬於你自己的東西。於是，他跑去找到撒多爾，喊道：「拉巴達，今天是我的生日，哈多家族繼承人的生日！我給你帶來一件禮物好紀念這一天。這是一把小刀，正是你所需要的；它能如你所願切斷任何東西，哪怕細微如髮。」

這麼一來撒多爾很不安，因為他很清楚，圖林自己也是當天才獲得這把小刀的；但是人們認為，無論贈送者是誰，拒絕一件出於自願贈送的禮物，是極大的不妥。於是他鄭重地對他說：「胡林之子圖林，你出身於一個慷慨的家族。我所做的沒有什麼能配得上你的禮物，並且我也無法指望能在餘生中做得更好；然而，我會竭盡所能。」當撒多爾從刀鞘中把刀拔出來時，他說：「這千真萬確是件厚禮——這是精靈打造的鋼刀。這手感我懷念已久。」

不久胡林就注意到圖林沒有佩帶那把小刀，他問圖林是不是他的警告令他對它心存恐懼。圖林回答說：「不是的，我把那把小刀送給木匠撒多爾了。」

「那麼你是蔑視你父親的禮物嗎？」莫玟問；圖林再次回答：「不是的，是我很愛撒多爾，並且我為他難過。」

於是胡林說：「圖林，你給出的全部三樣禮物都屬於你自己——愛、同情，以及與此相較之下最不重要的小刀。」

「然而我懷疑那些是不是撒多爾應得的。」莫玟說：「他本人因為技能不佳把自己弄成殘廢，並且他做事很緩慢，因為他花太多時間去做沒人叫他做的瑣事。」

「雖然如此，還是同情他吧。」胡林說：「一隻誠實的手與一顆真誠的心可能會砍失手；而這所造成的傷害可能比敵人所做的更加難以承擔。」

「然而你現在必須等待另一把刀了。」莫玟說：「如此那禮物才是真正的禮物，付上的是你自己的代價。」

但是，圖林注意到，此後撒多爾受到的待遇好多了，現在他被分配去製造一張大椅子，好供族長用來坐在他的大廳裡。

在五月一個陽光燦爛的早晨，圖林被突如其來的號角聲喚醒；他奔到門前，看見庭院中聚集了一大群人，有的步行有的騎馬，都全副武裝，彷彿要去作戰。胡林也站在當中，他對眾人說話，下達命令；圖林得知他們這天即將出發前往「泉邊堡壘」。這些人是胡林的衛士與僕從；在他領地中所有可用的人手都被徵召了。有些人已經隨胡林的弟弟胡爾先走了；還有其他許多人會一路加入多爾露明領主的隊伍，追隨他的旗幟，加入精靈王偉大的集結。

於是，莫玟向胡林道別，她沒有落淚；她說：「我會守護你託付給我看顧的，包括現有的和將有的。」

而胡林回答她：「再會了，多爾露明的領主夫人；如今我們懷著遠勝以往的希望馳向戰場。讓我們這樣想吧——在今年的冬至，慶典盛宴將比我們過往所有的年歲都更加歡樂，因為隨之而來的，將是一個沒有恐懼的春天！」然後，他把圖林舉到肩膀上，對他的手下喊道：「讓哈多家族的繼承人見識一下你們長劍的光芒吧！」立時，五十柄劍脫鞘而出，陽光在劍鋒上燦爛閃耀，整個庭院中激蕩著北方伊甸人的戰吼：*Lacho calad! Drego morn!* 光明點燃！黑夜潰散！

於是，胡林終於躍上他的馬鞍，他的金色旗幟開展，號角在晨光中再次吹響；如此，胡林·薩理安馳向了尼奈斯·阿農迪亞德戰役。

而莫玟與圖林佇立在門前，直到一聲微弱的號角遠遠乘風而來傳入耳中：那是胡林越過了山肩，從那之後他再也望不見他的家園了。

第二章　淚雨之戰

關於「尼奈斯・阿農迪亞德戰役」，也就是「淚雨之戰」，有眾多的傳說歌謠為精靈們講述傳唱；在這場戰役中，芬鞏犧牲了，艾爾達之花凋零。若是一切從頭說起，一個人窮盡一生也聽不完。因此，這裡只來詳述那些影響到哈多家族與堅定者胡林的子女之命運的事蹟。

當邁茲羅斯終於召集起全部他所能召集的力量之後，他選定了決戰之日。在夏至那一天清晨，艾爾達號角齊鳴，向升起的太陽致敬，費諾眾子的旗幟在東線揚起，諾多君王芬鞏的大軍則在西線就緒。

芬鞏站在泉邊堡壘的城牆上眺望，他的大軍部署在威斯林山脈東麓的森林裡與山谷中，儘管巧妙地避過了敵人的眼目，他卻知道這支軍隊的數量非常龐大。因為希斯盧姆全境的諾多精靈都齊聚在此，還有許多來自法拉斯和納國斯隆德的精靈加入他們的陣營；此外，他還擁有人類的強大的力量：部署在右邊的是多爾露明的大軍，以及胡林與他弟弟胡爾的所有勇士；他們的親戚，布雷希勒的哈勒迪爾，也帶領著許多林中戰士加入了他們的隊伍。

然後芬鞏向東望去，他的精靈視力看見遠方煙塵滾滾中有鋼鐵閃光，猶如迷霧中的繁星點點，於是他知道邁茲羅斯已經進軍，心中非常欣喜。接著他望向桑苟洛墜姆，該處烏雲環繞，並有黑煙上升；於是他知道魔苟斯的怒火已經點燃、他們的挑戰將被接受，心頭突然籠罩了一道懷疑的陰影。然而就在這時，有呼喊聲從南方乘風激揚而起，一路從一個山谷傳到下一個山谷；精靈與人類在驚喜中紛紛高呼，因為未受徵召的圖爾貢出人意料地打開了貢多林的大門，帶領一萬精兵來臨；他們鎧甲雪亮、佩帶長劍，矛槍矗立如林。如此一來，當遠方圖爾貢嘹亮的號角聲傳入芬鞏耳中，他心頭的陰影隨之消散，心情也隨之一振；他高喊道：「*Utúlie'n aurë! Aiya Eldalië ar Atanatári, utúlie'n aurë!* 光明終於來臨了！看啊，精靈的子民與人類的祖先，光明終於來臨了！」他的洪亮嗓音在重重山巒中回響，聞者無不高呼回應：「*Auta i lómë!* 黑夜正在逝去！」

他們並沒有等待很久，大戰就打響了。因為魔苟斯對他敵手們的所為所圖知之甚詳，針對他們的進攻時刻，也已定下了計畫應對。已經有一支安格班派出的大軍在逼近希斯盧姆，與此同時，另一支更強大的軍隊則開去迎戰邁茲羅斯，以求阻擋精靈王族們的軍力會師。他們前往對陣芬鞏的部隊一律身著暗色衣鞋、武器入鞘；因此，當他們被發現正逐漸接近時，他們已經在安佛格利斯沙漠上行進了很遠。

諾多精靈發現了敵軍之後，群情激昂，將領們都想衝上平原攻擊敵人；但是芬鞏反對這麼做。

「眾位將領，當心魔苟斯的詭計！」他說：「他的實力向來超出表象，他的圖謀也歷來與他顯示的姿態不符。不要暴露你們自身的實力，先讓敵人在攻上山來時消耗兵力。」因為，精靈王族們的計畫是，邁茲羅斯將會率領他的全部兵力，包括精靈、人類與矮人，公然朝安佛格利斯沙漠進軍；而當他如願成功引出魔苟斯的主力應戰之後，芬鞏將從西線發起攻擊，如此魔苟斯的大軍將如置身鐵錘與鐵砧之間遭到雙面夾攻，從而被擊潰；而夾攻發起的訊號是在多爾索尼翁點燃起巨大的烽火。

但是魔苟斯西路大軍的將領已經受命，要不惜一切手段，將芬鞏的大軍誘出山嶺，因此，他讓大軍不斷推進，直到戰線前鋒逼到了西瑞安河畔，從泉邊堡壘直至西瑞赫沼澤；芬鞏的前哨部隊可以看清敵人的眼睛。然而這樣的挑釁無人回應，半獸人大軍望著沉寂的城牆與山嶺中的潛在威脅，他們的譏嘲奚落也語不成句。

於是魔苟斯的將領派出了騎兵，打著談判的旗號，一徑直騎到泉邊堡壘外廓的城牆下。他們帶來了圭林之子格勒米爾，他是一位納國斯隆德的貴族，他們在布拉苟拉赫戰役中生擒了他，並且弄瞎了他的眼睛；他們的傳令官把他推上前展示，喊道：「我們家裡這樣的角色還多得很，但是你們要想找到他們的話可得趕快了；因為我們回去後就要把他們全都處置了——就像這樣。」然後他們砍了格勒米爾的四肢，拋下他揚長而去。

命運弄人，那時身處前哨的正是圭林的另一個兒子葛溫多，以及許多來自納國斯隆德的精靈；事實上，他正是因著對兄弟被俘的悲痛，才帶著這些他能召集的人手踏上戰場。此刻他的狂怒如同熾焰，他騎馬疾衝出去，許多騎兵也加入了他；他們追上安格班的傳令官，將其斬殺。隨後所有納國斯隆德的精靈全都跟了上來，他們一路前衝，深入安格班的大軍之中。目睹這一切，諾多精靈全軍都鼓譟沸騰起來；芬鞏戴上了他白色的頭盔，吹響了號角，他的全部大軍從山嶺中驟然現身、突襲而出。

諾多精靈們拔劍的光輝猶如葦叢中點起的一片火海；他們的攻擊是如此猛烈迅速，魔苟斯的計謀險些就要失敗。那送往西方做誘餌的軍隊在他能夠增援之前就被橫掃摧毀，芬鞏的旗幟一路橫越安佛格利斯沙漠，直到豎立在安格班的城牆前。

葛溫多與納國斯隆德的精靈們始終身在戰鬥的最前線，即使如此，他們仍然不肯被約束；他們衝破了外城門，甚至在安格班的庭院中殺了那些守衛；魔苟斯在地底深處的王座上聽見他們擂門的巨響，也不禁顫抖。但是接著葛溫多被困在那裡，遭到生擒，他的部下全部都被殺害；因為芬鞏無法去援助他們。從桑苟洛墜姆的無數密門中，魔苟斯釋出了他隱藏著、等待已久的主力大軍，芬鞏損失慘重，被擊退在安格班的城牆前。

於是，在大戰開始後的第四天，在安佛格利斯的平原上，「奈尼斯·阿農迪亞德」開始了。這一戰的悲傷哀慟，沒有任何傳說能夠道盡。這裡不再贅述東線的戰況，包括貝磊勾斯特堡的矮人如何擊退了惡龍格勞龍，包括東來者的陣前倒戈、邁茲羅斯大軍的分崩離析與費諾眾子的潰逃。在西線戰場上，芬鞏的大軍在沙漠上敗退，哈勒米爾之子哈勒迪爾與大部分布雷希勒的戰士都在途中陣亡。然而在第五天，當夜幕降臨，芬鞏的將士仍然距離威斯林山脈很遠，卻已被安格班的大軍團團包圍；他們徹夜奮戰直到天明，卻始終被壓制得越來越緊。破曉時分，希望終於來了，他們聽見了圖爾貢的號角聲，他正率領貢多林的大軍揮師而來；須知圖爾貢初時被部署在南方防守著西瑞安通道，而且他約束了自己的大部分人馬，沒有加入那輕率的突襲。此時他加緊趕來援助他的兄長；而貢多林的諾多精靈威猛無比，他們的隊伍在日光下閃耀有如鋼鐵洪流，哪怕是圖爾貢最普通的戰士，其長劍與甲胄也要超出任何一位人類君王的身家。

此刻，貢多林之王的重裝衛隊方陣突破了半獸人的行伍，圖爾貢殺出一條血路來到了他哥哥身旁。據說，這一次圖爾貢與芬鞏身邊的胡林在鏖戰中的重逢，格外令人振奮欣喜。那時，安格班的軍團被逼退了片刻，而芬鞏也再次開始撤退。然而，在東線擊潰邁茲羅斯之後，魔苟斯如今有極大的餘裕來調配兵力；在芬鞏與圖爾貢得以退至山嶺的庇護之前，他們遭到了超出自身殘餘兵力三倍之多的敵人如潮的攻擊。安格班的主將勾斯魔格也親臨督陣；他指揮黑暗的部隊楔入兩支精靈大軍之間，一面包圍芬鞏王，同時將圖爾貢與胡林逐開，將其逼向西瑞赫沼澤，然後他轉去攻擊芬鞏。那真是一場惡戰。最後芬鞏的近衛隊全都在他身旁戰死，只餘他獨自一人挺立；他力戰勾斯魔格，直到另一隻炎魔欺到他身後，揮動鐵鞭困住了他。於是勾斯魔格舉起黑色巨斧劈向芬鞏，芬鞏的頭盔冒出一道白色的烈焰，裂為兩半。就這樣，諾多的君王犧牲了；他們用釘頭錘把他狠狠擊碎在沙塵裡，而他那藍銀相間的旗幟，被他們踐踏在他鮮血形成的泥沼中。

戰場上大勢已去；但是胡林和胡爾，以及哈多家族殘餘的戰士，都堅定地與貢多林的圖爾貢並肩作戰；魔苟斯的大軍一時之間還無法攻下西瑞安通道。於是，胡林對圖爾貢說：「我王，快走，趁現在還來得及！您是芬國昐家最後僅存的血脈，在您身上存留著艾爾達最後的希望。只要貢多林存在一日，魔苟斯便得繼續心知恐懼。」

「如今貢多林也無法隱藏太久了，而一旦被發現，它必然陷落。」圖爾貢說。

「但是哪怕它只屹立短短數年，」胡爾說：「然而，從您的家族必將生出精靈與人類的希望。我王，在死亡的凝視下，且容我向您這麼說：雖然我們在此永別，我再不能見到您的潔白城牆，但從你我之中必要升起一顆希望的新星。珍重再見了！」

圖爾貢的外甥邁格林就站在一旁，他聽到了這些話，也從來沒有忘記。

於是圖爾貢接受了胡林與胡爾的建議，下令他的大軍開始撤退進入西瑞安通道；他的大將艾克希里昂與葛羅芬戴爾扼守住左右兩翼，不令任何敵人越過，因為該地唯一的去路十分狹窄，是沿著逐漸湍急的西瑞安河西岸邊緣而行。然而多爾露明的人類擔任了阻斷後路的任務，正如胡林和胡爾所願；因為他們內心都不願逃離北方大地——如果不能戰勝贏回家園，那麼他們寧可挺立在此，戰至最後一兵一卒。就這樣，圖爾貢領軍一路向南殺出重圍，直至退到胡林與胡爾守住的戰線後方，他穿過西瑞安通道，脫離了戰場，並且避開了魔苟斯的眼目，消失在崇山峻嶺之中。而胡林和胡爾兩兄弟將哈多家族殘餘的勇士召集在身邊，他們一英尺一英尺撤退，直到退過了西瑞赫沼澤，面對著瑞微爾溪流。在那裡，他們停下腳步，不再後退。

於是，安格班的全部大軍蜂擁而上攻擊他們，用屍體堆疊成橋越過溪去，包圍了希斯盧姆殘餘的勇士，如同漲起的浪濤一波接一波擊打一塊礁石。在那裡，當太陽西沉、威斯林山脈的陰影漸漸深暗，胡爾的眼睛中了一支毒箭倒下，哈多家族所有的勇士在他身旁全部戰死，屍體堆疊；半獸人砍下他們的頭顱堆成一堆，在夕陽下宛如一朵黃金小丘。

最後，只剩胡林獨自挺立。他拋下盾牌，從一個半獸人將領手中奪過一柄戰斧，雙手掄斧擊敵；歌謠中說，斧頭砍在勾斯魔格的護衛食人妖身上，黑血蝕斧冒煙直到消融；而每一次殺敵，胡林都高喊：「*Aure entuluva!* 光明終將再來！」如此他一共喊了七十次；但是他們最後還是生擒住他，這是魔苟斯的命令，因為他想要對胡林行下比死亡更可怕的惡事。因此半獸人爭先恐後伸手來抓胡林，即使他把那些手臂一一斬斷，它們還是緊抓在他身上；他們前仆後繼不斷擁上前，最後他被撲倒壓在底下。於是，勾斯魔格上前來將他捆了，一路嘲笑著拖回安格班去。

「尼奈斯・阿農迪亞德戰役」就如此結束了，彼時太陽正西沉入大海彼端。夜幕降臨了希斯盧姆，從西方颳來了一場強烈的暴風雨。

魔苟斯可謂大獲全勝，儘管他邪惡的意圖並未全部達成。不過有件事深深困擾著他，損害了他的勝利，令他心神不寧：圖爾貢逃出了他的羅網，而所有的敵人中他最想活捉或摧毀的就是圖爾貢。因為出身偉大的芬國昐家族的圖爾貢，如今名正言順地成了諾多精靈的最高君王；而魔苟斯既害怕又厭恨芬國昐的家族，因為他們在維林諾時就蔑視他，還擁有他的大敵烏歐牟的友誼；此外也因為芬國昐在單挑他的戰鬥中給他留下的創傷。而芬國昐家族中，魔苟斯之所以最害怕圖爾貢，乃因為舊日在維林諾，魔苟斯的目光就常落在圖爾貢身上，無論何時只要圖爾貢走近他，他心頭就會蒙上一層陰影，預示著在仍然隱藏於命運之中的某個時日，他的毀滅將從圖爾貢而來。

第三章　胡林與魔苟斯的對話

如今在魔苟斯的命令下，半獸人大軍前往清理戰場，費力將所有敵人的屍體，與所有的甲冑和武器收集攏來，堆疊在安佛格利斯平原的中央。它猶如一座極大的山丘，從遠處就能望見；艾爾達精靈將它命名為「豪茲—恩—尼奈斯」，「眼淚之丘」。不過，在這整片荒蕪中，唯獨在這山丘上，長出了翠綠又茂密的青草；此後再無任何魔苟斯的爪牙敢於涉足這一方山丘，在它之下，艾爾達與伊甸人的刀劍腐朽，歸回塵土。芬鞏的王國不復存在，費諾眾子流離失所猶如風中的落葉。哈多家族沒有一人得以歸回希斯盧姆，關於戰況以及他們領主們的命運，也沒有任何消息傳回。然而，魔苟斯把自己麾下的人類派去了該地，那些膚色黝黑的東來者；他令他們封閉在希斯盧姆地區，並且禁止他們離開。這便是他為令他們背叛邁茲羅斯，而承諾回予他們的豐厚報酬：劫奪騷擾哈多家族的老弱婦孺。希斯盧姆殘餘的艾爾達精靈，那些沒來得及逃入荒野或山嶺中的，全部被抓到北方的礦坑中去當奴隸做苦役。半獸人在整片北方大地上自由來去，不斷往南入侵直至貝雷瑞安德。多瑞亞斯尚在那裡，納國斯隆德亦然；但是魔苟斯不太在意他們，有可能是因為他對它們所知不多，也可能是因為在他的毒計中，時機尚未到來。然而，他的整個心思意念，始終繞著圖爾貢打轉。

因此，胡林被帶到了魔苟斯面前，因為魔苟斯靠著他的計謀與密探得知，胡林與貢多林的王有交情；他意圖以目光來威嚇胡林。然而胡林尚自不受威嚇，公然反抗。於是，魔苟斯令他戴上枷鎖，讓他慢慢遭受折磨；不過，不久之後又來找他，開出條件：只要他肯透露圖爾貢的要塞位處何方、說出一切他所瞭解的精靈王的謀略，便可以選擇恢復自由之身，或者獲得魔苟斯麾下最高統帥的權力與地位。但是，堅定的胡林嘲笑他，說：「魔苟斯·包格力爾，你瞎了眼，而且將永遠如此，只能看見黑暗。你不瞭解人類的心受何支配，何況你就算瞭解也無法給予。只有白癡才會接受魔苟斯的條件。你會先取走成果，再拒絕兌現承諾；我若告知你所問的答案，便只有死路一條。」

這一來魔苟斯大笑起來，說：「死亡你也得當作恩賜來向我祈求。」隨後他將胡林帶去

「豪茲—恩—尼奈斯」上，彼時這山丘剛剛堆成，死亡的腐臭瀰漫其上；魔苟斯把胡林放在山丘頂上，命他朝西望向希斯盧姆，想想他的妻兒並其他親族。「因為如今他們身處我的疆域，」魔苟斯說：「其命運繫於我的仁慈。」

「你毫無仁慈。」胡林答道：「然而你也別指望靠他們來找到圖爾貢；因為他們並不知道他的秘密。」

於是，魔苟斯怒火中燒，說：「然而我卻找得到你，和你那受咒詛的全家；哪怕你全是鐵打的，也將折服在我的意志底下。」他拾起丘上一柄長劍，當著胡林眼前折斷，一塊崩斷的碎片劃傷了胡林的臉；但是胡林毫不畏縮。因此魔苟斯伸出長長的手臂指向多爾露明，咒詛了胡林與莫玟與他們的後代，說：「看吧！無論他們去向何方，都將為我思緒的陰影籠罩；我的憎恨將追逐他們直到天涯海角。」

但是胡林說：「你所言皆是枉然。只要你保有這個形體，仍然渴望做塵世中肉眼可見的君王，而你既不能看見他們，也不能遙遙支配他們。」

於是魔苟斯轉向胡林，說：「蠢貨，渺小的人類，所有能言的生靈裡最卑賤的！你可曾親見維拉？你可有衡量過曼威與瓦爾妲的力量？你可知曉他們思緒的範圍？抑或是，你以為他們眷顧於你，能夠從遠方對你加以佑護？」

「我並不知道。」胡林說：「但若他們希望，這便是可能的。只要阿爾達尚存，其至上君王就不可能被廢黜。」

「你說對了。」魔苟斯說：「我就是那至上君王：我乃米爾寇，身為維拉之首，最為強大；我先於世界存在，是我創造了這世界。我欲念的陰影籠罩著阿爾達，其中一切都必定逐漸屈服在我的意志之下。我的思緒將如一片厄運的烏雲籠罩在你所愛的人們身上，它將令他們陷入黑暗與絕望。無論他們去向何方，邪惡都將崛起；無論何時他們開口，其言都將帶來有害之議；他們所做的一切都將反噬自身。他們將絕望死去，詛咒生也詛咒死。」

但是胡林答道：「你是否忘了你在對誰說話？許久以前你就對我們的祖先說過這樣的話；然而我們逃離了你的魔影。而現在，我們對你已有所知，因為我們見過那些曾經見證光明的面孔，聽過那些曾經與曼威交談的聲音。先於阿爾達存在的不只是你，還有他人；阿爾達並非你所創造，你也並非最為強大。因你已將力量消耗於你自身，將它浪擲在你自身的虛空當中。如今你不過是個逃離了維拉掌握的奴僕，他們的鎖鍊仍然等候著你。」

「你是死記硬背地學會了你主人們教你的功課。」魔苟斯說：「然而如今他們已經全都逃走了，如此幼稚的傳說根本幫不了你。」

「那麼奴僕魔苟斯，」胡林說：「我最後要對你說的話並非來自艾爾達精靈的古老知識，而是就在此時此刻浮現在我心頭。你不是人類的主宰，將來也不會是，哪怕整個艾爾達與全部星辰的領域都落到你的統治之下。超越世界的邊界，你將無法追逐那些抗拒你的人。」

「超越世界的邊界，我也不會去追逐他們，」魔苟斯說：「因為在世界的邊界之外，只有虛無。然而在世界範圍之內，他們將逃不出我的掌心，直到他們進入虛無。」

「你說謊。」胡林說。

「你將見證，且將承認我不說謊。」魔苟斯說。然後他把胡林帶回安格班，將他安置在桑苟洛墜姆高處的一張石椅上，從那裡胡林可以遠遠望見西邊希斯盧姆的疆域以及南方貝雷瑞安德的土地。他被魔苟斯的力量束縛在該處；魔苟斯站在他旁邊再次咒詛他，將力量加諸他身上，從而除非魔苟斯釋放他，他無法離開那個地方，也不能死去。

「現在給我在那裡坐好，」魔苟斯說：「留神看著那些地方，邪惡與絕望將在那裡並降臨到那些你已交由我處置的人們身上，因為你膽敢嘲笑我，竟敢質疑阿爾達命運的主宰米爾寇的力量。因此，你將透過我的眼睛來視事，透過我的耳朵來聽聞，在此沒有什麼會向你隱瞞。」

第四章　圖林的起程

只有三個人最終找到路回到了布雷希勒，那是一條穿過「浮陰森林」的險惡之路了；當哈多的女兒葛羅瑞希爾得知哈勒迪爾戰死之後，她悲慟而死。

然而沒有任何消息傳回多爾露明。胡爾的妻子麗安心痛過度，神智昏亂地逃入了荒野；不過她獲得了米斯林群山中灰精靈的援助，當她的孩子圖爾出生後，他們收養了他。而麗安獨自去到了「豪茲—恩—尼爾奈斯」，「眼淚之丘」，她在那裡躺下，就此傷逝。

莫玟・伊蕾絲玟仍留在希斯盧姆，滿懷悲傷地沉默不語。她兒子圖林才九歲，並且她又懷了孩子。她的生活非常艱難。大批的東來者湧入這片土地，他們殘酷地對待哈多家族的人民，掠奪他們的一切財產，並且奴役他們。他們抓走了胡林故土上所有能夠工作、尚有利用價值的人，年幼的女孩和男孩也不例外；對老人，他們則要麼殺害，要麼就逐出去讓他們餓死。但是他們仍不敢染指多爾露明的領主夫人，也不敢逼迫她離開她的房子；因為他們當中有傳言說她非常危險，是個與白魔鬼們有來往的女巫：他們稱精靈為「白魔鬼」，憎恨他們，但更害怕他們。因這緣故，他們也害怕跟避開周圍的群山，因為許多艾爾達精靈在山中避難，尤其是在該地的南方。因此洗劫掠奪一番過後，東來者撤回了北方。胡林的房子位於多爾露明的東南部，離群山很近；事實上拉來斯小溪正是發源於達西爾山陰影下的一眼山泉，而越過達西爾山的山肩，有一條陡峭的通道。身強力壯者可以靠著這條通道翻越威斯林山脈，然後向下沿著葛理蘇伊泉眼密布的地界進入貝雷瑞安德。不過東來者不知道這條通道，魔苟斯對此也仍一無所知；因為這片國度在芬國盼的家族統治期間他刺探不到，他的爪牙也未曾有一個到過該處。他堅信威斯林山脈是一道無法踰越的屏障，無人能從北方逃脫，也不可能從南邊展開攻擊；而對於無法飛行的生物而言，從西瑞赫沼澤到最西邊多爾露明與內弗拉斯特交界一帶，也的確沒有其他通路了。

因此，在第一波的劫掠之後，莫玟便被放任不管了，可是周圍的樹林還有人潛藏著，出門走遠還是很危險。木匠撒多爾與一些老人及老婦，以及圖林，仍留在莫玟的庇護之下，她不讓圖林踏出庭院一步。但是胡林的家園田地很快就都荒廢了，儘管莫玟辛苦操勞，她仍舊貧窮，若不是胡林的親族艾玲偷偷地送糧幫助她，她將淪落到挨餓的地步；東來者中有一個叫布洛達的，強娶了艾玲為妻。對莫玟來說，接受救濟是苦澀的；但是她為了圖林以及腹中尚未出世的孩子的緣故，接受了幫助，並且，就如她所說的，那些東西本都是屬於她的，因為就是這個布洛達奪走了胡林家園中的人民、財物和牲口，把這一切都帶回家據為己有。他算是個膽大氣勇的人，但是在他們來到希斯盧姆之前，他在自己的族人中無足輕重；因此，他搜刮財富，隨時準備好把其他同族人沒有染指的土地，皆佔為己有。他曾經見過莫玟一次，那是在一次劫掠中，他騎馬來到了她家門前；但是一股對她而生的極大的恐懼攫住了他。他以為自己看見了一名白魔鬼的邪惡雙眼，滿心恐懼顫驚，生怕會有厄運臨頭；於是他沒有洗劫她家，也沒有發現圖林，否則此地真正領主的繼承人恐怕會就此夭折了。

布洛達強迫哈多家族的人做了奴隸，叫他們「稻草頭」，且命令他們在胡林家的北邊為他修建一座木製的廳堂；他的這群奴隸像被關在獸欄中的牲畜一般關在柵欄裡，並且被嚴密看守著。他們當中仍有些人並不膽怯屈服，願意幫助多爾露明的領主夫人，哪怕這會給他們自身招來危險；他們把領地上的消息與秘密傳給了莫玟知曉，儘管他們帶來的消息中幾乎沒有什麼希望可言。不過，布洛達是把艾玲當作妻子而非奴隸來對待的，因為在他自己同來的族人當中女人很少，更沒有哪個能與伊甸人的女兒們相提並論；況且，他想在此地確立自己的統治權，並且想要有個繼承人在身後保有這一切。

對於已經發生了什麼事，將來又可能會發生什麼事，莫玟很少向圖林透露；而圖林也害怕提出問題來打破她的沉默。當東來者首次侵入多爾露明時，他問他母親：「我父親什麼時候才會回來趕走這些醜陋的匪徒呢？為什麼他不來？」

莫玟答道：「我不知道。他也許是被殺害了，要麼就是被俘虜了；又或者他是被驅趕到了很遠的地方，因而還無法穿過這些圍困我們的敵人歸來。」

「那麼我認為他是死了。」圖林說。在他母親面前，他強忍住了眼淚；「因為如果他還活著，沒有誰能夠阻止他回來幫助我們。」

「我兒，這兩者我都不認為是事實。」莫玟說。

隨著時光流逝，莫玟越來越擔心她兒子圖林，多爾露明與拉德羅斯的繼承人；因為她意識到，在他長大成人之前，他無望逃脫給東來者為奴的命運。於是，她想起了她與胡林的交談，她的思緒再次傾向了多瑞亞斯；最後，她決定要盡她所能把圖林秘密送走，懇求辛葛王收留他。就在她坐下來盤算該如何行事時，她腦海中清晰響起了胡林的聲音，他在對她說：**迅速動身！不要等我！**然而她即將臨盆，逃亡的路途卻艱難危險；而若是拖延，能逃脫的機會只會更渺茫。而且，她的心依舊抱著一絲不能承認的僥倖，欺哄著她；她內心深處有著預感，胡林沒有死。在夜晚無眠的守望中她會聆聽是否有他的腳步聲；她會突然驚醒，以為自己聽到了庭院中他的馬阿羅赫的嘶鳴。此外，雖然她願意讓她兒子如同當時的傳統，在別人的廳堂中得到撫養，但她自己卻不打算屈尊去做一個接受施捨的客人，哪怕對方是位君王。因此，胡林的聲音，或者說關於他聲音的記憶，曾被忽略了，而圖林命運的第一股絲線，就此織就。

在莫玟下定決心之前，哀悼之年的秋天已然臨近，於是她開始加緊準備；因為適合旅行的時間不多了，而如果等冬天過去，她又害怕圖林可能會被抓走。東來者暗中在她家庭園四周來回巡行，並且監視屋內動靜。因此，她突然對圖林說：「你父親不會回來了，因此你必須走，而且要盡快。這正如他會希望的。」

「走？」圖林喊道：「我們要去哪裡？翻過山脈嗎？」

「是。」莫玟說：「翻過山脈，到南方去。南方——那條路或許希望尚存。但是，我兒，我沒說**我們**。你必須走，但我必須留下。」

「我不能自己走！」圖林說：「我不會離開你。為什麼我們不能一起走？」

「我不能走。」莫玟說：「而你也不會獨自走。我會派格司隆跟你一起去，也許，還要加上格利斯尼爾。」

「你不派拉巴達嗎？」圖林問。

「我不會，因為撒多爾是跛子，」莫玟說：「而那將是條艱辛的路。由於你是我兒子，形勢又如此嚴峻，我不會對你溫言軟語：你可能會死在旅途中。寒冬將至，但如果你留下來，你就會遭遇更壞的結果：變成一個奴隸。如果你想在長大成人時能夠做個真正的人，你就要勇敢地照我吩咐去做。」

「但如此一來我就只能拋下妳，留妳和撒多爾、盲眼的拉格尼爾以及一些老婦人在一起。」圖林說：「我父親豈不是說過，我是哈多家族的繼承人？繼承人應當留在哈多的家園中保衛它。現在我真希望我還保有我的小刀！」

「繼承人本應當留下，但是他不能這麼做。」莫玟說：「然而有朝一日他會歸來。現在，振作起來！如果情勢惡化，我會隨後跟著你去；如果我能的話。」

「但是荒野茫茫，你要如何才能找到我？」圖林說；突然，他再也控制不住自己的情感，當場哭了出來。

「如果你嚎哭，其他東西會先找到你。」莫玟說：「而我知道你要去哪裡。如果你能到達那裡，並且安頓下來，我就會在那裡找到你，如果我能的話。我將送你去見多瑞亞斯的王辛葛；難道你不想當個國王的座上客，而寧可做奴隸嗎？」

「我不知道。」圖林說：「我不知道奴隸是什麼。」

「我正要把你送走，如此你就不必學到那是什麼意思。」莫玟回答道。接著她把圖林拉到面前望進他的雙眼，彷彿在盡力讀解其中的謎題。最後，她說：「圖林我兒，這真的很難。不只是對你而言如此。在這樣邪惡的日子裡，要判斷怎麼做才最好，對我也很沉重。但是我做了我認為正確的事；否則我為什麼要與我僅存的一切之中最寶貴的分離？」

此後他們再沒有一起討論此事，而圖林既傷心又困惑。到了早晨，他去找撒多爾，木匠正在劈引火柴，由於不敢在樹林中逗留，他們沒有多少木柴可用了；這時他正倚著枴杖望著胡林的大椅子，它還未完成就被塞進了角落裡。「我得用它了，」他說：「這些日子以來我們只能滿足最基本的需求。」

「先別拆掉它。」圖林說：「也許他會回家來，當他看到他不在時你為他所做的，他一定會很高興的。」

「虛幻的指望比恐懼更危險，」撒多爾說：「這樣的指望也無法在這個冬天裡給我們保暖。」他撫摸著椅子上的雕刻，嘆了口氣。「我真是浪費時間，」他說：「雖然那段時間似乎令人十分愉快。但是所有這類的東西都不長久；我猜，製造它們時的快樂，就是它們僅有的真正結局。還有，現在我也該把你的禮物還給你了。」

圖林伸出了手，卻又很快縮回去。「一個男人不會收回他的禮物。」他說。

「但是如果它屬於我，難道我不能隨心所欲將它送人嗎？」撒多爾說。

「你可以，」圖林說：「你可以送給任何人，只除了我之外。可是你為什麼會想要把它送人呢？」

「我不指望能把它用在有價值的工作上了。」撒多爾說：「對拉巴達來說，面臨的日子除了做奴隸之外，沒有其他選擇。」

「什麼是奴隸？」圖林問。

「一個原本是人的人，卻被像野獸一樣對待。」撒多爾答道：「給他飯吃只是為了讓他活命，讓他活命只是為了讓他做苦工，而他做苦工只因為害怕痛苦或死亡。而從這些強盜那裡，他還是會得到痛苦或死亡，只因為他們要找樂子。我聽說他們挑出一些跑得快的人，然後帶著獵狗追獵他們。他們從半獸人那裡學的比我們從精靈那裡學的快多了。」

「現在我對事態明白多了。」圖林說。

「讓你這麼小就不得不明白這種事，實在是一種羞恥。」撒多爾說；接著，他看到圖林臉上奇怪的神情：「現在你明白什麼了？」

「明白為什麼我母親要送我走了。」圖林說，淚水湧上了他的雙眼。

「啊！」撒多爾說，然後自言自語道：「但是為什麼耽擱了這麼久？」接著他轉向圖林說：「這在我看來不像個令人難過的消息啊。不過，你不該把你母親的打算這麼大聲地告訴拉巴達，任何人都不能告訴。如今所有的圍牆和柵欄都長著耳朵，那些耳朵可沒有長在好看的頭上。」

「可是我一定得跟什麼人說一說啊！」圖林說：「我總是把什麼事都告訴你。我不想離開你，拉巴達。我不想離開這座房子和我母親。」

「但是如果你不離開，」撒多爾說：「很快哈多家族就將覆滅，而且是永遠覆滅。這一點現在你必須明白。拉巴達也不想要你走；但是胡林的僕人撒多爾會更高興看到胡林的兒子逃離東來者的魔掌。好啦，好啦，這就是既定事實：我們必須說再見了。現在，你願不願意收下我的小刀，做為別離的禮物呢？」

「不要！」圖林說：「我母親說，我是要去精靈那裡，去找多瑞亞斯的王。在那裡我會得到其他像這樣的東西。但是我恐怕無法把任何禮物送來給你了，拉巴達。我將身在遠方，而且是孤單一人。」接著圖林哭了；但是撒多爾對他說：「嘿！這會兒胡林的兒子哪兒去啦？不久前我還聽他說道：**只要我長得夠大，我要像個戰士追隨精靈王出戰呢**。」

於是圖林止住了眼淚，說：「好吧：如果胡林之子這樣說過，他就必須信守諾言，並且動身起程。但是無論何時我說我會做這或做那，當時機來臨卻都是相去甚遠。現在我是不情願的。我必須小心不再說這樣的話了。」

「那樣的確最好。」撒多爾說：「會這樣教導的人多，學會的人卻少。先別管未來的日子會怎樣吧。今天已經足夠操心了。」

於是，圖林準備好要起程了，他向他母親道別，和兩名同伴一起秘密出發。然而，當他們叫圖林轉身回望他父親的家園時，分離的痛苦如同利劍穿心，他大喊道：「莫玟，莫玟，我什麼時候才能再見到妳？」而莫玟佇立在門口，聽見稠密山林中傳來那聲呼喊的回響，她緊抓著門柱直到手指都崩裂了。這便是圖林面臨眾多悲傷不幸中的第一個。

在圖林離開之後的那一年年初，莫玟生下了她的孩子，她給她取名妮諾爾，意思是「哀悼」；當妮諾爾出生時，圖林已經身在遠方了。他的旅途漫長又艱險，因為魔苟斯的力量正在遠遠向外擴張。但是，他有格司隆和格利斯尼爾作嚮導，他們在哈多統治的時候都還很年輕，而如今他們雖然已經上了年紀，卻依然很英勇。他們對地形地勢瞭若指掌，因為他們從前經常旅行穿越貝雷瑞安德。因此，因著命運與勇氣，他們越過了「陰影山脈」，攀下了西里安河谷，進入了布雷希勒的森林；最後，他們抵達了多瑞亞斯的疆域，筋疲力竭，形容憔悴。但是他們在那裡迷了路，陷在王后所設的迷宮中；他們在無路的重重樹林中迷途徘徊，直到所有的食物都已告罄。他們差一點就死在那裡，因為北方的寒冬已經來到；然而圖林的宿命注定他不會如此輕易死去。正當他們在絕望中躺著等死時，他們聽到了號角聲。「強弓」畢烈格正在那個地區狩獵，因為他向來居住在多瑞亞斯的邊境，並且他是當時最偉大的森林守護者。他聽見他們的呼喊，找到了他們；在給了他們食物和飲料後，他得知了他們的名字與來歷，他的心中充滿了驚訝與憐憫。他打量著圖林，對這孩子很有好感，因為圖林具有他母親的美麗與他父親的眼睛，並且他既堅定又強壯。

「你能給辛葛王帶來怎樣的助益呢？」畢烈格問男孩說。

「我會成為他的騎士之一，騎馬去與魔苟斯作戰，為我父親復仇。」圖林說。

「等你長大成人，那很可能會成為現實。」畢烈格說：「雖然你年紀還小，你卻已經具備了勇士的素質，配得上做『堅定者』胡林的兒子——若你真是他兒子的話。」胡林的名號在所有的精靈國度中都備受尊重。因此，畢烈格欣然為這些迷途人做了嚮導，他帶他們到了當時他與其他獵人同住的小屋；他們被安排住在那裡，同時一個信使出發前往明霓國斯送信。當回信傳來說，辛葛與美麗安願意接待胡林的兒子與他的護衛，畢烈格便帶領他們經由秘途進入了「隱藏的王國」。

就這樣，圖林來到了橫跨伊斯加勒督因河的大橋，穿過了辛葛殿堂的重重大門；他用孩子的雙眼驚奇地注視著明霓國斯的種種輝煌奇蹟，而這些此前除了貝倫之外，再沒有凡人得以一見。然後，在辛葛與美麗安面前，格司隆說出了莫玟的口信；辛葛和善地接待了他們，他將圖林抱起坐在自己的膝上，藉由此舉來向人類中最強悍的胡林與他的親族貝倫致敬。見此情景人們無不驚訝，因為此舉標示了辛葛將收圖林做他的養子；當時還沒有哪位王這樣做過，日後也再沒有哪位精靈貴族如此收養過人類。接著，辛葛對他說：「胡林之子，這裡就是你的家了；雖然你是人類，但你這一生都將被視為我的兒子來對待。你將得到超越凡人能想像、估量的智慧，你手中將握著精靈的武器。或許，終有一天你會收復你父親在希斯盧姆的領地；但目前就在關愛中安頓於此吧。」

圖林在多瑞亞斯寄宿的日子就這樣開始了。雖然格司隆和格利斯尼爾渴望能夠再次回到多爾露明他們的領主夫人身邊，他們還是與他在此同住了一段時間，仍作他的監護人。不久，衰老和疾病侵襲了格利斯尼爾，他留在圖林身邊直到去世；但是格司隆離開了，辛葛派了一支衛隊跟他同行，引導他並保護他，他們也給莫玟帶去了辛葛的問候。他們最後終於抵達了胡林的家，當莫玟得知圖林在辛葛的王宮中所獲得的尊重與禮遇後，她的悲傷獲得了些許緩解；那些精靈同時也給莫玟帶來了美麗安的豐厚贈禮，傳達了請求她隨辛葛的部屬一同返回多瑞亞斯的口信。因為美麗安既睿智又有先見之明，她希望如此一來能夠擋開魔苟斯意念中正在籌畫的邪惡。但是莫玟不願離開她的家，因為她的心意仍不動搖，她的心仍然高傲；此外，妮諾爾還在襁褓當中。因此，她辭謝了多瑞亞斯的精靈，並給他們她僅存的一點金飾品作為謝禮，以此來掩飾她的窮困；她也請他們將哈多的頭盔帶回去給辛葛。然而圖林一直殷切地盼望著辛葛的信使歸來；而當他們獨自歸回時，他奔進樹林中大哭，因為他知道美麗安的請求，他原本也希望莫玟會來。這便是圖林的第二個悲傷不幸。當信使們轉述莫玟的答覆，美麗安洞悉她的想法，也因憐憫而被觸動了；同時美麗安也意識到，她所預視的命運，是無法輕易被解除的。

哈多的頭盔被送到了辛葛的手中。那頭盔是用灰色的鋼鐵打造，裝飾著黃金，其上鐫刻著勝利的符文。頭盔中存在著一種力量，守護著任何戴它的人不受傷害、不會死亡，因為砍到它的劍會折斷，射中它的箭會彈開。它出自諾格羅德城的鐵匠鐵勒恰爾之手，他的作品名聞遐邇。它有一個護面罩（仿效矮人們用來在他們鍛造時保護眼睛的面罩樣式），戴上它的人，面容會讓所有目睹的人滿心恐懼，它本身則可防止箭矢和火焰。頭盔的冠頂嵌著一條鍍金的惡龍格勞龍的雕像，作為挑戰牠的象徵；因為它是在格勞龍首次從魔苟斯的大門出戰之後不久打造的。哈多，並在他之後的高多，經常在作戰時戴著它；當希斯盧姆的大軍看到它在戰場上赫然出現時，他們會鬥志高昂，高喊著：「多爾露明之龍比安格班的金色大蟲更威武！」不過胡林並不能從容地戴這龍盔，並且他無論如何都不願戴它，因為他說：「我寧願以真面目來面對敵人。」儘管如此，他還是把這頭盔當作他家族最重要的傳家寶之一。

此時辛葛在明霓國斯深處的武器庫中藏有大量精良的武器：其中包括金屬打造的魚鱗甲，在月光下閃耀如水；還包括長劍與戰斧，盾牌與頭盔，這些是由鐵勒恰爾本人或他的師傅老戛米勒・日拉克，或技藝更為高超的精靈匠人打造；有些東西辛葛是作為禮物收到的，它們是來自維林諾，是出自費諾爐火純青的手藝，這世上古往今來，再也沒有比他更偉大的工匠。然而辛葛卻鄭重對待哈多的頭盔，彷彿他自己的庫藏微不足道，並且他出言謙恭，說：「戴上胡林先祖們戴過的這頭盔的人，應當感到自豪。」

隨後，他腦中浮現一個想法，於是他召圖林來，告訴他莫玟給她兒子送來了一件非凡的物品——他父輩們的傳家之寶。「現在請收下北方的龍首吧，」他說：「當時機來到，請好好戴上它。」但是圖林年紀還太輕，無法舉起這頭盔，而且他也沒把這話聽進去，因為他心中太過悲傷。

第五章　圖林在多瑞亞斯

圖林在多瑞亞斯王國的童年歲月，是受到美麗安的保護與督導，雖然他很少見到她。森林裡住著一位名叫內菈絲的少女，她在美麗安的吩咐下，只要圖林在森林裡漫遊，她就會跟著他，因而她經常在那裡遇到他，表面上卻像是巧遇。他們在那裡一起玩，或是手牽手散步；因為圖林長大得很快，反之她似乎只是與他年齡相若的一個少女而已，而她身為精靈的一生，內心都如此認為。從內菈絲那裡，圖林學到了許多多瑞亞斯的風土人情，她還教他仿效古老王國的方式說辛達林語，它更古老、更禮貌，擁有更豐富的美麗詞彙。如此，有一陣子，他的情緒輕快起來，直到他又落入陰影中，而他們的友誼也如春曉般逝去了。因為內菈絲不去明霓國斯，也從不願意行走在岩石的屋頂下；因此當圖林的少年時期結束，他的思緒轉向人類的事蹟時，他便越來越不常見到她了，最後終於不再去找她。不過她仍在暗中看顧他，只是不再現身。

圖林在明霓國斯的王宮中住了九年。他的心與思緒始終在他的親族那邊，偶爾他會獲得他們的消息，這給他帶來不少安慰。辛葛盡他所能經常派信差去見莫玟，而她會傳話回來給她兒子；如此，圖林聽說莫玟的苦況得到了緩解，而他妹妹妮諾爾越長越漂亮，猶如一朵開在灰色北境中的鮮花。圖林自己也在長高，直至他的身材在人類當中十分高大，甚至超過了多瑞亞斯的精靈；而他的力量與剛毅在辛葛的王國中名聞遐邇。在那些年間，他學了許多知識，熱切地聆聽古時的歷史與舊日的偉大事蹟，他變得深於思慮，甚少發言。「強弓」畢烈格常到明霓國斯來找他，帶他到遠處郊外去，教他有關林中的知識，射箭與擊劍技巧（這是圖林更喜歡的）；但是在製作手藝方面他便不擅長，因為他對自己的力量瞭解得很慢，經常會因某個突然的舉動毀掉了他正在做的東西。在其他方面，命運對他似乎也不那麼垂青，因此他籌畫的經常偏離預想，而他想要的也無法實現；同樣，他也不太容易交到朋友，因為他不是個歡悅的人，很少露出笑容，在他的年少歲月裡籠罩著一股陰影。儘管如此，那些瞭解他的人依舊十分愛他、尊重他，並且他擁有國王的養子的榮譽。

然而，在多瑞亞斯有一人為此很嫉妒圖林，並且隨著圖林漸漸長大成人，他的嫉妒也越發強烈：這個人的名字叫塞羅斯。他很驕傲，對待那些他認為地位與價值都不如自己的人十分傲慢無禮。他成了吟遊詩人戴隆的朋友，因為他也精於音律；而且他不喜歡人類，尤其是「獨手」貝倫的親族。「這難道不奇怪嗎？」他說：「這片土地竟然會向第二個來自那個不幸種族的人開放。難道頭一個對多瑞亞斯所造成的傷害還不夠嗎？」因此，他不正眼看待圖林和圖林所做的一切，竭盡所能盡說壞話；但是他措辭狡猾巧妙，惡意也深藏不露。如果他單獨遇到圖林，他會很傲慢地對圖林說話，輕蔑之色溢於言表，而圖林對他很是厭煩，不過長久以來他對那些惡言惡語總是沉默以對，因為塞羅斯在多瑞亞斯的人民中頗有地位，並且是國王的謀士。但是圖林不管沉默還是開口，同樣都惹塞羅斯不快。

在圖林十七歲那年，他的悲傷又開始了；因為來自他家鄉的消息從此斷絕。魔苟斯的力量逐年增長，如今希斯盧姆全境都籠罩在他的陰影下。毫無疑問，他知道許多胡林的百姓與親族的作為，並且有一陣子沒有打擾他們了，好讓他的謀畫得以羽翼豐滿；但是現在他為了達到目的，在「陰影山脈」的所有通道都設下嚴密的監視，因此沒有人能進出希斯盧姆，除非冒上極大的危險，而半獸人蜂擁而至，盤據在納羅格河與泰格林河的發源地以及西里安河的上游。因此，當有一次辛葛派出去的信差們沒能歸返之後，他便不肯再派人去了。他向來不願讓任何子民遊蕩到守護的邊界之外，並且他已經差派過他的子民踏上危險重重的路前往多爾露明去見莫玟，他已經以此來向胡林及其親族表達出他最大的好意了。

如今圖林變得心事重重，不知道什麼新的邪惡正在逼近，而且害怕厄運已經降臨到莫玟與妮諾爾身上了；他沉默靜坐了許多天，抑鬱地想著哈多家族與北方人類的衰亡。然後，他起身去找辛葛，發現他與美麗安正坐在明霓國斯的大山毛櫸樹希瑞洛恩底下。

辛葛驚訝地望著圖林，突然意識到眼前的不再是他的養子，而是一個成年的人類，一個陌生人：身材高大、一頭黑髮，正以白晰臉龐上一雙深邃的眼睛看著他，堅定又驕傲。但是圖林並未開口說話。

「你想要什麼呢？養子。」辛葛說，並猜測他所求的必定不菲。

「陛下，我要符合我身量製的鎧甲、劍與盾牌。」圖林回答道：「並且你若允許，現在我想取回我先祖們的龍盔。」

「這些你都會得到。」辛葛說：「但是你要這些武器裝備，是出於何種需求呢？」

「這是一個男人的需求，」圖林說：「也是一個還記得自己親人的兒子的需求。同時我也需要全副武裝的英勇同伴。」

「我將在我使劍的騎士部隊中為你安排一個位置，因為你的武器將永遠是劍。」辛葛說：「如果你渴望作戰的話，你可以和他們在邊境一同親身體驗。」

「我的心催促我到多瑞亞斯的邊境之外去。」圖林說：「因為我渴望的是攻擊我們的敵人，而非防禦。」

「那樣你就必須自己去。」辛葛說：「胡林之子圖林，我乃是根據我的智慧來決定我的子民在與安格班的戰爭中擔任何種角色。目前我不會派出多瑞亞斯的武力；並且在我所能預見之未來的任何時刻，我都不會這麼做。」

「但是，莫玟之子，你可隨心所欲自由離去。」美麗安說：「美麗安的環帶不會阻礙那些得到我們許可進入之人的離去。」

「除非睿智的忠告可以阻止你。」辛葛說。

「陛下，您的忠告是什麼？」圖林問。

「你在軀體上似乎是個成人了，也的確已經長得比許多成人還要高大。」辛葛答道：「但是，儘管如此，你還沒有達到成年時該有的成熟。在那之前，你應該有耐心，去測試並鍛鍊你的力量。然後，也許你可以考慮你的親族；但是單獨一個人類要對抗黑暗魔王，那希望是很微渺的，除了協助精靈王族的防禦──只要這防禦還存在。」

於是圖林說：「我的親族貝倫所做的就不止如此。」

「貝倫，還有露西安。」美麗安說：「但是你這樣對露西安的父親說話，還是太過魯莽了。我想，莫玟之子圖林，你的命運沒有那麼超凡，縱使你有偉大的潛力，並且無論是幸或不幸，你的命運都與精靈子民息息相關。你自己當留意，以免讓它成為不幸。」在一陣沉默之後，她又開口對他說：「現在去吧，養子；聽取王的忠告。那將永遠比你自己的提議更睿智。然而我想你在成年之後，不會還跟我們長久住在多瑞亞斯了。在將來的日子裡，若你能回想起美麗安的話，那將對你大有裨益：提防你心中火熱與冰冷的兩面；若你能夠，便盡力做到耐心。」

於是，圖林向他們行禮，告退。不久之後，他便戴上了龍盔，配上武器裝備，前往北方邊界，加入到精靈戰士之中；他們在那裡向半獸人與魔苟斯的爪牙和生物發動了無休止的戰爭。如此，當他才脫離少年時代，他的力量與勇氣便獲得了證明；想到他族人遭受的惡待，他總是勇往直前，因此他也受了許多傷，中過長矛、箭矢，或被半獸人的彎刀砍傷過。

但是他命定與死無緣；傳言遍及各處森林，連多瑞亞斯之外都有耳聞：多爾露明的龍盔業已重現。於是有許多人驚奇，說：「難道有人能夠還魂復生嗎？要麼，難道真是希斯盧姆的胡林從地獄的深坑中逃出來了？」

當時，辛葛的邊境守衛當中只有一個人比圖林更勇猛強悍，那就是「強弓」畢烈格；畢烈格與圖林身為戰友、一同出生入死並肩作戰，在荒野森林中一起到處留下了足跡。

三年就這樣過去了。這期間圖林很少去辛葛的宮殿；他早已不在意自己的外貌與服飾，他的頭髮蓬亂，他的鎧甲外只罩著一件風塵玷污的灰斗篷。然而，湊巧在圖林離開後的第三個夏天，他二十歲那年，在渴望休息、且需要鐵匠修理他的武器裝備的情況下，他出乎眾人意料之外回到了明霓國斯，並在一天傍晚進到了大廳中。辛葛不在，因為他與美麗安一同去了綠色的森林，這是他在盛夏時光中喜歡做的事。圖林因為旅途勞頓，心事重重，沒留意大廳狀況隨便找了個位子坐下。然而他運氣不佳，坐到了王國中長老們所坐的那一桌，並且坐的恰好是賽羅斯慣常坐的位子。晚到的賽羅斯發現後不禁大怒，確信圖林這麼做是出於傲慢，且是故意公然侮辱他；當他發現圖林不但沒有被坐在那裡的人們斥責，反而受到了歡迎、像是配坐在他們當中之人時，他的怒火更熾。

因此，賽羅斯暫時裝作和其他人一樣，另找了個位子，坐在圖林對面。「我們很少有幸與邊境衛士為伴同桌共餐，」他說：「我很高興能讓出我慣常的座位來換取和他交談的機會。」但是圖林正與「獵手」馬博隆交談，沒有起身致意，只簡略地回了一句：「多謝。」

接著賽羅斯就有關邊境的消息以及他在野外的事蹟問了一堆問題；然而，儘管他的言詞似乎很動聽，他語調中的嘲弄卻無庸置疑。於是圖林厭煩了，他環顧四周，體會了離鄉背井在外漂流的辛酸；精靈殿堂中的一切華光笑語，都讓他的思緒轉向了畢烈格，以及他們在山林中的生活；由此他的思緒又飄向更遠，他想起了多爾露明他父親家園中的莫玟；他因自己思緒中的黑暗而皺起了眉頭，沒有回答賽羅斯的問話。對此，賽羅斯再也控制不住怒火，他相信圖林的皺眉是針對他而來；於是他掏出一把金梳子，拋到圖林面前的桌上，喊道：「希斯盧姆的人類，毫無疑問你是匆忙前來用餐，你那襤褸骯髒的斗篷或可原諒，但是你沒必要不打點你的頭髮，任它活像一團亂糟糟的荊棘叢。如果你的耳朵沒被它堵住，也許你能把那些對你說的話聽得更清楚一點。」

圖林什麼也沒說，只是轉而望向賽羅斯，深黑的雙眸中閃動著某種光芒。但是賽羅斯沒有留心這警告，滿懷鄙夷地瞪了回去，開口時有意讓眾人都聽見：「如果希斯盧姆的男人都這麼野蠻凶惡，那地的女人將是什麼樣子？難道她們像鹿一樣，全身只裹著頭髮跑來跑去嗎？」

當時圖林便抓起一個酒杯對著賽羅斯的臉砸了過去，賽羅斯應聲往後倒下，傷得不輕；然後圖林拔出了劍，若不是馬博隆拉住了他，他就會衝過去襲擊塞羅斯。隨後賽羅斯站了起來，啐了一口血在桌上，盡可能用他受傷的嘴清楚說話：「我們還要收容保護這個林中野人多久？今晚這裡誰說了算？王的法律會嚴懲那些在這大廳裡傷害他臣下的人；至於那些在此拔劍的人，最便宜的下場是驅逐出境。林中野人，出了這個大廳，我會對你還手的！」

然而當圖林看到桌上的血時，他的衝動冷卻了；他掙開了緊抓著他的馬博隆，一言不發地離開了大廳。

然後馬博隆對賽羅斯說：「你今晚是出了什麼毛病？對這件惡事我認為當受責備的是

你；或許王的法律會判決一張受傷的嘴正是對你那奚落最恰當的回報。」

「如果那臭崽子有什麼牢騷，讓他呈到王那裡去等判決好了。」賽羅斯答道：「但是在這裡拔劍的事可不能因這樣的理由而被原諒。出了這大廳，如果那林中野人對我拔劍，我會殺了他。」

「情況說不定正好相反。」馬博隆說：「但是不管你們兩人誰被殺，那都將是件邪惡的事，此事更符合發生在安格班而不是多瑞亞斯，並且會招來更多的邪惡。說實話，我感覺到今晚北方的陰影已經伸出魔爪觸及我們了。當心啊，賽羅斯，別在你的驕傲中遂了魔苟斯的心願，莫忘你是艾爾達精靈的一員。」

「我沒忘記這點。」賽羅斯說。但是他的怒火並未平息，一整夜他照料傷處，心中的惡意不斷增長。

一大清早，當圖林離開明霓國斯打算回到邊境去時，賽羅斯偷襲了他。圖林才走了一小段路，賽羅斯便從他身後衝上來，臂戴盾牌，長劍出鞘。但是，在野外的生活已把圖林訓練得十分機警，他從眼角看到衝過來的賽羅斯，立刻往旁跳開，並迅速拔劍轉身迎戰他的敵人。「莫玟！」他喊道：「現在嘲笑妳的人要為他的奚落付出代價了！」他劈裂了賽羅斯的盾牌，隨即兩人持劍激烈地纏鬥在一起。然而圖林在一所嚴酷的學校中鍛鍊了許久，已經變得像任何精靈一樣敏捷，並且更加強壯。他很快就取得了優勢，並傷了賽羅斯使劍的手臂，讓對方落到任憑他處置的地步。於是，他踏住賽羅斯掉落在地的劍。「賽羅斯，」他說：「一場漫長的賽跑正等著你，你身上的衣服將是負擔；有頭髮就夠了。」然後他突然把對方推倒在地剝光了衣服，而賽羅斯發覺了圖林巨大的力量，不禁害怕了。不過圖林讓他起身，接著喊道：「跑，快跑，你這嘲笑女人的傢伙！」他喊道：「快跑！除非你能跑得像鹿一樣快，否則我將從你背後戳趕你。」然後他把劍尖抵著賽羅斯的屁股；賽羅斯飛也似地逃進森林裡，在恐懼中瘋狂地喊著救命；但是圖林像獵狗般緊追著他，無論他怎麼跑，怎麼轉彎，那把劍始終緊隨在後逼著他逃。

賽羅斯的喊叫引來了許多人加入追逐，跟在後方追趕，但是只有跑得最快的人才跟得上前方兩名跑者。馬博隆衝在這群人的最前面，而他內心十分困擾，因為儘管他此前覺得賽羅斯的嘲弄很邪惡，但是「清晨甦醒的惡意是魔苟斯前一夜的歡笑」；並且，除此之外，未經審判便任性地把任何精靈族人置於恥辱境地，是一件很嚴重的事。那時沒有人知道圖林是先遭到了賽羅斯的攻擊，賽羅斯差點殺了他。

「住手，圖林，住手！」他喊道：「在森林裡這是半獸人才會幹的事！」圖林回應道：「之前是有半獸人幹的事；現在這只是半獸人的嬉戲。」在馬博隆開口之前，他本來已經就要放了賽羅斯，但是現在隨著一聲大喊，他又跳起來繼續追賽羅斯；而賽羅斯終於覺得無望得到援助，以為自己已經死到臨頭，更加瘋狂快跑，直到他突然間來到了一條注入伊斯加勒督因河的小溪前，這溪是從切穿高聳岩壁之間的縱深裂隙當中流過，那裂隙的寬度只有鹿才躍得過。在驚恐中，賽羅斯嘗試跳過去；但是他的腳沒能踏到對岸，而是隨著一聲尖叫跌了下去，摔死在水中的一塊大石頭上。如此，他死在了多瑞亞斯；而曼督斯將會把他拘留很久。

圖林低頭望著躺在溪中的屍體，想著：「不幸的笨蛋！本來我會從這裡讓他走回明霓國斯去的。現在，他讓我背負了我不應得的罪。」然後他轉過身，陰鬱地看著馬博隆和他的同伴，他們這會兒都趕上來了，站在他旁邊的裂隙邊緣上。一陣沉默之後，馬博隆沉重地說：「唉！不過現在和我們一同回去吧，圖林，因為王必須對這些事做出裁決。」

然而圖林說：「如果王是公正的，他就會判決我無罪。但是，這難道不是他的謀士之一嗎？為什麼一位公正的王會選一個黑心的人做他的朋友？我公開放棄他的法律和他的判決。」

「你這話太傲慢了。」馬博隆說，雖然他很同情這年輕人。「學睿智一點吧！你不該變成逃亡者。身為一個朋友，我請求你跟我回去。並且這裡還有其他的目擊者。當王得知真相，你可以期待他的原諒。」

但是圖林受夠了精靈的宮殿，並且他害怕自己會遭到囚禁；於是他對馬博隆說：「我拒絕你的請求。我不會為子虛烏有的事去尋求辛葛王的原諒；現在我要去他的判決管轄不到的地方。你只有兩個選擇：讓我自由離去，或是殺了我——如果這符合你們的法律的話。因為你們人數太少，沒辦法活捉我的。」

他們看見他眼中的熾熱光芒，知道他是說真的，因此讓開路讓他過去了。「一次死亡已經夠了。」馬博隆說。

「我並未想要它發生，但我也不為它哀悼。」圖林說：「願曼督斯公正地裁決他；如果他還能返回生者之地，願他能顯明他是更明智了。再會了！」

「自由前行吧！」馬博隆說：「因為那是你的願望。但是，如果你在此情形下離去，說期望你過得好也是一番空話。有一道陰影籠罩著你。當我們再見面時，但願它沒有加深。」

對此圖林沒有回答，只是拋下他們迅速獨自離去了，沒有人知道他去了哪裡。

據說，當圖林沒有回到多瑞亞斯北邊的防線，也沒有任何有關他的消息傳來時，「強弓」畢烈格親自前往明霓國斯去找他；他心情沉重地得知了有關圖林的行為與那場打鬥的消息。不久之後，辛葛與美麗安便回到了他們的宮殿中，因為夏天就要過去了；當王聽到所發生的事之後，他說：「這真是件令人沉痛的事，我一定要得知事情的全貌。雖然我的謀士賽羅斯被殺了，並且我的養子圖林也已逃走了，但明天我將坐上審判寶座，在說出判決之前，我要把一切按當有的次序從頭到尾再聽一遍。」

隔天，王坐在大殿中他的寶座上，周圍是多瑞亞斯全部的貴族與長老。然後，許多人陳述了證言，在這些人中，馬博隆所述最多也最清楚。當他說完餐桌上的爭執之後，在王看來，似乎馬博隆的心是偏向圖林的。

辛葛說：「你是以胡林之子圖林的朋友的身分發言嗎？」馬博隆回答道：「我曾是他的朋友，但我歷來都更傾向於真相。陛下，請聽我把話說完吧。」

最後全部經過都被敘述完畢，甚至連圖林告別時的話也被轉述，這時辛葛嘆了口氣；他看著那些坐在他眼前的貴冑，說：「唉！我看見你們臉上都籠罩著一層陰影。這陰影是怎麼潛入我的王國的？有惡意在此運作。我曾經視賽羅斯為忠心又明智之人；但如果他還活著，他將嚐到我的憤怒，因為他的奚落是邪惡的，我認定他該為大廳中發生的一切受責。如果僅止於此，我原諒圖林。但是我不能忽視他後來做的事，當晚的憤怒到隔天早晨應該平息冷靜下來了。羞辱賽羅斯與追獵他到死，是比冒犯更嚴重的錯誤。它們顯示出一顆冷硬又驕傲的心。」

接著，辛葛坐著沉思了好一會兒，最後，悲傷地開口說：「這真是個不知感恩的養子，也實在是個處在他的地位中卻太過驕傲的人類。我怎麼能夠繼續保護一個蔑視我和我的法律的人，原諒一個不肯悔改之輩呢？我必須如此裁決。我將把圖林逐出多瑞亞斯。如果他想回來，他得被帶到我面前受審；直到他在我腳前懇求原諒之前，他都不再是我兒子。如果在場有任何人認為這話不公，請他現在發言吧。」

大殿內一片沉寂，於是辛葛舉起手來，準備宣布他的判決。但就在那時，畢烈格匆匆走了進來，高喊道：「陛下，我還能發言嗎？」

「你來晚了。」辛葛說：「難道你不是與他人一同接到命令的嗎？」

「確實是的，陛下。」畢烈格答道：「但是我有事耽誤了；我去找一位我認識的人。現在，在您下達判決之前，我最後帶來一位證詞值得一聽的目擊者。」

「所有能提供任何訊息之人都已被召喚到場了。」王說：「現在他還能說些什麼比那些我已經聽過之人所說的更加有分量的訊息？」

「當您聽過之後，請您判斷。」畢烈格說：「如果我曾值得您信賴的話，請賜允我這機會吧。」

「我准許你。」辛葛說。於是，畢烈格出去，牽著少女內菈絲的手帶她進來，她向來住在森林中，從未進入明霓國斯；她很害怕，既因為這巨柱聳立的廳堂與岩石的屋頂，也因為眾多的目光望著她。當辛葛吩咐她說話，她說：「陛下，我當時坐在一棵樹上；」但接著她便因為對王的敬畏而支吾難言，再說不下去了。

對此，王微笑了，說：「別人也做過同樣的事，但都覺得沒有必要告訴我。」

「別人的確這麼做過。」她說，從他的微笑裡得到了鼓勵。「甚至是露西安！那天早晨我想起了她，還有凡人貝倫。」

對此，辛葛沒說什麼，他的微笑也消失了，只等著內菈絲再次開口。

「因為圖林讓我想起了貝倫。」她說：「我聽說他們是親族，而那些仔細觀察的人，可以看出他們的血緣關係。」

這時辛葛變得不耐煩了。「也許是那樣。」他說：「但是胡林之子圖林是藐視我而離開的，而妳將不會再見到他，或去辨認他的親族了。因為現在我要宣布我的判決了。」

「陛下！」她在那時喊道：「請容忍我一下，讓我先把話說完吧。我坐在一棵樹上，好讓我在圖林離去時能看著他；然後我看見賽羅斯從林子裡出來，手上持著劍與盾牌，趁其不備地撲向圖林。」

聽到這話，大殿中泛起一陣低語；王舉起手示意眾人安靜，說：「妳給我帶來的資訊比表面更嚴重。現在，留心妳所說的內容；因為這裡是下達判決的法庭。」

「畢烈格也是這麼告訴我的，」她答道：「正是因為這樣，我才敢到這裡來，好讓圖林不會遭到誤判。他非常的英勇，但是他也非常仁慈。陛下，他們打了起來，他們兩個，直到圖林擊落了賽羅斯的盾牌與劍；但是他沒有殺他。因此，我不認為最後他會希望他死。如果賽羅斯遭到羞辱，那也是他自找的。」

「判決由我來定。」辛葛說：「不過你所說的會對判決起重大的作用。」接著，他詳細盤問內菈絲；最後，他轉向馬博隆，說：「我覺得很奇怪，圖林對你完全沒提到這件事。」

「但他確實沒提，」馬博隆說：「否則我會重新估量這件事。而且我在道別時對他所說的話也會有所不同的。」

「現在我的判決也將有所不同了。」辛葛說：「注意！圖林所犯的這種錯，我現在給予原諒，認定他是被惡意對待，並且是被激怒的。況且，由於事情正如他所言，我的謀士之一曾經這樣虐待他，因此他不必尋求我的原諒，而我將把這原諒送交給他，無論他在哪裡被找到；我將召他回來，在我的殿中享有禮遇。」

然而，當這判決宣布之後，內菈絲突然哭了。「我們可以在哪裡找到他呢？」她說：「他已經離開我們的土地了，而世界又這麼大。」

「我會派人去找他。」辛葛說。然後他起身，於是畢烈格帶著內菈絲離開了明霓國斯；他對她說：「不要哭，只要圖林還在外生活或是旅行，我便要找到他，縱使旁人全都失敗。」

第二天，畢烈格來到辛葛與美麗安面前，王對他說：「畢烈格，給我建議吧；因為我很悲傷。我把胡林的兒子當作我自己的兒子，他將一直都是我的兒子，除非胡林本人從陰影中歸來將他領回。我不要落人話柄，說圖林是被不公地驅趕到野外去的，我會很高興地歡迎他回來；因為我非常愛他。」

「陛下，請准我離開如今的崗位，」畢烈格說：「我將盡我所能地代表您來為此惡事做出補救。因為像他這麼資質優秀的人，實在不該在野地浪費一生。多瑞亞斯需要他，這樣的需要會愈發迫切。而且，我也愛他。」

於是辛葛對畢烈格說：「現在我對這任務有了信心！帶著我的祝福上路吧，如果你找到他，請盡你所能守護他並引導他。畢烈格・庫薩理安，長久以來你都在多瑞亞斯的防禦最前線，你因立下的許多英勇與睿智的功績，已經贏得了我的感激。若你能找到圖林，我將視此為無上功勞。你在這次別離前可以要求任何的禮物，我不會拒絕你。」

「那麼我需要一把精良的長劍。」畢烈格說：「如今半獸人人數眾多、步步逼近，弓箭已經不足以應付，而我原有的刀劍也不能跟他們的甲冑抗衡了。」

「除了我的配劍阿蘭路斯之外，」辛葛說：「你可以從我所有的武器中隨意選擇。」

於是畢烈格選了安格拉黑勒；那是一把負有盛名的劍，它之所以如此命名，乃因它是由從天如燃燒之星般墜落的玄鐵所鍛鑄的；它可劈開地球上一切凡鐵所鑄之物。中土世界中只有另一把劍與它相同。那把劍沒有記載在這個故事裡，但它鍛造自同樣的礦石，出自同一位鑄劍師之手；而那位鐵匠就是娶了圖爾貢的妹妹雅瑞希爾為妻的黑精靈伊歐。他很不情願地將安格拉黑勒給了辛葛，作為交換他離開住到艾勒莫斯谷地的代價；但是另外那把與它成對的寶劍，安格威瑞勒，他始終保留著，直到它被他兒子邁格林偷走。

但是，就當辛葛將安格拉黑勒的劍柄遞給畢烈格時，美麗安望著那柄劍，說：「這劍中潛藏著一股惡毒。鑄劍者的心念仍舊存於其中，而那心念非常黑暗。它絕不會熱愛駕馭它的主人；它也不會跟著你太久。」

「雖然如此，在我能夠的時候我還是會駕馭它。」畢烈格說；向王道謝之後，他接過劍起程了。冬去春來，他走遍貝雷瑞安德全境，歷盡許多艱險，徒勞地搜尋著有關圖林的消息，直到春天最後也逝去。

第六章 圖林在盜匪當中

現在，故事又轉向了圖林。他相信自己已經成了國王要追緝的逃犯，因此他沒有回到多瑞亞斯北方邊界的畢烈格那裡，而是向西去，悄悄離開了受到保護的王國，進入了泰格林河南邊的林地中。在「淚雨之戰」之前，有許多人類居住在那裡，形成了散布的農莊；他們大部分是哈蕾絲的百姓，但是沒有領袖，他們靠狩獵與耕作為生，在荒地上養豬，在野外圈隔出來的林間空地上耕種。但是，如今這裡的人多半被殺了，或者逃進了布雷希勒森林，這整片區域都籠罩在對半獸人與盜匪的恐懼中。在那個崩潰毀滅的年代，許多無家可歸的絕望人類步入了歧途：他們是戰爭潰敗後的殘存者，而田地已經荒蕪；還有一些人是因為惡行而被驅逐到了荒野中。他們靠打獵與盡其所能的採集來維生；但是有許多人受到飢餓或其他需要驅使時，卻做強盜掠奪，並且變得十分殘酷。在冬天裡他們像惡狼一樣，最為人所懼；他們被那些仍然保衛自己家園的人稱為「高爾外斯」，意思是「狼人」。有大約六十個這樣的人組成了一個匪幫，遊蕩在多瑞亞斯西側邊界外的樹林裡；人們對他們的憎恨不亞於半獸人，因為他們當中有一些惡棍對同族心存怨恨，因而心腸極其冷酷。

這當中最殘酷無情的人叫做安德羅格，他因為殺了一個女人而被多爾露明通緝；而其他人也是來自那片土地：老阿勒古恩德，他是這幫人中最老的一個，是從「淚雨之戰」中逃出來的，還有一個自稱叫做佛爾威格的，高大強壯，有著一頭金髮，眼光閃爍很不安分，雖是哈多家族的伊甸人，行為作風卻已墮落甚深。但是他有時候仍然睿智大方，並且他是這幫人的首領。他們因為生存艱難或鬧事死亡，如今人數已減少到了五十人左右；他們變得很警惕，在行動時會先派出偵察人員，在休息時會在四周布下崗哨。因此，當圖林偶然走進他們的地盤時，他們很快就發現了。他們跟蹤他，在他四周布下羅網包圍；於是突然間，當他走出樹林來到溪邊一塊空地上時，就發現自己落在一圈劍拔弩張的人當中。

於是圖林停下來，但他沒有流露出恐懼。「你們是什麼人？」他說：「我以為只有半獸人才會伏擊人類；不過看來我弄錯了。」

「你會為這錯誤懊悔的，」佛爾威格說：「因為這是我們的地盤，我的人可不容其他人在此走動。我們會要他們的命，除非他們付得出贖金。」

於是，圖林冷笑道：「你們不會從我這個被驅逐的逃犯身上拿到什麼贖金。等我死了，你們可以來搜我的身，不過要證實我所說不假，你們怕要付出慘重的代價。你們許多人大概會先我一步踏上死路。」

儘管如此，他看起來還是死到臨頭了，因為許多箭矢已經上弦，就等首領一聲令下，雖然圖林在他的灰外衣與斗篷下穿了精靈的鎧甲，有些箭矢恐怕還是能命中要害。他的敵人沒有一個站在他拔劍一躍能擊之處。但是，突然間圖林猛彎下腰，他先前已經注意到在他腳前的溪邊上有些石塊。就在此時有一名被他高傲的話語激怒的匪徒對著他的臉射出了一箭；但是箭矢與他擦身而過，他就如繃緊的弓弦得以放鬆般瞬間彈身而起，對準那射箭的人猛力擲出了石塊，正中目標；那人應聲倒地，腦漿迸裂。

「我若活下來取代那個倒楣傢伙的位置，或許對你來說更有用處。」圖林說；他轉向佛爾威格，說：「如果你是這裡的首領，你不該容許你的人沒有命令就放箭。」

「我是不許，」佛爾威格說：「而他遭到報應也夠快的了。你若比他更聽我的話，我就接受你取代他。」

「我會，」圖林說：「只要你還是首領，而且擁有首領應有的一切素質。不過，依我判斷，是否接受一個新人入夥不單單是首領的選擇。所有人的意見都該聽取才是。你們在場的有任何人不歡迎我嗎？」

這幫盜匪中隨即有兩個人出聲反對；其中一個是那喪命之人的朋友，他的名字叫烏勒拉德。「殺了我們頂尖好手裡的一個來爭取入夥，」他說：「這方式太奇怪了！」

「挑釁的不是我。」圖林說：「不過你若不服那就來吧！我會同時迎戰你們兩人，要攜械上陣還是赤手空拳都行。這樣你們就會知道我是否夠格取代你們的頂尖好手之一。只不過，你們若要在這比試裡用弓，那麼我也得有一張弓才行。」接著他便向他們大步走去，而烏勒拉德退縮了，不肯應戰，另一人則丟下他的弓，走上前去迎上圖林。這人便是多爾露明的安德羅格。他站在圖林面前，上下打量他。

「不，」他最後搖著頭說：「人人都知道，我不是個膽小鬼；可我不是你的對手。我看，這裡沒有一個人是你的對手。我認為你可以加入我們。不過，你眼中閃著奇異的光芒；你是個危險的人。你叫什麼名字？」

「我叫自己內桑，『受冤屈者』。」圖林說，從此之後這些亡命之徒便叫他內桑；雖然他宣稱自己曾經遭受了不公平的對待（並且對如此聲稱之任何人，他也總是隨時準備好傾聽），但是關於他的生活和家園，他卻隻字不提。然而，他們看得出來，他是從很高的地位落魄至此的，儘管他除了武器裝備之外一無所有，但那些裝備都是出自精靈工匠之手。他很快就贏得了他們的讚譽，因為他既強壯又英勇，比他們更擅長應對林中事務；而且他們很信任他，因為他不貪婪，而且很少為他自己考慮。不過他們也懼怕他，因為他不時會突然發怒，而他們對這怒火幾乎不能理解。

至於多瑞亞斯這個地方，圖林不能回去，或者說由於驕傲而不願回去；而納國斯隆德自從費拉剛犧牲後，就再也不許外人進入。他不肯屈尊投奔相對弱小的、居住在布雷希勒森林中那些哈蕾絲的族人；而他又不敢去多爾露明，因為它被嚴密封鎖著，而且他認為孤身一人不可能在當時的情勢下穿越陰影山脈中的通道。因此，圖林便混跡於那些亡命之徒之中，因為，任何人的陪伴，都能使野外生活的艱苦變得容易忍受一些；況且，因為他想活下去、不能一直跟他們起衝突，所以他絕少插手阻止他們行惡。就這樣，他很快就變得心腸冷硬，以適應這種卑鄙且常是殘酷的生活；然而，同情和羞恥之心卻又不時會在他心中甦醒，那時他的怒火會使他變成危險人物。圖林便以這種邪惡又危險的方式過活，到了那年年底，熬過了飢寒交迫的冬季，直至萬物萌動、春暖花開的季節來臨。

如前所述，在泰格林河兩岸的樹林裡尚有一些人類的農莊，他們吃苦耐勞、時刻警醒，不過如今倖存下來的數目委實不多。雖然他們完全不喜歡也不怎麼同情那些亡命之徒，但是在嚴冬苦寒當中，他們還是會把尚可省下的食物放在那些「狼人」可能找到的地方；他們盼望以此來避免那些餓瘋了的人結夥來打劫。而他們從亡命之徒那裡贏得的感激，還不如從鳥獸那裡得來的多；而且救了他們的其實是他們的狗和圍欄。因為每一處農莊所在的空地周圍都有高大濃密的樹籬，房屋周圍還有壕溝與柵欄；農莊彼此間有小路可通，必要時人們可以靠吹號角來召喚援助。

然而，當春天來臨時，這些「狼人」再要在林中居民的農莊附近逗留，就很危險了，因為農莊的人可能會集合起來追捕他們。因此，圖林很不解為何佛爾威格沒有帶他們離開；往南到無人居住的地方，食物與獵物更多，危險也更少。隨後有一天，圖林找不到佛爾威格以及他的朋友安德羅格；當他問起他們去了哪裡時，他的同伴們都哄笑起來。

「我猜，他們是去忙自己的事啦。」烏勒拉德說：「他們很快就會回來的，然後我們就該走了。很可能會很匆忙；要是他們沒捅到馬蜂窩招來追擊，我們就得算走運啦。」

此時太陽高照，嫩葉青翠，而圖林也厭煩了盜匪們的骯髒營地，於是他獨自逛進了森林深處。他不由自主地想起了隱藏王國，彷彿聽到了多瑞亞斯種種花朵的名字，如同一種幾乎已被遺忘的古老語言的回聲。然而突然之間他聽到了尖叫聲，接著有個年輕女孩從一片矮榛樹叢中鑽了出來；她的衣服被荊棘扯得七零八落，而她驚恐萬狀，喘著氣絆倒在地上。圖林立即拔劍向灌木叢撲了過去，砍倒了一個緊追在後從榛樹叢中猛衝出來的人；他在揮劍的那一剎那，才看清那人是佛爾威格。

就在他吃驚呆立，低頭望著草地上的鮮血時，安德羅格從樹叢中冒了出來，見況也震驚止步。「內桑，你幹的好事！」他喊，並拔出了劍；但是圖林已經冷靜下來，他對安德羅格說：「那麼，半獸人在哪裡？你們是追過半獸人趕來幫助她嗎？」

「半獸人？」安德羅格說：「笨蛋！你把自己叫做亡命之徒。而亡命之徒是不顧法律只顧自己需求的人。內桑，你管好你自己的事就行，我們的事我們自己會操心。」

「我會這麼做。」圖林說：「但今天我們的路已經彼此衝突了。你要麼把這女孩留給我，要麼就去跟佛爾威格做伴。」

安德羅格大笑起來。「如果你是那個意思，那就隨你意。」他說：「我不敢說我獨自一人勝得過你；不過我們的同伴恐怕不覺得你殺了他是好事。」

這時那女孩爬了起來，抓住了圖林的手臂。她看看一地的鮮血，又看看圖林，眼中閃爍著欣喜。「殺了他，大人。」她說：「把他也殺了！然後跟我走。如果你帶著他們的頭，我父親拉爾那賀絕不會不高興。他曾為兩顆『狼頭』給過人重賞。」

但是圖林問安德羅格：「她家離這裡遠嗎？」

「有一英里左右吧，」他答道：「在那邊有座有圍欄的農莊。她是在外邊閒逛。」「那就快點走吧。」圖林轉過臉對那女孩說：「告訴妳父親好好看住妳。不過我不會砍下我同伴的腦袋去討他歡心，或去換別的東西。」

然後他舉起了劍。「過來！」他對安德羅格說：「我們回去。不過如果你想埋了你的首領，你得自己動手。動作快點，因為可能會有人大張旗鼓來追捕我們。帶上佛爾威格的武器！」

那女孩穿過樹林走了，她在沒入重重林木中之前還不斷回頭張望。隨後圖林不發一語轉身上路，安德羅格看著他離去，不禁皺起眉頭，好似在思索一個謎題。

當圖林回到這群匪徒的營地，他發現他們十分躁動不安；因為他們已經在一個地方待太久，離防衛良好的農莊太近了，他們低聲抱怨著佛爾威格。「他去賭運氣卻要我們來冒險，」他們說：「其他人可能得為他所找的樂子付代價。」

「那麼選一個新首領吧！」圖林站到他們面前，說：「佛爾威格再也不能領導你們了；因為他已經死了。」

「你怎麼知道？」烏勒拉德問道：「你也去同一個蜂窩裡找蜂蜜了嗎？他是不是讓群蜂給螫了？」

「不，」圖林說：「只一螫就夠了。我殺了他。但是我饒了安德羅格，他很快就會回來了。」然後他說了所有發生的事，譴責那些做了這種事的人；他還尚未說完，安德羅格就回來了，帶著佛爾威格的武器。「你看，內桑！」他喊道：「什麼警報也沒響。也許她希望還能再見到你。」

「如果你是在取笑我，」圖林說：「我會後悔吝惜給她你的腦袋。現在把你的故事告訴大家，少說廢話。」

於是安德羅格說了整件事情的經過，所言算是足夠真實了。「現在我不明白的是，內桑在那裡是幹什麼。」他說：「看起來跟我們的事無關。當我到場時，他已經殺了佛爾威格了。那女人對此挺滿意的，提出要跟他一起走，求他拿我們的腦袋當聘禮。但是他不要她，趕她走了；因此，他跟首領有什麼仇我猜不出來。他讓我的腦袋繼續留在肩膀上，對此我很感激，雖然我搞不懂為什麼。」

「那麼我就不承認你是出自哈多的族人。」圖林說：「相反，你更像受咒詛的烏多的屬下，應該去為安格班效力。不過，現在聽我說！」他對所有的人喊道：「我給你們這些選擇。你們必須選我取代佛爾威格做你們的首領，否則就讓我走。我要現在掌管這個團體，或是離開它。但是你們若是想殺了我，那就來吧！我會跟你們全體拚到底——直到你死或我亡。」

當下有許多人抓起了武器，但是安德羅格高喊：「不可！他所饒的這顆腦袋還不傻。如果我們打起來，在殺掉這個我們當中最強的人之前，不止一個人會死得毫無必要。」然後他大笑起來，「他當初加入我們時就是這樣，現在又再來一次。他殺人是為了自己有個容身之地。如果之前的事證明結果還不壞，那麼也就再來一次吧。他可能會帶領我們找到比四處尋覓他人的殘羹剩飯更好的運氣。」

而老阿勒古恩德說：「我們當中最強的。如果我們有膽量，我們本有機會做同樣的事；但是我們忘掉太多了。他最後也許會帶我們回到故鄉。」

聽了這話，有個想法在圖林心裡浮現：從這一小幫人開始，他或許可以著手建立一個他自己的自由王國。然而，他看著阿勒古恩德和安德羅格，說：「你是說故鄉嗎？陰影山脈高聳冷峻，擋在面前。在山脈後方是烏多的族人，在烏多族人的四周是安格班的軍團。如果這樣的情勢還不能嚇阻你們這四十九個人的話，那麼我可以帶領你們踏上歸家之路。但是，在我們喪命之前，能走多遠？」

所有的人都沉默了。於是圖林又開口說：「你們接受我做你們的首領嗎？那樣我會首先領你們離開此地進入荒野，遠離人類的家園。在那邊我們或許能找到更好的運氣，但也或許找不到；不過我們至少可以少招來一點來自同類的憎恨。」

於是，所有那些哈多的族人都聚集到了他身邊，擁護他作他們的首領；而其他那些動機不純的人也同意了。於是他隨即帶領他們離開了那片鄉野。

辛葛派出了許多使者在多瑞亞斯境內與它邊境四圍的土地上找尋圖林；但是在他逃離的那一年，他們的搜尋都是徒勞一場。因為沒有人知道或能夠猜到，他是跟一群亡命之徒、一群人類的敵人在一起。當冬天來臨，他們都去向王回報，只有畢烈格例外。在所有其他人都離開之後，他仍獨自一人繼續搜尋著。

但是在丁巴爾與多瑞亞斯的北方邊境，情況已經惡化了。那邊的戰鬥中再也不見龍盔的蹤影，強弓也不知去向；魔茍斯的爪牙個個振奮鼓舞，無論是數量還是膽量都變大了。冬天來了又去，春天來臨時，他們的攻擊重新開始了：丁巴爾陷落，布雷希勒的人類都很害怕，因為邪惡如今在他們各處邊界上遊蕩，只除了南方。

這時離圖林逃離已經將近一年了，而畢烈格帶著越來越渺茫的希望仍然在尋找他。他在漫遊中向北穿過了泰格林渡口，在那裡，他聽到了半獸人從浮陰森林而來、展開一次新侵略的壞消息，他於是折返，碰巧來到了林中居民的家園，就在圖林離開那區域不久。在那裡他聽到他們當中流傳的一個奇怪故事。有個高大又尊貴的人類，有些人則說是精靈戰士，出現在這一帶的樹林中，並且殺了一個「狼人」，救了當時正被追趕的拉爾那賀的女兒。「他非常的高傲，」拉爾那賀的女兒對畢烈格說：「有雙明亮的眼睛，幾乎不屑看我。可是他又說那狼人是他的同伴，不肯殺掉另一個站在旁邊的人，那人知道他的名字，叫他內桑。」

「你能解開這個謎嗎？」拉爾那賀問精靈。

「唉，我能。」畢烈格說：「你們說的這個人，就是我一直在找尋的。」他沒再告訴林中居民更多關於圖林的事；但是他警告他們當心北方聚集的邪惡。「半獸人很快就會前來洗劫這個地區，他們的力量太強，你們無法抵擋。」他說：「今年，你們終於得放棄你們的自由了，否則就只能放棄你們的生命。趁還有時間，趕快去布雷希勒吧！」

然後，畢烈格便匆忙上路，搜尋那幫亡命之徒的巢穴，找尋可以顯示他們離去之途的痕跡。他很快就找到那些痕跡；但是圖林此時已超前了好幾天，並且行動迅速，因為害怕林中居民的追擊，他運用了所有他所知的技巧來挫敗或誤導任何嘗試追蹤他的人。他帶著他的人往西走，遠離林中居民也遠離多瑞亞斯的邊境，直到他們來到矗立於西瑞安河谷與納羅格河谷之間那片廣大高地的最北端。那裡的土地更為乾燥，林木在一道山脊邊緣戛然而止。在山脊底下可以看到古老的向南大道，從泰格林渡口往上爬升，沿著荒野高地的西側山腳，通向納國斯隆德。有一段時間，這幫匪徒在此地過得十分機警，極少在同一營地過夜兩次，並且很少留下蹤跡顯示他們的去向以及休息之處。因此，即使追蹤者是畢烈格，追蹤也是不斷落空。靠著他所能判辨的痕跡，或是靠著向他能與之交談的野生動物探詢有關人類經過的傳言，他經常都接近了目標，但是當他到達他們的巢穴時，他們總是已經放棄了該處；因為他們無論日夜都在周圍設下崗哨，一聽到有任何人接近的風吹草動，他們便迅速動身離開。「唉！」他喊道：「關於在森林與野地裡生存的技巧，我把這人類的孩子教得太好了！這幾乎可以被當作是一隊精靈了。」但是，在亡命之徒這一邊，他們開始注意到自己被某個不知疲乏的追蹤者盯上了，他們看不到這個人，然而又無法甩掉他；他們變得不安起來。

不久之後，正如畢烈格所擔心的，半獸人跨過了布立希阿賀渡口，並遭到了布雷希勒的韓迪爾傾力抵抗，於是他們向南越過了泰格林渡口，找尋劫掠的機會。許多林中居民聽從了畢烈格的建議，把他們的婦女與孩子送到布雷希勒尋求庇護。這些婦孺與他們的護衛及時過了渡口，逃過了一劫；但是留下除根的武裝男人們卻遇上了半獸人，他們被擊潰了。少數人殺出一條生路抵達了布雷希勒，而許多人不是被殺就是被俘；半獸人接著來到了那些農莊，把它們劫掠一空，再放火燒毀。隨後他們轉回向西前進，找尋向南大道，因為現在他們帶著戰利品與俘虜，希望能盡速回到北方去。

但是那幫亡命之徒的斥候很快就發覺了他們；雖然這些亡命之徒不太在乎那些俘虜，但是那些自林中居民洗劫的戰利品，卻激起了他們的貪欲。在圖林看來，在得知半獸人的數量之前，把自己暴露出去實在太危險了；但是幫眾們不肯聽他的，因為他們在荒野中需要許多的物品，還有一些人已經開始後悔隨從他的領導了。因此，圖林只帶了一個叫歐爾列格的作同伴，便出發前往偵察半獸人；他把這幫人的指揮權交給安德羅格，命令他在他們離開後留在附近，好好躲藏起來。

這會兒，半獸人大軍的數量遠遠超過那幫亡命之徒，但他們是處在半獸人很少敢來的地區，並且知道向南的大道另一端便是「迪能塔拉斯」，「監視的平原」，那塊平原上有納國斯隆德的斥候與密探日夜監視著；由於害怕危險，他們十分警醒，他們的斥候在行軍隊伍的兩側樹林中潛行。因此，圖林和歐爾列格被發現了，因為有三個半獸人斥候絆倒在他們埋伏躲藏的身上；雖然他們殺了其中的兩個，第三個卻逃脫了，邊跑時大喊著：「*Golug! Golug!*」那是半獸人對諾多族精靈的稱呼。霎時，整座森林便充滿了半獸人，他們不出聲地散開，向四面八方展開掃蕩。圖林眼見逃脫的希望渺茫，於是想要至少得騙過他們，將他們引去遠離他那幫人藏身的地方；從他們所喊的「*Golug!*」他察覺他們害怕納國斯隆德的偵察兵，於是他帶著歐爾列格向西逃去。對他們的追擊立刻接踵而至，他們在林中盡可能地閃躲挪移，但到最後還是被逼出了森林；接著他們便被發現了，就在試圖橫越向南大道時，歐爾列格被許多箭矢射倒在地。但是圖林靠他身上的精靈鎧甲保住一命，獨自逃進了大道另一邊的荒野裡；靠著速度與技巧，他躲開了追擊的敵人，逃進了對他而言全然陌生的地區。而半獸人由於害怕納國斯隆德的精靈會被驚動，於是就殺了他們的俘虜，匆匆忙忙回到北方去了。

如今，三天已過，可是圖林和歐爾列格卻仍未歸來，有些亡命之徒希望離開他們藏身的山洞；但是安德羅格反對這麼做。就在他們爭辯不休時，突然間有個灰色的人影立在他們眼前。畢烈格終究找到了他們。他走上前，手中沒拿武器，把雙掌伸出朝向他們；但是他們嚇得跳起來，而安德羅格從他背後拋出套索套住他並且收緊，如此縛住了他的雙臂。

「如果你們不歡迎來客，就應該更留心放哨。」畢烈格說：「你們為什麼以這種方式歡迎我？我是以朋友的身分前來，也只是來找一位朋友。我聽到你們叫他內桑。」

「他不在。」烏勒拉德說：「但你若不是刺探我們很久了，你怎麼知道那個名字？」

「他確實刺探我們很久了。」安德羅格說：「這就是那個一直追蹤我們的影子。現在我們也許應該瞭解他的真正目的了。」於是他命令他們把畢烈格綁在山洞外的一棵樹上；等他手腳都被牢牢捆個結實之後，他們開始審問他。然而，對於他們所有的問題，畢烈格只給一個回答：「從我第一次在森林遇見這位內桑，我就是他的朋友了，那時他還不過是個孩子。我尋找他純粹是因為愛，並且是給他帶來好消息。」

「讓我們殺了他，一舉擺脫他的刺探。」安德羅格怒氣沖沖地說；他看到畢烈格的強弓，十分垂涎，因為他自己也是個弓箭手。但是有幾個心地善良一些的人出聲反對他，阿勒古恩德對他說：「首領有可能會回來；到時候他若知道他的一個朋友與好消息都遭到了篡奪的話，你就會悔不當初了。」

「我不相信這個精靈的故事。」安德羅格說：「他是多瑞亞斯王的奸細。如果他確實帶有任何消息，他應該告訴我們；然後應該由我們判斷那些消息是否給了我們理由饒他活命。」

「我會等你們首領回來。」畢烈格說。

「你會站在這裡，直到你開口說出消息為止。」安德羅格說。

然後，在安德羅格的慫恿下，他們讓畢烈格如此繼續被綁在樹上，不給他食物與飲水，而他們卻坐在近旁又吃又喝；但是他沒再對他們說什麼。就這樣持續過了兩天兩夜，他們變得既惱火又害怕，並且急著想要離開；大部分人現在都準備要殺這個精靈了。當夜幕降臨時，他們都聚集到他周圍，烏勒拉德從洞口燃著的小火堆中舉來一支火把。但就在那一刻，圖林回來了。他照例悄無聲息地走近，站在那一圈人群之外的陰影中，然後他在火把的光亮中看到了畢烈格枯槁憔悴的臉。

霎時間他像是被長矛擊中，久違的淚水如同突然融化的冰霜般充滿了他的雙眼。他跳了出來，奔向那棵樹。「畢烈格！畢烈格！」他喊道：「你怎麼會來到這裡？你為什麼這樣站著？」他立刻砍斷了他朋友的捆索，畢烈格往前癱倒進他懷裡。

當圖林聽過那些人願意述說的一切之後，他既憤怒又悲傷；不過他首先只把心力放在畢烈格身上。當他用他所知的一切技能照料畢烈格時，他想起了自己在森林中度過的生活，他的憤怒轉向了自己。因為當這幫亡命之徒發覺有陌生人靠近他們的巢穴時，他們經常會殺害或伏擊來人，而他對此不加阻止。加上，他自己經常說辛葛王與灰精靈的壞話，因此如果他們被當作敵人對待的話，他也必須承擔部分的譴責。然後，他滿心苦恨地轉向了他的人。

「你們真是殘忍，」他說：「而且是不必要的殘忍。我們在此之前從未折磨過囚犯；可是我們過的這種生活讓我們做出了半獸人才會幹的事。我們所有的作為都無法無天、徒勞無益，只在乎我們自己的利益，並且在我們心中醞釀出仇恨。」

但是，安德羅格說：「如果我們不在乎自己的利益，還能在乎誰的利益？當所有的人都恨我們，我們能去愛誰？」

「至少我將不會再對精靈或人類動手。」圖林說：「安格班的爪牙已經夠多了。如果其他人不肯跟我一起發這個誓，我便獨自一人走。」

這時，畢烈格睜開眼睛，抬起頭來。「不會是獨自一人！」他說：「現在我終於可以說出我帶來的消息了。你不是逃犯，內桑是個不恰當的名字。你被人認為所犯的過錯，已經獲得原諒了。我們已經找了你一年了，要恢復你的名譽，並請你回去為王效力。龍盔已經銷聲匿跡太久了。」

然而圖林聽到這消息並沒有流露欣喜之情，他沉默地坐了許久；因為畢烈格的話語使得某種陰影再度籠罩了他。「讓我們先過了這一夜吧。」他最後說：「然後我會做選擇。無論結果如何，我們明天必須離開這個巢穴；因為不是所有尋找我們的人都對我們心存善意。」

「不錯，一個也沒有。」安德羅格說，同時對畢烈格投以惡意的一瞥。

第二天早上，畢烈格已從他的苦傷中迅速恢復了，按照舊時精靈族的習慣，他和圖林單獨談了話。

「我本來期待我的消息會令你更欣喜。」他說：「現在你肯定會回多瑞亞斯去吧？」然後他竭力想方設法懇求圖林回去；但是他越催促，圖林越猶豫。儘管如此，圖林還是向畢烈格詳細詢問了辛葛的判決。於是畢烈格把自己所知全都告訴了他，最後，圖林說：「那麼，馬博隆其實一如既往，是我的朋友？」

「他更像是真相的朋友，」畢烈格說：「而最後這是再好不過了；然而，若不是有內菈絲作證人，判決恐怕會不夠公正。為什麼？圖林，為什麼你沒有告訴馬博隆塞羅斯偷襲你的事？你若說了，一切都將有所不同。而且，」他看著那些攤開四肢躺在洞口附近的人，說：「你本可以仍然高傲昂首，而非墮落至此。」

「如果你要稱這是墮落，那就算它是。」圖林說：「就算它是。然而當時的情況是，所有的話語都哽在我喉嚨裡。馬博隆不待詢問我，雙眼中就已滿是譴責，先入為主斷定我做了我沒做的事。正如精靈王所言，我這顆人類的心是驕傲的。畢烈格‧庫薩理安，這心現在依舊如此。它現在還不能忍受我回去明霓國斯，容忍他人用憐憫與原諒的目光看我，如同看一個改過自新的任性男孩。這樣的原諒本該是我來給出，而非我來接受。何況根據我的族人的標準，我已經不是一個男孩，而是個男人了，一個強悍的男人，我命中注定要成為這樣的人。」

對此，畢烈格感到心煩意亂。「那麼，你要怎麼做呢？」他問。

「自由前行。」圖林說：「那是馬博隆在我們分別時給我的祝願。我想，辛葛的恩典不會擴展到接受我這些墮落的同伴；而我現在也不願離開他們，如果他們也不願意離開我的話。我以我的方式愛著他們，即使是對最糟糕的人也不例外。他們是我的同類，並且每一個人都有某種善良尚待發掘。我認為他們會支持我，幫助我。」

「你看他們的眼光與我不同。」畢烈格說：「如果你想要讓他們棄惡從善，他們會令你失望的。我對他們心存疑慮，尤其是當中某一個。」

「一個精靈如何能判斷人類？」圖林說。

「正如他判斷所有的行為，無論有此行為的是誰。」畢烈格答道，但是他沒再多說，也沒提起安德羅格的惡意，而他遭到的虐待，主要便是由於這人；因為他察覺到了圖林的情緒，害怕他會不相信自己所說的話，進而傷害了他們舊日的友誼，驅使圖林走回他的邪路去。

「吾友圖林，你說自由前行，」畢烈格說：「你是意欲何指？」

「我會領導我自己的人，按我自己的方式作戰。」圖林回答道：「但是對此事我的心至少已經改變了：我對那些並非針對人類和精靈的大敵而發的每一擊，感到懊悔。而最重要的是，我希望你會在我身邊。留下來跟我在一起吧！」

「如果我留在你身邊，那麼引導我的將是愛而非智慧。」畢烈格說：「我的心警告我，我們應該回去多瑞亞斯。別處都有陰影橫在我們面前。」

「我無論如何都不會去那裡。」圖林說。

「唉！」畢烈格說：「可是我屈服於你的意願，正如一個寵愛兒子的父親，將會為了放縱兒子的願望而違背他自己的遠見。你若要求，我會留下。」

「那真是太好了！」圖林說。接著突然間他整個人沉默下來，彷彿他自己也發覺了那陰影，從而與他自己的驕傲爭鬥著，那驕傲不允許他回頭。他一言不發地坐了好長一段時間，反覆思忖著過去的歲月。

突然間他從思緒中回到了現實，望向畢烈格說：「那位你提到的精靈少女，我忘了你怎樣稱呼她：我為她及時的證言欠她很大一份情；可是我卻想不起她是誰。她為什麼要留心我的行蹤？」對此，畢烈格很不可思議地看著他。「的確，是為什麼呢？」他說：「圖林，難道你總是心不在焉地生活嗎？當你還是個孩子的時候，你經常和內菈絲在森林中散步啊。」

「那一定是很久以前的事了。」圖林說：「或者說，現在童年於我似乎是很遙遠了，並且有一股迷霧籠罩著它——我只記得我父親在多爾露明的房子。為什麼我會跟一位精靈少女一起散步呢？」

「也許是為了學習一些她能教你的東西吧，」畢烈格說：「也許不過是一些林地裡花朵的精靈名字。至少，你沒忘記它們的名字。唉！人類之子啊，中土世界裡除了你的悲傷尚有其他悲傷，而且還有許多創傷並非由武器造成。我真的開始這樣想了：精靈跟人類不該相遇，不該介入對方的事務。」

圖林沒有開口，只是久久注視著畢烈格的臉，彷彿他能從中解開對方話語中的謎團。而多瑞亞斯的內菈絲再也沒有見過他，他的陰影從她身上移開了。此時，畢烈格和圖林轉移話題討論其他事務，爭論他們該去哪裡落腳。「讓我們回去丁巴爾，回到我們曾經並肩同行的北方防線上。」畢烈格熱切地道：「那裡非常需要我們。近來半獸人找到了穿過浮陰森林南下的路徑，取道阿那赫隘口。」

「我不記得有那麼一個地方。」圖林說。

「當然，我們從來沒離開邊境遠行過。」畢烈格說：「不過你曾從遠方望見克里塞格林群峰之巔，在它們東邊是黑暗的勾爾勾洛斯山脈。阿那赫通道就位在兩道山脈之間，在明迪伯河源頭上方。那是一條十分危險難走的路；然而如今有許多半獸人從那裡下來，向來平靜的丁巴爾正一步步淪落到黑暗的魔爪之下，同時布雷希勒的人類正在擔驚受怕。我召喚你前往丁巴爾！」

「不，我不會走人生的回頭路。」圖林說：「而今我也不能輕易地回到丁巴爾。西瑞安河橫在中間，從遠為靠北的布立希阿賀渡口向下的河段，既沒有橋梁也沒有渡口，要渡過它十分危險——除非行經多瑞亞斯。但是我不會利用辛葛的允許與原諒來穿過多瑞亞斯。」

「你曾稱你自己是個強悍的人，圖林，如果你的意思是指頑固，那還真的是。現在換我了。只要你允許，我會盡可能迅速動身離去，請容我告辭。如果你確實盼望強弓陪在你身邊，就請到丁巴爾來找我。」當時，圖林沒有多言。

畢烈格第二天就出發了，圖林離營送他走了一箭之遙的路，卻一言不發。「那麼，胡林之子，就此再會了？」畢烈格說。

「如果你確實想要言而有信留在我身邊，」圖林回答說：「那麼，請到路斯山來找我！」他這麼說，既是因為命中注定，又是因為對前途一無所知。「否則，這就是我們最後一次道別了。」

「也許這樣最好。」畢烈格說，然後上路了。

據說，畢烈格回到了明霓國斯，晉見了辛葛與美麗安，向他們稟明一切，唯獨省略了圖林的手下惡虐他那一段。於是，辛葛長嘆一聲，說：「我擔起了收養胡林之子的責任，而無論因愛還是因恨，這責任我都無法放棄，除非英勇的胡林親自歸來。圖林還想要我怎樣呢？」

但是美麗安說：「庫薩理安，由於你的幫助，以及你的榮譽，現在我將贈予你一個禮物；我能給出的一切中，這一樣最珍貴。」於是她賜給他充裕的蘭巴斯，它是精靈的行路乾糧，用銀色的葉子包裹著；紮在上面的線繩以王后的印章在打結處密封，那印章是一片白蠟，形如泰爾佩里安的一朵花朵。根據艾爾達精靈的習俗，唯獨王后擁有保存與賜予蘭巴斯的權力。「畢烈格，這行路乾糧，」她說：「當成為你在荒野寒冬裡的援助，並且也將援助那些你所選擇給予之人。因為我現在要把此事委託於你，你將代替我行使分配它的權力。」美麗安對圖林的深切眷顧，也在這件贈禮中體現得淋漓盡致，因為艾爾達過去從來不允許人類吃這種乾糧，後來也很少這麼做。

於是，畢烈格離開了明霓國斯，回到了北方邊界，那裡有他駐紮的軍營與許多的朋友；然而，當冬天來臨，戰事止息了，突然間，他的同袍發現畢烈格不見了，而他再也沒有回到他們當中。

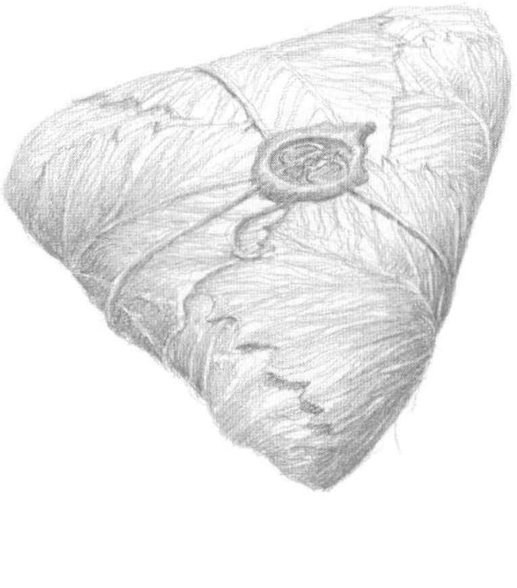

第七章　矮人密姆

現在，故事轉到小矮人密姆身上。小矮人淡出後人記憶已久，因為密姆是最後一位小矮人。即使是在古代，旁人對他們也所知甚少。很久以前，貝雷瑞安德的精靈稱他們為尼賓—諾格林，但是精靈並不喜歡他們；而小矮人除了他們自己之外，什麼種族都不愛。若說他們恨惡、懼怕半獸人，他們也同樣恨惡艾爾達精靈，尤其是流亡的諾多族；他們說，諾多精靈竊取了他們的土地和家園。納國斯隆德是小矮人先發現並且開始開鑿的，遠在芬羅德・費拉剛渡海來到之前。

有人說，他們是源自古時被驅逐出東方那些矮人城市的一支矮人部族。遠在魔苟斯返回中土之前，他們就已經漫遊到了西邊。由於無人指導、人數寥寥，他們發現要取得金屬礦石很困難，因此他們冶金的技藝沒落了，武器的儲藏也減少了；於是他們以偷竊為生，他們的身量變得比他們東方的族人更加矮小，行走時總是弓背縮身，步伐迅捷鬼祟。儘管如此，他們其實還是比表面的身材模樣遠為強壯，正如所有矮人族一般；並且他們能在極艱困的情況下生存。然而，到了最後，他們還是衰微下去，直到消失在中土世界上，僅存密姆和他的兩個兒子而已；即使是用矮人的曆法來估算，密姆也算非常老了，不但老邁，且被遺忘。

畢烈格離去之後（那是圖林逃離多瑞亞斯後的第二個夏天），亡命之徒們的景況惡化了。天下著不合時令的大雨，從北方湧來了比以往數量更龐大的半獸人，沿著泰格林河邊的古南大道而來，騷擾多瑞亞斯西邊邊界上所有的森林。安全與休整變得少之又少，他們這幫人經常遭到追獵，而不是追獵別人。

有一天晚上，當他們藏身在沒有營火的漆黑中休息時，圖林檢視他自己的生活，在他看來，它似乎尚可改善。「我必須找個安全的避難所，」他想：「為冬天和饑荒先做好存糧的準備。」但是他不知道該去往何方。

隔天，他帶領他的人向南走，比他們以往離開泰格林河與多瑞亞斯的邊境都更遠；在走了三天的路程後，他們在西瑞安河谷的森林西邊邊緣停了下來。那裡的土地更乾燥也更荒涼，因為地勢開始向上攀升進入荒原高地了。

不久之後，在一個下雨天，當灰濛濛的天色開始黯淡下來時，圖林和他的人剛好在一片冬青灌木叢中避雨；在灌木叢之外是一片無樹的空曠之地，佈滿了許多橫七豎八的大石頭。除了雨水從樹葉上滴落的聲音，四周一片寂靜。

突然間，一個守衛喊了一聲，他們跳起來，看到三個戴著兜帽、裹著灰斗篷的身影正鬼鬼祟祟地在亂石之間移動。他們每個都背了一個大麻袋，儘管如此他們還是走得很快。圖林向他們大喊要他們停下來，他的手下則像獵狗般對他們追了過去；但是他們仍繼續走他們的路，雖然安德羅格對他們射了箭，有兩個還是消失在暮色中。第三個因為動作比較緩慢或因為擔負的比較重而落在後面；他很快就被抓住推倒，雖然他像野獸般掙扎亂咬，還是被許多無情的手按住了。但是圖林走上前來，斥責了他的手下。「你們這是幹什麼？」他說：「有必要這麼狠心嗎？它又老又小，能有什麼危害？」

「它咬人。」安德羅格說，一邊照料自己流血的手。「它是個半獸人，或半獸人的同類。殺了它！」

「它該當一死，因為它讓我們空歡喜一場。」另一個已經奪下那麻袋的人說：「這裡面除了薯根和小石頭，什麼也沒有。」

「不，」圖林說：「它長著鬍子。我猜它不過是個矮人。讓他起來說話。」

就這樣，密姆在胡林子女的故事中出場了。他掙扎著在圖林的腳前跪起來，哀求他饒命。「我很老了，」他說：「又很窮。正如你所言，我只不過是個矮人，不是半獸人。我的名字叫密姆。大人，別任他們像半獸人那樣無緣無故就殺了我。」

於是，圖林對他心生憐憫，不過他說：「你看起來是很窮，密姆，雖然這對一個矮人來說可不尋常；但是我想我們更窮，因為我們是無家可歸、無依無靠的人類。如果我說我們因為需求迫切，不會僅僅因為同情就饒了你，你能提供什麼作為贖金呢？」

「大人，我不知道您想要什麼。」密姆小心翼翼地說。

「若說現在，這要求實在是微不足道的！」圖林說，苦澀地環顧四周，眼裡還有雨水。「我要一個脫離潮濕樹林、可以睡覺的安全地方。毫無疑問你自己有個這樣的地方。」

「我有，」密姆答道：「但是我不能拿它來作贖金。我太老了，無法再過露天的生活。」

「你不用再變得更老。」安德羅格說，沒受傷的那隻手舉著一把刀走上前來。「我可以幫你省了那個麻煩。」

「大人！」密姆驚恐萬分地喊，抱緊了圖林的膝蓋：「如果我喪命，您就丟了住處；因為您沒有密姆就找不到那裡。我不能把那地方給你，但是我願意分享它。它比從前要空多了，因為有許多人已經永遠離開了。」然後他開始哭泣。

「我們饒你一命，密姆。」圖林說。

「至少等我們到了他的窩再說。」安德羅格說。

但是圖林轉身對他說：「如果密姆老實地帶我們去他家，並且他家也不錯，那麼他就把命贖回來了；他不能被任何跟隨我的人殺害。我如此發誓。」

於是密姆親吻圖林的膝蓋，說：「大人，密姆會是你的朋友。起先從您講的話與你的聲音判斷，我以為您是個精靈。不過如果您是個人類，那更好。密姆不喜歡精靈。」

「你這個家在什麼地方？」安德羅格說：「如果要跟一個矮人分享它，它可得夠好才行；因為安德羅格不喜歡矮人。他的族人沒從東方帶來什麼關於那個種族的好話。」

「他們身後留下的故事更加糟糕。」密姆說：「等你們看到我家再行判斷。不過你們這些跌跌撞撞的人類一路上需要照明。我會很快回來給你們帶路。」說完他爬起來，拾起他的麻袋。

「不行，不行！」安德羅格說：「頭兒，你肯定不會同意這樣吧？你會再也見不到這個老無賴的。」

「天快黑了，」圖林說：「讓他留些抵押給我們。我們能不能留下你的麻袋和裡面的東西，密姆？」

聽到這話，矮人又心煩意亂地跪下。「如果密姆不想回來的話，他也不會為一個舊袋子裝的一堆薯根回來的。」他說：「我會回來的。讓我走吧。」

「我不讓。」圖林說：「如果你不想跟你的麻袋分開，你就得跟它一起留下。在樹葉底下過上一夜，或許會讓你反過來同情我們。」不過他跟其他人一樣也注意到，密姆把那袋看起來不起眼的東西看得十分寶貴。

他們把老矮人帶到了他們寒酸的營地，而他一邊走一邊用一種奇怪的語言喃喃唸著，聽起來像是帶著古老的仇恨，十分刺耳；但是當他們綁住他雙腿時，他突然靜下來了。那些負責守夜的人看見他猶如石像般沉默坐了一夜，只有他那毫無睡意的雙眼閃著幽光，在黑暗中不時轉動。

在早晨到來前，雨停了，樹林中起了風。黎明到來，比過去幾天更加明亮，來自南方的清新空氣使天空豁然開朗，淺淡清澈地襯托著初升的太陽。密姆仍然坐著，一動也不動，他看上去就像死了一樣；因為這時他沉重的眼皮合上了，晨光中他顯得十分蒼老，枯萎又乾癟。圖林站起來，低頭看著他。「現在光線已經夠亮了。」他說。

於是密姆睜開眼睛，指向他的綑綁；當他被放開後，他凶狠地開口。「記住這點，笨蛋！」他說：「別給一個矮人上綁！他絕不會忘掉的。我不想死，但你們所做的一切讓我心怒如焚。我後悔自己許下的承諾。」

「我可沒有後悔。」圖林說：「你會領我去你的家。在那之前我們不提死亡。那是我的意志。」他毫不動搖地望著矮人的雙眼，而密姆無法承受他的注視；事實上，沒有多少人能夠與圖林決心已定或發怒時的眼神抗衡。他很快就把頭轉開，並起身。「跟我走吧，大人！」他說。

「很好！」圖林說：「不過現在我要加上這一點：我瞭解你的驕傲。你或許會死，但你不會再被上綁了。」

「我也不會再受縛。」密姆說：「不過，現在走吧。」說完了，他便領他們回到他被他們抓住的地方，然後指向西方。「我家在那裡！」他說：「我猜你們常看見它，因為它很高。在精靈改掉所有的名字之前，我們叫它夏爾伯亨德。」他們看到他正指著路斯山，意為「禿山」，它光禿禿的山頂俯視著荒野中許多里格的範圍。

「我們見過它，但從來沒走近過。」安德羅格說：「那裡能有什麼安全的巢穴，或飲水，或其他任何我們需要的東西？我猜這裡面一定有詐。人能躲藏在山頂上嗎？」

「能夠遠眺可能比躲藏更安全。」圖林說：「路斯山的視野遼闊又深遠。好，密姆，我會去看你要我們看的地方。我們這些跌跌撞撞的人類要花多久才能走到那兒？」

「今天一整天直到日暮，如果我們現在出發的話。」密姆回答道。

很快這幫人便向西出發了，圖林走在最前面，密姆跟在他身邊。他們出了樹林後便小心翼翼地行進，但四野似乎空曠又寂靜。他們走過了橫七豎八的亂石地，開始爬坡；因為路斯山矗立在西瑞安河谷與納羅格河谷之間，荒原高地的東部邊緣，而從山腳下亂石密佈的荒地到它的山頂，有一千多英尺高。在東側是一片崎嶇起伏的坡地，緩慢爬升至高處的山脊，那些山脊位於一簇簇白樺、花楸以及扎根於岩石中的古老荊棘樹叢之間。越過山脊，在荒地上與路斯山較低的山坡上，長著繁茂的*aeglos*灌木叢；但是路斯山陡峭的灰色山頂是光禿禿的，只有紅色的*seregon*覆蓋在岩石上。

隨著下午的流逝，這幫亡命之徒接近了山腳。他們此時是從北邊過來，因為密姆帶他們這樣走，西斜的落日照在路斯山的冠頂上，*seregon*的花朵正在盛放。

「看啊！那山頂上染著血。」安德羅格說。

「還沒有呢。」圖林說。

太陽漸漸沉了下去，山谷中的光線也黯淡下來了。如今山峰陰森地聳立在他們前方與上方，他們不由得懷疑對這麼明顯的一個標誌，哪有配備嚮導的必要。但是，隨著密姆帶領他們往前行，他們開始攀爬最後一段陡坡，他們注意到他是靠著一些秘密記號或古老習俗，沿著某條路徑而行。此時他的路線曲折往復，如果他們望向兩側，就會看見左右兩邊都是毫無遮蔽的黑暗溪谷和山脊，或是耗弱成巨石荒地的土地，其上佈滿了被懸鉤子和荊棘所遮蔽的斷崖與洞穴。如果沒有嚮導，他們可能要掙扎攀爬好幾天才能找到路。

最後，他們來到了更陡峭但也更平坦的地面上。他們從古老楸樹的陰影下穿過，進入一條由樹幹頎長的*aeglos*所形成的通道：陰暗中充滿著香甜的氣息。然後，突然間他們面前出現了一堵石牆，表面平坦，十分陡峭，也許有四十呎高，但是由於暮色令得他們頭頂的天空深暗，因此這估計並不準確。

「這是你家的大門嗎？」圖林問：「據說，矮人熱愛岩石。」他走近密姆，以防他在最後關頭對他們耍花樣。

「這不是我家的大門，而是庭院的大門。」密姆說。然後他轉向右側，沿著懸崖腳下而行，在走了二十步後他突然停下來；於是圖林看見那裡有一道不知是手工還是天然形成的裂隙，石牆的兩面在此重疊，一條通道在它們之間迂迴到左方。它的入口被扎根於上方石隙中、垂落下來的長條蔓生植物遮住了，但是進到裡面是一條很陡的石頭路，在黑暗中通向上方。有水滴落在路上，道路又潮濕又陰冷。

他們一個接一個走了進去。到了頂端路又向右轉，接著再度向南，帶領他們穿過一片荊棘灌木叢，來到了一片平坦的綠地上，路在穿過這綠地之後便融入了陰影中。他們終於來到了密姆的家，巴爾—恩—尼賓—諾義格，意思是「小矮人之屋」，只有在多瑞亞斯和納國斯隆德的遠古傳說中才有紀錄，並且從未有人類親眼見過。不過夜幕正在降臨，東方星光已現，他們這時無法看出這陌生之地的地形如何。

路斯山有一個冠冕般的山頂，那是一大塊有著光禿的平頂，巨大如帽覆罩的陡峭岩石。在山的北側有一片突出的岩架，與地平行，幾乎是正方的，從底下卻看不到它；因為在它後方矗立著如牆壁一般的冠頂，而山頂的東西兩側都是刀削般的懸崖。只有從北面，也就是他們前來的方向，那些熟知路徑的人才能順利地到達。有一條小路從「大門」穿出，很快便進入一片由矮小樺木構成的小樹林，樹林環繞著一個從岩石中鑿出的清澈池塘。這池塘的水源是來自後方石牆腳下的一處水泉，它沿一條窄罅噴湧而出，像是岩架西緣上的一條白線。在樹林形成的屏障之後，靠近泉水，有一個洞穴位於兩片高大的岩石扶壁之間。它看起來不過是個有著低矮殘破拱門的淺洞；但是再往內去它已被鑿深拓廣，在小矮人居住在此的漫長歲月中，他們不受森林中的灰精靈打擾，靠著雙手把這洞慢慢一直開鑿到山底深處。

在深濃的暮色中，密姆帶領他們走過池塘，池中倒映的樺樹陰影間這時已反射著淡淡的星光。在洞口前，密姆轉過身來對圖林鞠了個躬。「大人，請進。」他說：「這是巴爾—恩—當威茲，贖金之屋。今後它就該叫這個名字。」

「也許吧。」圖林說：「我得先看看再說。」於是他隨密姆一起走了進去，其他人看到他毫無懼意，也跟在他後面走了進去，連最不信任矮人的安德羅格也是。他們很快便置身在一片漆黑中；但密姆拍了拍手，便有一點燈光繞過一處拐角出現：那是另一個矮人，拿著小火把，從外洞後方的一條通道中走了出來。

「哈！正像我擔心的，我沒射中他！」安德羅格說。但是密姆和來者用他們自己那刺耳的語言快速交談了幾句，然後似乎對他所聽聞的感到煩惱或生氣，便猛地衝入通道消失了。這一來安德羅格也急著要衝進去。「先下手為強！」他喊道：「他們可能有一大窩；不過他們都很小。」

「我猜只有三個。」圖林說；然後圖林率先領路，那群亡命之徒在他身後，藉由摸索粗糙牆壁的觸感沿著通道前進。它曲折地轉了好幾個大彎；不過最後終於有一道黯淡的光芒在前方閃現，他們進到了一個很小但很高的廳堂，靠著從廳頂陰影中一條細鏈垂掛下來的油燈朦朧照明。密姆不在那裡，但是他們可以聽見他的聲音；圖林循聲來到了廳後一個房間的門前。他向門內望去，看見密姆跪在地板上。在他旁邊沉默站著那個拿火把的矮人；但在遠端牆邊的石床上還躺著另一個。老矮人扯著鬍子哭喊道：「奇姆啊，奇姆啊，奇姆啊！」

「你的箭沒有全部落空。」圖林對安德羅格說：「但是這次可能證明你的命中是不祥的。你放箭放得太輕率了；不過你恐怕也活不到能學得明智的時候。」

圖林離開其他人，輕輕走進去站在密姆身後，對他說：「先生，怎麼回事呢？」他說：「我懂一些醫術，我能幫你的忙嗎？」

密姆轉過頭來，他的眼中有一星紅光。「除非你能讓時光倒流，並砍下你那些人殘酷的手。」他回答道：「這是我兒子。他胸口中了一箭。現在說什麼都對他無濟於事，他在日落時死了。你們的綁縛限制了我，害我無法救治他。」

圖林長久以來麻木了的憐憫之情，再次如泉水湧自岩石般從他心中湧現。「唉！」他說：「如果我能，我願召回那支箭。現在巴爾—恩—當威茲，贖金之屋，是名副其實了。因為無論我們是否在此住下，我都認為我虧負了你；如果我有朝一日能有任何財富，我會付你重金來補償你兒子的性命，以此來表示我的悲傷，哪怕它不會令你心中喜悅了。」

於是密姆起身，久久看著圖林。「你所說的我記下了。」他說：「你開口如同古時的矮人君王一般；對此我非常驚訝。如今我的心雖不歡喜，但是已冷靜下來了。我自己的贖金我會付，因此你若願意便可以住下來。但是我要加上這一點：那射箭的人當折斷他的弓箭，把它們放在我兒子的腳邊；並且他應當永遠不得再用弓箭。如果他執意這麼做，他必當死於弓箭之下。我把這咒詛加在他身上。」

當安德羅格聽到這咒詛時，他害怕了；因此雖然他極不情願，他還是折斷了他的弓與箭，把它們放在死去矮人的腳邊。然而當他從房間裡出來時，他惡狠狠地掃了密姆一眼，低聲抱怨道：「人家說，矮人的咒詛永不失效；但是人類的也一樣會生效。願他一箭穿喉而死！」

那天晚上他們躺在廳裡，因密姆和他另一個兒子伊布恩的哭號而睡得很不安穩。哭聲是幾時停止的，他們並不知道；當他們最後終於醒來時，矮人們已經離開了，那房間也用一塊石頭封了起來。天氣又變好了，在晨光中那群亡命之徒在池塘中盥洗了一番，並且準備好他們尚存的食物；當他們進餐時，密姆前來站在他們面前。

他向圖林鞠個躬。「他不在了，該做的也都做完了。」他說：「他和他的先祖們躺在一起了。現在我們要面對接下來的生活，雖然我們前面的日子可能很短暫。密姆的家令你滿意嗎？贖金算不算是已經付出、並被接受？」

「是的。」圖林說。

「那麼這一切就都是你的了，請你隨意安排你們的住處吧，只除了這點：那個已經封起來的房間，除了我以外，誰也不能去開。」

「我們知道了。」圖林說：「但是關於我們在這裡的生活，雖然我們是安全的——或說看起來是如此，但是我們還是必須要有食物和其他的東西。我們該怎麼出去？還有，我們該怎麼回來？」

對於他們的憂慮，密姆在咽喉中悶笑著。「你們害怕自己是跟著一隻蜘蛛來到了牠蜘蛛網的中心地帶了嗎？」他說：「別擔心，密姆不吃人的，並且一隻蜘蛛要同時對付三十隻黃蜂也會吃虧的。你看，你們全副武裝，而我站在這裡手無寸鐵。我們不起衝突，而是必須分享，在你們跟我之間：住所、食物、火，可能還有其他東西。關於住所，我猜，即使你們知道了出入的路徑，你們也會為了自己的利益而守衛它，並保守它的秘密。你們遲早都會瞭解那些路的。但是在此之前，密姆或他的兒子伊布恩，必須在你們出去時給你們引路；我們其中一人會跟你們去你們所要去之處，然後跟你們一起回來——或者在某處你們熟知、不需引導便可找到的地點等待你們。我想那些地點會越來越靠近我們的住所。」

對此，圖林同意了，他並且感謝了密姆，他大部分的手下也都很高興；因為此時夏日猶盛，在早晨的陽光下，這裡看起來是個極好的住處。唯獨安德羅格一人感到不滿。「我們要來去自主，越快越好。」他說：「我們的冒險生涯裡，從來沒有帶著一個滿腹怨氣的俘虜跑來跑去。」

那天他們休息了，清理武器，修復裝備；因為他們還有足夠吃上一兩天的食物，並且密姆也在他們現有的食物上頭又添加了一些。他借給他們三口做飯的大鍋子，以及生火的器具；他還拿出一個大麻袋。「無用之物。」他說：「不值得偷，只不過是些野薯根。」

不過事實證明，這些薯根在清洗過後皮質白淨、肉質飽滿，烹煮之後十分可口，有點兒像是麵包；這幫亡命之徒都吃得很高興，因為他們除了偶爾能偷到之外，已經很久沒有吃到麵包了。「野精靈不認識這種薯根；灰精靈尚未找到它們；而那些大海彼岸來的驕傲傢伙太驕傲，不會去掘地尋糧。」密姆說。

「這些薯根叫什麼名字？」圖林問。

密姆斜覷了他一眼。「它們除了矮人語的名字，再沒有別的名字了，而我們也不教他人矮人語。」他說：「我們也不教人類去找這類薯根，因為人類既貪婪又浪費，不肯留下一些做種，會挖到所有的植株都死光；現在當人類在野外行走被它們絆倒時，還是完全不識貨。你不會從我這裡得知更多了；不過只要你說話彬彬有禮，不窺探也不偷竊，你便能擁有我足夠的贈禮。」然後，他又再次在喉中悶笑。「它們非常有價值。」他說：「在飢寒交迫的冬天，它們比黃金還珍貴，因為它們可以像松鼠的堅果那樣儲藏起來，並且從首批薯根成熟開始，我們就已經在累積我們的存糧了。不過你們若以為我不肯放棄一小袋的薯根來救我自己的命，你們就是笨蛋。」

「你這話我可聽見了。」烏勒拉德說，他在密姆被抓時察看過那個麻袋。「但是你當時就是不願意放棄，而現在你這話只加重了我的疑心。」

密姆轉過身來陰沉沉地看著他。「你就是笨蛋之一，如果你死在冬天裡，春天也不會為你哀悼。」他對烏勒拉德說：「當時我已經許下承諾，因此我無論是否情願，是否有那個麻袋，都一定得回來。就讓一個無法無天又無信之人隨便臆測好了！但是我不願意在惡人的強迫下捨棄自己的東西，哪怕那只不過是一根鞋帶。我可還記得，那些綁縛我，限制了我，以至於我沒能跟我兒子說上最後一句話的手當中，也有你的。從今以後當我從存糧中分配這地薯麵包時，不會有你的份，如果你要吃它，你得靠你的同夥而不是靠我的慷慨施捨。」

然後密姆就走了；而烏勒拉德雖然在密姆的怒火下膽怯，這時卻對著他的背影說：「好嚇人的話！就算這樣，那老無賴的麻袋裡還有其他東西，形狀差不多，但是更硬也更重一些。也許除了地薯麵包之外，野地裡還有一些東西是精靈尚未發現而人類也不准知道的！」

「也許吧。」圖林說：「儘管如此，那矮人至少在這一點上說了實話——把你叫做笨蛋。你為什麼一定要把你想到的說出來呢？如果你的狗嘴裡吐不出象牙來，就閉嘴，那對我們全都更有好處。」

白晝平靜地過去了，沒有一個亡命之徒想要出到野地去。圖林在岩架的綠草地上踱步良久，從一邊走到另一邊，並向東、向西，以及向北張望，想要得知在晴空下視野能望到多遠。北方似乎不可思議地近，他可以辨認出布雷希勒的森林，綠蔭環繞著歐貝勒山的山坡爬升。他發覺自己的目光總是不由自主地朝那裡望去，然而他不明白那是為什麼；因為他內心更傾向西北方，在無數里格之外的天際，他覺得自己似乎能夠瞥見陰影山脈與他家鄉的邊界。但是到了傍晚，圖林向西眺望日落，殷紅的夕陽沉入籠罩在遠方海濱的薄霧中，在這山與海岸之間，納羅格河的河谷橫陳在深幽的陰影中。

如此，開始了胡林之子圖林在密姆的廳堂，巴爾—恩—當威茲，「贖金之屋」中居留的日子。

有好一段時日，這幫亡命之徒過著稱心如意的生活。食物並不短缺，他們也有很好的棲身之處，溫暖又乾燥，房間夠多且有餘；因為他們發現這些洞穴在需要時可容納百人有餘。在更往裡走還有另一個較小的廳堂；廳的一側有個壁爐，壁爐上方的煙囪向上穿過岩石，通往一處巧妙隱藏在山坡裂隙裡的通風口。另外還有許多其他房間，開口向大廳或向著連接大廳的通道，有些是用來居住，有些是工作間或儲藏室。在儲藏方面，密姆比他們更有技巧，他有許多石製或木製的容器與箱子，看起來年代都非常久遠了。然而大多數的房間如今都是空蕩蕩的：在武器庫裡懸掛著的斧頭和其他裝備都積滿灰塵、鏽跡斑斑，各個架子與櫥櫃也空無一物；鐵匠的鍛冶房則早已廢棄不用了，只除了一處：一個從那內廳延伸而出的小房間，裡面有個與廳中壁爐共用一條排煙管的爐灶。密姆不時會在那裡工作，但是不准別人在他旁邊；他也沒有告訴大家有一道隱藏起來的階梯，可以從他的家通往路斯山的平頂。安德羅格有一次因為飢餓四處搜索密姆儲藏的糧食，在重重洞穴中迷路時發現了這個秘密通道；但是他沒有把這發現告訴任何人。

那一年餘下的日子裡，他們沒再出去打劫，如果他們出到外面去狩獵或採集食物，大多時候都是以小隊的方式前去。但是有很長一段日子，他們都覺得很難循著原路返回，除了圖林之外，他的手下有把握能找到路的不超過六個。儘管如此，有鑑於那些精於追蹤之道的人，即使沒有密姆的幫助也可能找到他們的藏身處，他們在靠近北壁裂隙的地方無論晝夜都設了崗哨。他們認為不會有敵人從南邊襲來，也不擔心有人會從那個方向爬上路斯山來；但是白天多數時候山頂都設有哨兵，他可以遠眺周圍四方。雖然山頂的東西兩邊都非常陡峭，但是要攀上來還是有可能的，因為洞口的東側已經鑿有粗陋的階梯，通向人類不需要幫助之下也能攀爬的緩坡。

就這樣，這年在既無損失也無警報的情況下度過。然而隨著白晝一日日縮短，池塘變得冰冷灰暗，樺樹林葉落盡光禿，大雨又降臨了，他們不得不在藏身之處度過更多的時光。很快的，他們就厭倦了山底的黑暗與廳堂中昏暗的燈火；在大多數人看來，如果不跟密姆一起過活，情況似乎會更好一點。常常，當他們以為密姆人在別處時，他會出現在某個陰暗的角落或門廊裡；而當密姆在旁時，他們的談話就變得很不自在。他們開始習慣於彼此用耳語的聲音悄悄說話。

然而，令他們感到奇怪的是，情況對圖林來說卻不是這樣；他跟老矮人處得更友好，也越來越聽從對方的建議。在隨後到來的冬天裡，他會久久坐在密姆身邊，聽他講矮人古老的學識與他一生的故事；如果他說了有關艾爾達精靈的壞話，圖林也未駁斥他。密姆對此似乎非常滿意，並顯明偏愛圖林來作為回報；只有圖林被允許能不時進入他的鐵匠工坊，在那裡面他們會一起輕聲交談。

但是當秋天過去，冬天卻向他們逼來。在年終前的隆冬時分，大雪從北方撲來，比他們記憶中河谷地區的大雪更加猛烈；那段時日及此後，隨著安格班的力量增強，貝雷瑞安德的冬季變得愈來愈嚴酷。路斯山被深深的積雪所覆蓋，只有身體最強壯、耐寒的人敢出去。有些人生病了，而人人都因飢餓而消瘦。

在冬至時節一個陰暗的黃昏，一個人類突然出現在他們當中；來者看起來似乎是人類，十分雄壯威武，周身裹在白色的斗篷與兜帽中。他成功避過了他們的哨兵，此時一語不發地走到火堆旁。當火旁的人都跳起來時，他大笑起來，掀開了兜帽；他們這才看清原來這是強弓畢烈格。他在寬大的斗篷下背著一個很大的行囊，行囊中他帶來了許多東西，以幫助這些人。

畢烈格以這樣的方式回到了圖林身邊，違背了他的睿智，屈服於他的愛。圖林真正感到非常高興，因為他常常為自己的頑固感到懊悔；而現在他內心的渴求實現了，既不必他自己低頭也不必妥協他自己的意願。然而，若說圖林很高興，安德羅格卻不這樣，他手下還有一些人也不高興。在他們看來，他們的首領與畢烈格之間似乎有什麼秘密約定，而他瞞著不讓他們知道；當那兩人離群坐到一邊交談，安德羅格滿心嫉妒地看著他們。

畢烈格隨身帶來了哈多的龍盔；因為他期盼龍盔也許能再次激起圖林的志向，不再滿足於只在荒野中充當這一小撮人的首領。「這是你自己的東西，我帶來還你。」他拿出龍盔，對圖林說：「它過去被留在北邊邊界由我保留著；但是我想它並未被遺忘。」

「幾乎被遺忘了，」圖林說：「但是它不會再度遭到遺忘。」然後他陷入了沉默，思緒飄到了遠方，直到突然間他瞥見了畢烈格手中另一樣東西的閃光。那是美麗安贈予的禮物；銀色的葉子被火光映得通紅，當圖林看到上頭的封印時，他的目光黯淡下來。「你拿的是什麼？」他問。

「這是仍然愛你之人所能送你的最寶貴的禮物。」畢烈格答道：「這是蘭巴斯，艾爾達精靈的行路乾糧，還沒有人類曾經品嚐過。」

「我接受我祖先的頭盔，並且感謝你保存它。」圖林說：「但是我不會接受來自多瑞亞斯的贈禮。」

「那麼就退還你的劍和你的裝備。」畢烈格說：「同時也退還你年少時所受的教導與撫養。讓你的人，你口中這群忠心的人，死在這不毛之地來滿足你的任性！然而儘管如此，這行路乾糧也不是送你而是送我的禮物，而我可以隨心所欲處理它。如果它會噎到你的喉嚨，那麼你就別吃；不過這裡其他的人可能更飢餓，而且不那麼驕傲。」

圖林眼中精光一閃，然而當他望著畢烈格的臉時，他眼中的火焰熄滅了，重歸灰暗。他以幾乎不可聽聞的聲音說：「朋友，我不知你為何肯降貴紆尊，回到我這個鄙賤之人身旁。我會接受來自你的一切，即便是斥責。從今以後，除了叫我踏上前往多瑞亞斯的路，你可以在各方面給我提議與勸告。」

第八章　弓與盔之地

在隨後那些日子裡，畢烈格為那幫人的好處付出了許多努力。他照顧醫治那些受傷或生病的人，他們很快就恢復了健康。因為在那些年日裡，灰精靈仍是一群高等子民，擁有強大的能力，他們對生命乃至生靈萬物的規律生息都所知甚深；雖然比起來自維林諾的流亡者，他們的手工藝與學識都要稍遜，但是比起人類，他們的技能知識卻是遠遠超過。此外，弓箭手畢烈格在多瑞亞斯的子民中也是出類拔萃；他很強壯，又能忍受惡劣的環境，思慮如雙眼般極具遠見，必要時在戰鬥中他也極為勇猛，不單靠他的長弓疾箭，並且也靠他的利劍安格拉黑勒。而密姆心中對他的憎恨越來越熾，前面已經說過密姆痛恨所有的精靈，而當密姆把圖林對畢烈格的愛看在眼裡時，愈發感到妒火中燒。

當冬天過去，萬物復甦，春天來臨，這群亡命之徒很快就要進行更為嚴苛的工作。魔苟斯的力量已開始移動；他大軍的先驅如同一隻探索之手的長長手指，已經開始試探進入貝雷瑞安德的道路。

誰知道魔苟斯現在在盤算什麼？誰能丈量他思緒所及的界限？他曾是米爾寇，於譜唱大樂章的埃努中也是強者，如今身為黑暗之王坐在他北方的黑暗寶座上，滿懷惡毒地斟酌著奸細或叛徒報告給他的一切消息，他的心智所洞悉、瞭解到他敵人的行動與目的，遠超過他敵人中最睿智的人們所能憂懼的，只有王后美麗安除外。魔苟斯的思緒經常探向美麗安，卻總是遭到挫敗。

因此，在這一年，他的惡毒轉向西瑞安河以西之地，那裡仍有反對他的勢力存在。貢多林城依然屹立，但卻也隱藏著。他知道多瑞亞斯，但是他還無法進入那裡。更遠一點還有納國斯隆德，對於該處，他的爪牙還沒有誰找到通達之路，他們光聽到名字就害怕；芬羅德的子民住在該處，隱藏著他們的力量。而在南方更遠的地方，越過寧白希爾的白樺樹林，有謠言從阿佛尼恩海岸與西瑞安河口傳來，提到有個船隻泊港的避難所。對於該處，除非他攻下所有其他地區，否則鞭長莫及。

所以，現今半獸人從北方南來，數量越發龐大。他們穿過阿那赫通道而來，丁巴爾陷落了，多瑞亞斯所有的北方邊界都受到騷擾。他們取道沿著西瑞安河的狹長隘道的那條古道，經過芬羅德曾經建立米那斯提力斯塔的小島，如此穿過位於馬勒都因河與西瑞安河之間的土地，然後繼續沿著布雷希勒森林的邊緣，來到泰格林河的渡口。從那裡古道直通進入「監視平原」，之後，它沿著路斯山所監督守衛的高地底緣，繼續往下進入納羅格河的河谷，最後直抵納國斯隆德。但是半獸人還沒能沿著這條路走到那麼遠；因為在荒野裡如今居住著一股仍然隱藏的恐怖力量，在那紅色的山丘之巔有著半獸人尚未被提醒告知的警戒眼線。

那年春天，圖林再次戴上了哈多的龍盔，畢烈格對此非常高興。起初，他們那幫人的人數還不到五十個，但是畢烈格的林中技巧與圖林的勇猛，讓他們在敵人眼中好似一支大軍。半獸人的偵察兵被獵殺，他們的營區也被監視，如果他們集合起來武裝行軍，當他們來到地勢狹窄之處，從亂石或從林木的陰影中，總會躍出龍盔和他的手下，高大又凶猛。很快的，在龍盔的號角聲於山嶺間回響之際，半獸人的隊長們便膽怯了，他們會在箭矢尚未疾響、長劍沒有拔出之前，便轉身飛逃。

如前所述，在密姆向圖林及其幫眾，交出他隱藏在路斯山上的住處時，他要求那位放箭射死他兒子的人折斷弓箭，並把它們放在奇姆的腳邊；那人就是安德羅格。當時安德羅格滿心憤恨地照密姆所命令的做了。此外，密姆宣告此後安德羅格再也不准使用弓箭，並且密姆咒詛他，如果他敢再用弓箭，那麼他自己必將死於弓箭之下。

而今，在那一年的春天，安德羅格藐視密姆的咒詛，在一次從巴爾─恩─當威茲發起的攻擊中，重新拿起了弓箭；在那次攻擊中，他中了一隻半獸人的毒箭，在痛苦垂死中被送了回來。但是畢烈格治好了他的創傷。這一來密姆對畢烈格的恨意更為加深，因為如此一來畢烈格破壞了他的咒詛；但是，「它一定會再生效的。」他說。

那一年，耳語密談在貝雷瑞安德傳得又遠又廣，蔓過林蔭、越過溪流，穿過道道山隘，傳言說，那（眾人曾經以為）在丁巴爾犧牲的弓與盔已經出乎意料地再度崛起了。於是，有許多無人領導、無依無靠但又大無畏的精靈與人類重拾了信心，他們是戰敗後荒蕪之地中的倖存者，前來找尋這兩位首領，雖然無人知道他們的要塞在哪裡。圖林樂於接受所有投奔他的人，但是因畢烈格的勸告，他沒有容許任何新來者去到他在路斯山上的避難所（現在它被稱為伊哈德．伊．西德林，「忠誠者的營地」）；前往該處之路只有那些舊幫眾知道，其他人都沒有資格得知。不過其他設防的營地與堡壘都在周圍確立：在東邊的森林中，或在高地上，或在南邊的沼澤處，從泰格林渡口南邊的梅歇德─恩─葛拉德（「樹林的盡頭」），到路斯山南方數里格的巴爾─伊利伯，它位於納羅格河與西瑞安沼澤之間，一度是肥沃之地的地帶。從所有這些地方，人們都能看到路斯山的山頂，並藉由信號來接收消息和命令。

以這種方式，在夏天過去之前，圖林的部眾擴大成了一支強大的軍隊，安格班的勢力被遏止回去。關於此事的傳言甚至傳到了納國斯隆德，那裡有許多人變得無法平靜了，都說如果一個亡命之徒也能對大敵造成如此傷害，那麼納羅格的君王還有什麼不能做的。但是納國斯隆德的王歐洛佳斯不肯改變他的計議。他在各項事由上都遵從辛葛的作法，他跟辛葛之間靠著一些秘密管道交換訊息；在那些首先考慮自己的子民，以及思索在北方的貪欲下他們還能保有自己的生命財產多久的智者們看來，他是一位睿智的君王。因此，他不允許他的子民去找圖林，並且派遣密使去告知圖林說，圖林在他的戰爭中無論要採取什麼行動、策畫什麼計謀，他都不得踏上納國斯隆德的土地，也不准把半獸人驅趕到那邊去。但是若他們有需要，他可以為兩位首領提供武裝之外的援助（在這一點上，據信他是被辛葛和美麗安所感動了）。

於是，魔茍斯克制了他的手；不過他經常佯攻，如此這些叛徒的自信就會由於輕易贏得的勝利而轉變成驕傲。而情況也正如他所料。因為圖林現在把介於泰格林河與多瑞亞斯西境之間所有的土地，都命名為多爾・庫阿爾索勒，意為「弓與盔之地」；他宣告自己擁有此地的主權，給自己重新取名為勾爾索勒，「可怕之盔」；他的心志也高漲起來。但是此時在畢烈格看來，龍盔對圖林所起的作用，卻不是他所盼望的；而展望未來，他愈發感到憂心。

當夏日即將逝去，有一天在經過一場漫長的征戰與跋涉之後，他和圖林坐在伊哈德休息。圖林對畢烈格說：「為什麼你既悲傷又若有所思呢？自從你回到我這裡，一切不是都進展得很好嗎？我的意圖豈不是被證明為有益嗎？」

「現在一切都很好。」畢烈格說：「我們的敵人仍然驚疑且恐懼。並且我們接下來的日子暫時也會很不錯。」

「那你擔心什麼呢？」圖林說。

「冬天。」畢烈格說：「之後，還有下一年，這是對那些能活下來看到它的人而言。」

「還有什麼呢？」

「安格班的怒火。我們已經灼疼了那隻黑手的指尖——僅此而已。它是不會縮回去的。」

「可是，安格班的怒火豈不正是我們的目的，我們豈不該為此高興嗎？」圖林說：「此外你還想要我做什麼呢？」

「你心中非常清楚。」畢烈格說：「然而關於那條路，你已經禁止我談論它。但是現在聽我說。一位統帥龐大軍隊的君王或領袖需要許多東西。他必須擁有安全的藏身之處；他必須擁有財富，並且要有許多人從事那些非關戰爭之務。人數一多，對食物的需求也就增加，那是超過野外狩獵所能供給的。然後還有秘密傳播的問題。路斯山在人數少時是個好地方——它可以眼觀四面耳聽八方。但是它孤零零的，並且從遠方就可看見；不必多少軍力就可包圍它——除非有一支遠比我們現有的更強大的大軍防守它，而我們很可能永遠都不會有這樣的軍力。」

「儘管如此，我還是我自己手下軍兵的首領。」圖林說：「如果我戰死，那就戰死吧。我在這裡阻擋魔苟斯的路，只要我還在此，他就無法取道南下。」

龍盔出現在西瑞安河以西之地的報告，迅速傳到了魔苟斯的耳中，而他大笑起來，因為長久以來消失在陰影中、為美麗安所遮蔽之下的圖林，這下又被暴露在他面前了。然而他開始害怕圖林的力量會成長得過於壯大，令得他加在他身上的咒詛成空，從而圖林會逃脫那為他設定的厄運，或者圖林會退隱回多瑞亞斯，再次消失在他視野之外。因此，現在他專心致力要抓到圖林，意圖要像折磨他父親那樣來折磨他，傷害他，奴役他。

當畢烈格對圖林說，他們只不過是灼疼了那隻黑手的指尖，並且它不會縮回去，他說的是千真萬確。然而魔苟斯把他的計謀掩飾起來，在那段時日裡，他滿足於派出他最為得力的偵察兵；過不了多久，路斯山就被潛伏在荒野中無人察覺的奸細團團包圍，他們對來來往往的小隊人員沒有採取任何攻擊的行動。

但是密姆察覺到了路斯山周圍野地中有半獸人的存在，在他黑暗心靈中所存對畢烈格的恨惡，這時引導他採取了邪惡的決策。在那年將盡時的一天，他告訴在巴爾—恩—當威茲中的人說，他要跟兒子伊布恩去尋找薯根做他們冬天的存糧；但是他真正的目的是去找出魔苟斯的爪牙，並帶領他們到圖林的藏身之處。（註）

雖然如此，他依舊嘗試要求半獸人接受一些特定的條件，對方卻嘲笑他，但是密姆說，如果他們相信能夠藉由拷問一位小矮人來獲得任何訊息，他們就太不瞭解小矮人了。於是，他們問他那些條件是什麼，密姆便宣布了他的要求：對於他們所逮捕或殺害的每一個人類，他們要付同等重量的鐵為代價，但是對圖林和畢烈格則是要付金子；而密姆的家，在擺脫了圖林與其黨羽之後，要留給他，他自己也不能遭到任何騷擾；他們不許帶走畢烈格，要把他上綁留給密姆處理；而關於圖林，要讓他自由離去。

對於這些條件，魔苟斯的密使立刻就同意了，卻絲毫不打算履行第一點或第二點。半獸人的首領認為，畢烈格的命運留給密姆處理也不錯；但是對於讓圖林自由離去，「活捉回安格班」是他所受的命令。雖然同意這些條件，他還是堅持他們留下伊布恩作為人質；於是，密姆變得害怕了，並嘗試想毀去他的許諾，要不就逃脫。但是半獸人手裡有他兒子，因此密姆被迫引導他們來到巴爾—恩—當威茲。就這樣，「贖金之屋」被出賣了。

據說，路斯山冠頂那片巨大的岩石頂上光禿平坦，但是它的四邊非常陡峭，人只能依靠攀爬從密姆家入口前的平臺岩架一路向上、從岩石上砍鑿出來的階梯才能登頂。在山頂上設有看守的崗哨，他們在有敵人迫近時會發出警告。但是這些敵人是靠密姆引導前來，直接來到了門前的平臺上，而圖林和畢烈格被迫退入巴爾—恩—當威茲的入口。有些試圖爬上岩石階梯的人，都被半獸人的箭矢給射了下來。

圖林和畢烈格撤退到洞穴中，並推來一塊巨石擋住了通道。在這危難中安德羅格向他們揭露了通往路斯山頂平臺的隱藏階梯，如前所述，那是他在山洞中迷路時發現的。於是圖林和畢烈格以及他們許多的部下爬上了這個階梯，直到了山頂上，出其不意地把少數藉由外部的階梯已經爬上山頂來的半獸人都擊退跌下山去。他們一度阻止了半獸人爬上岩頂，但是在光禿禿的山頂上他們無遮無蔽，許多人被下方射來的箭矢射中。這些人當中最勇猛的是安德羅格，他在外面階梯頂上遭到了箭矢的致命一擊，倒了下去。

於是，圖林和畢烈格以及最後十個人被逼退到山頂的中央，那裡有一塊立起的岩石，他們背靠岩石圍成一圈奮力禦敵，直到全部被殺，只剩下畢烈格與圖林，因為半獸人撒出網子捕捉了他們。圖林被上綁並帶走；受傷的畢烈格也被綁實了，但是他是躺在地上，雙腕和兩隻腳踝被緊縛在釘死於岩石裡的鐵釘柱上。

現在，半獸人已經發現了秘密階梯入口，他們離開山頂進入了巴爾—恩—當威茲，大肆破壞，劫掠一空。他們沒有找到潛藏在洞穴中的密姆，而當他們離開路斯山之後，密姆出現在山頂上，他朝著已趴在地上、被綁成大字形、動也不動的畢烈格走去，他幸災樂禍、心滿意足地俯視著畢烈格，同時磨利手上的刀子。

但是，密姆和畢烈格並非這岩石山頂上唯一存活的兩個人。安德羅格雖然受了致命的傷，卻在屍體堆中緩緩朝他們爬過去，他抓住一柄劍刺向矮人。密姆恐懼地尖叫著奔向懸崖邊緣，然後消失了：他飛奔下一條只有他自己知道的陡峭艱險的羊腸小徑。而安德羅格拚盡自己最後的一絲力氣，切斷畢烈格手腕和腳踝上的綁縛，釋放了他；他在垂死中說：「我傷得太重，連你也無法醫治。」

註：但是另一則傳說卻說：密姆並不是故意去找半獸人碰面。事情乃是他的兒子被捕，而半獸人威脅要嚴刑拷問他兒子，才導致密姆的背叛。

第九章　畢烈格之死

畢烈格在死者當中找尋圖林，想要埋葬他；但是他找不到他的屍體，於是知道胡林的兒子還活著，且被帶往安格班去了。但是他不得不留在巴爾—恩—當威茲中，直到他的傷都痊癒。然後，他抱著微渺的希望出發，嘗試找尋半獸人留下的痕跡，他在接近泰格林渡口時找到了他們的行蹤。他們在那裡分頭而行，有些沿著布雷希勒森林的邊緣前進，去往布立希阿賀渡口，另一些則轉向西去；情勢對畢烈格而言很清楚，他必須跟從那批全速直奔安格班，朝阿那赫通道趕路的隊伍。因此，他繼續上路穿過丁巴爾，奔上勾爾勾洛斯山脈——

「恐怖山脈」——中的阿那赫通道，如此來到了浮陰森林——「黯夜籠罩的森林」——的高地，那是一片被恐懼與黑暗魔法籠罩，令人迷途與絕望的區域。

在那邪惡之地的暗夜中，畢烈格偶然發現樹林間有一團微弱的燈光，他朝著光走去，發現有個精靈躺在一棵巨大的枯樹下沉睡：在那精靈頭旁邊放著一盞燈，上面的燈罩已經滑落了。於是，畢烈格把這沉睡的精靈叫醒，給他蘭巴斯吃，問他是什麼劫難把他帶到這恐怖之地；他說他叫葛溫多，是圭林的兒子。

畢烈格看著他，心存悲傷；因為葛溫多如今佝僂畏縮，只是他往日模樣性格的黯淡影子。在「淚雨之戰」中，這位納國斯隆德的貴族直衝到安格班的大門前，並在那裡被俘。魔苟斯很少處死他所逮到的諾多精靈，因為他們開採金屬寶石礦藏的技術很好；因此葛溫多沒有被殺，而是被丟到北方的礦坑中做苦力。這些諾多精靈擁有許多費諾的燈，那是一塊塊被包懸在精細鍊網中的水晶，水晶的內部永遠閃著藍色輝光，在夜晚或隧道的黑暗中，它們是尋路的絕佳用具；他們本身並不知曉這些燈的秘密何在。靠著它們，許多挖礦的精靈得以從黑暗的礦坑中逃脫，因為他們歷盡艱險找到了出路；而葛溫多從一位在煉冶場做工的精靈那裡得到一把小刀，當他在挖一堆岩石時他突然轉而攻擊守衛。他逃出來了，但是被砍斷了一隻手；如今，他筋疲力竭地倒在浮陰森林裡的大松樹底下。

從葛溫多口中，畢烈格得知在他們前頭有一小隊的半獸人，葛溫多正是在躲避他們；這些人沒帶俘虜，在拚命趕路：也許是一支先行的衛隊，去給安格班送信。聽了這個消息畢烈格深感絕望：因為他猜測，自己所見在泰格林渡口之後轉往西行的那些蹤跡，是屬於大隊人馬的，他們已經依著半獸人的習性去掠奪沿途土地，搜尋食物與戰利品，現在很可能正在經由「窄地」，也就是更加偏西處西瑞安河的狹長隘道返回安格班去了。果真如此的話，他唯一的希望便落在返回布立希阿賀渡口，然後往北去往西瑞安島。但就在他還沒下這決定之前，他們便聽到一支大軍從南邊穿過森林前來的嘈雜聲；他們躲在一棵樹的粗大樹幹後看到魔苟斯的爪牙經過，他們行動很緩慢，滿載戰利品和俘虜，周圍狼群環繞。他們看到了圖林，雙手綁縛著鐵鍊，被鞭子驅趕著前行。

於是畢烈格告訴葛溫多他自己在浮陰森林裡的使命；葛溫多想要勸阻他放棄這任務，說畢烈格只會落得跟圖林一樣的下場，痛苦折磨正在等著他。但是畢烈格不肯拋棄圖林，他自己雖感絕望，卻仍可在葛溫多的內心再度激起希望，他們兩人一起出發，尾隨著半獸人直到出了森林，來到高地那向下通入荒涼不毛的安佛格利斯沙漠的斜坡上。從那裡，桑苟洛墜姆的尖峰已經在望，半獸人在一個光禿的溪谷中紮了營，並在營地四圍設下惡狼作步哨。他們在那裡開始大吃大喝享用他們所得的戰利品；然後在折磨完了他們的俘虜之後，絕大多數都醉倒在地呼呼大睡。這時，白晝正在逝去，天色變得極為昏暗。從西方撲來了一場大暴風雨，雷聲在遠處隆隆作響，而畢烈格和葛溫多悄悄朝營地爬過去。

當整個營地都陷入沉睡後，畢烈格取出他的弓，在黑暗中悄無聲息地將南邊四隻惡狼步哨一一射殺。然後他們冒著極大的危險進入營地，找到被縛了手腳綁在一棵樹上的圖林。他的四周射滿了折磨他的半獸人擲向他的刀子，都深埋入樹幹，但他並未受傷；他不知是因為極度疲倦還是被灌了藥，昏睡得不省人事。於是畢烈格和葛溫多割斷將他綁在樹上的繩索，抬著圖林離開了營地。但是他太重了，無法抬遠，他們只能把他抬到營地上方高坡上一處稠密的棘樹叢中，無法走得再遠了。他們在那裡把他放下來；此時暴風雨逼近了，閃電在桑苟洛墜姆上空劃過。畢烈格拔出他的劍安格拉黑勒，用它來斬斷綁著圖林的鐵鍊；然而，造化弄人，此日尤甚，黑暗精靈伊歐打造的利刃在他手中滑了一下，刺痛了圖林的腳。

圖林在剎那間驚醒過來，滿心恐懼與憤怒，在幽暗中他看見一個手執出鞘長劍彎腰俯向他的身影，他大叫一聲跳起來，深信是半獸人又來折磨他了；在黑暗中他扭住對方，劈手奪過安格拉黑勒劍，殺死了畢烈格・庫薩理安，以為他是敵人。

然而，當他站穩，發現自己重獲自由，準備好要與想像中的敵人拚搏、令之付出慘重代價時，頭頂的天空劈下了一道極大的閃電，在電光中他低下頭，看清了畢烈格的臉。立時圖林呆若木雞，瞪視著那恐怖的死狀，心裡明白自己做出了什麼事；他的臉容為周圍閃爍的電光照出，他的神情極其可怕，葛溫多被嚇得蜷曲在地，不敢抬起眼來。

但是此時下方營地裡的半獸人已經被暴風雨和圖林的吼聲驚醒了，並且發現圖林不見了；不過他們沒有派人搜索他，因為他們對來自西方的雷電充滿了恐懼，相信雷電是大海彼岸的強大敵手們送來攻擊他們的。接著，颳起了一陣風，大雨隨即傾盆降下，洪流從浮陰森林的高地上滾滾而下；儘管葛溫多對圖林大喊，想要警告他迫在眉睫的危險，圖林卻完全無動於衷，他不動也不哭地呆坐在畢烈格・庫薩理安的屍體旁。——畢烈格・庫薩理安，躺在黑暗的森林中，就在他要為圖林斬斷奴役的束縛時，被圖林親手所殺。

當黎明來臨，暴風雨朝東越過洛斯藍平原消逝了，秋日的朝陽升起，炎熱而熾亮；但是半獸人痛恨陽光不亞於痛恨雷電，他們相信圖林肯定已經遠遠逃離此地，他逃離的一切痕跡也都被沖刷殆盡了，因此他們匆匆拔營起行，急著返回安格班。葛溫多遠遠望著他們向北行軍，橫越安佛格利斯沙漠灼熱的沙地。就這樣，他們空手回到了魔苟斯的巢穴，將胡林的兒子拋在他們身後；此刻他正癡呆若狂地坐在浮陰森林的斜坡上，其背負的重擔更重過他們的枷鎖。

於是，葛溫多喚醒圖林，要他幫忙埋葬畢烈格；圖林像一個夢遊的人般起身，他們一起將畢烈格抬入一個淺淺的墓坑中，並將他那把紫杉木大黑弓貝勒斯隆丁安置在他身旁。但是葛溫多取走了那把恐怖的劍安格拉黑勒，說是與其讓它無用地埋進土裡，不如用它來向魔苟斯的爪牙報仇更好；他同時也拿了美麗安的蘭巴斯，好讓他們在野地裡有力氣行路。

「強弓」畢烈格，最真誠的朋友，遠古時居住在貝雷瑞安德森林中的所有精靈中本領最為高強的一位，就如此逝去了。他死在他最愛的人手中；而悲傷蝕刻在圖林臉上，終其一生沒有淡褪。

然而，勇氣與力量又回到了納國斯隆德的精靈身上，他帶領圖林離開浮陰森林遠行。在這條漫長又艱苦的迢遙路途上，圖林未曾開口說過一句話，他像一具行屍走肉，毫無希望、毫無目標地前進。隨著一年將盡，寒冬又降臨了北方的大地。可是葛溫多始終陪在他身旁，守護著他，引領著他；就這樣他們一路朝西越過了西瑞安河，最後來到「美麗的淺澤」與艾佛林泉，納羅格河就是從陰影山脈下的這處泉水發源。在那裡，葛溫多對圖林說：「醒來！胡林之子圖林，在艾佛林的湖畔有著無盡的歡笑。她是源自永不枯竭的清澈泉水，由眾水的主宰烏歐牟守護著不受污染，她的美麗正是他在古時親手塑造。」於是，圖林跪下掬起水來喝；突然間他撲倒在地，他的眼淚終於奪眶而出，並從他的錯亂癡呆中清醒過來。

在那裡，他為畢烈格作了一首歌，他將歌取名為*Laer Cú Beleg*，「大弓之歌」；不顧危險，他大聲唱著這首歌。隨後葛溫多將安格拉黑勒劍交到他手中，圖林立刻感覺到它的沉重有力，而且內中蘊藏著強大的力量；但是它的劍刃黑暗沉鬱，兩邊的刃口都是鈍的。因此葛溫多說：「這是一把奇怪的劍，與我在中土所見過的任何兵器都不同。它在哀悼畢烈格，正如你在哀悼他一般。但是，別難過了吧；現在我要回到芬納爾芬家族統治的納國斯隆德，在遭遇不幸之前，我是在那裡出生、在那裡居住。你應當跟我同去，在那裡得到康復、重煥生機。」

「你是誰？」圖林問。

「我是一名流浪的精靈，一個逃脫的奴隸，與畢烈格相遇，又蒙他安慰與鼓勵。」葛溫多說：「然而，我曾是圭林的兒子葛溫多，納國斯隆德的貴族，直到我去參加尼奈斯・阿農迪亞德戰役，被安格班俘虜為奴。」

「那你是否見過多爾露明的戰士，高多的兒子胡林？」圖林說。

「我沒有見過他。」葛溫多說：「但是傳言遍及安格班，說他依舊藐視著魔苟斯，而魔苟斯對他以及他所有的親人下了一道咒詛。」

「這點我絕對相信。」圖林說。

現在他們起身，離開了艾佛林泉，沿著納羅格河的河岸往南而行，直到他們被精靈斥候所擒，被當作囚犯帶到了隱藏的要塞。

就這樣，圖林來到了納國斯隆德。

第十章　圖林在納國斯隆德

起初，葛溫多的族人都認不出他，他離開時既年輕又強壯，如今歸來時，由於他遭受的折磨與勞役，模樣竟似凡人的老人，而且還成了殘廢。不過歐洛隹斯王的女兒芬朵菈絲認得他，並且歡迎他的歸來，因為她曾愛過他；事實上，在「淚雨之戰」前，他們已經訂了婚，葛溫多深愛她的美麗，他為她取名為費麗佛林，意思是太陽照在艾佛林湖上的閃爍光輝。

就這樣，葛溫多回到了家，而且因他的緣故，圖林也與他一同獲得了接納；因為葛溫多說他是個英勇的人，是多瑞亞斯的畢烈格・庫薩理安的摯友。然而，當葛溫多正要告訴大家他的名字時，圖林阻止了他，說：「我是烏瑪爾斯之子阿加爾瓦恩（意思是「命運乖舛」之子，「殺人流血的」），是森林中的獵人。」雖然那些精靈猜測他取這些名字是因為他殺了朋友（他們不知道其他的原因），但是他們也沒再多問。

那把安格拉黑勒劍，納國斯隆德的巧匠為他重新打造一新，雖然那劍的劍身依舊墨黑，兩邊鋒刃卻閃著淡淡的光芒。於是，圖林因著傳言中他用這武器所立下的功績，在納國斯隆德以摩米吉爾聞名，意思是「黑劍」；但他將此劍取名為古爾桑格，「死亡之鐵」。

由於在與半獸人作戰時他表現出的英勇與高超武藝，圖林得到了歐洛隹斯的賞識，並被接納參與他的會議。目前，圖林很不喜歡納國斯隆德的精靈戰鬥的風格，總是埋伏、秘密行動和射人暗箭，他敦促眾人放棄這種打法，認為他們應當運用他們的力量攻擊大敵的爪牙，公開作戰、展開追擊。然而，在此事上，葛溫多總是在王的會議上反對圖林，說他自己曾經身處安格班，對魔苟斯的力量略有見識，對他的計謀也有些微的瞭解。「微不足道的勝利終將證明是毫無益處的，」他說：「因為魔苟斯將因此得知該去哪裡找到他最強悍的敵人，然後集中足夠大的力量來摧毀他們。精靈和伊甸人聯合聚集全力也只夠遏止他，贏得合圍的和平而已；那段和平的確很長，但那也只不過是魔苟斯在突破聯盟前用來等待時機的時間罷了，並且那樣的聯盟再也不可能有了。現在唯獨秘密行事還有希望能夠倖存。直到維拉來臨。」

「維拉！」圖林說：「他們已經遺棄你們了，並且他們也瞧不起人類。向西越過無盡的大海，眺望西方正在消逝的夕陽能有什麼用？我們只跟一個維拉有帳要算，那就是魔苟斯；如果到最後我們無法戰勝他，至少我們可以傷害他與阻礙他。因為無論多微小，勝利就是勝利，而且它的價值也不僅限於靠它能得到什麼。而它同時也是權宜之計。最終，保密是不可能的：武裝是唯一抵擋魔苟斯的壁壘。如果你們袖手不去阻止他，要不了幾年整個貝雷瑞安德就會陷落在他的魔影底下，接下來他就會一個接一個把你們熏趕出藏身的地洞。然後呢？一小群可憐的倖存者會逃向南方和西方，縮在大海之濱，被夾在魔苟斯與歐西之間。如此，贏得暫時的光榮難道不是更好，縱使它注定短暫？因為結局不可能更壞了。你提到秘密行事，並說唯一的希望仰賴於此；但是你豈能埋伏和襲擊魔苟斯的每一個偵察兵與奸細，將他們完全趕盡殺絕，不漏一個活口回去向安格班報信？即便如此，他仍會由此得知你們活著，並且猜到你們在什麼地方。我還要說這一點：雖然凡人的壽命與精靈相比十分短暫，但凡人寧願把它用來戰鬥而非逃跑或順從。胡林・薩理安的挑戰與蔑視是件偉大的功績；雖然魔苟斯會殺死這樣做的人，他卻無法抹除這既有的功績。即使是西方的主宰們也會尊崇它；難道它不是寫進了阿爾達的歷史裡嗎？而那是無論魔苟斯還是曼威都無法抹滅的！」

「你論到許多重大嚴肅的事，」葛溫多說：「並且很明顯的是，你曾在艾爾達精靈當中生活過。但是如果你將魔苟斯與曼威相提並論，或把維拉說成是精靈或人類的敵人，那麼你身上就具有某種黑暗；因為維拉不會輕蔑任何事物，尤其是所有伊露維塔的兒女。而且，你也不瞭解艾爾達的全部希望。在我們當中有一則預言，終有一天，會有一位出自中土世界的使者穿越陰影到達維林諾，曼威將會傾聽，曼督斯將會寬恕。為了那一刻，我們難道不該嘗試保留諾多精靈與伊甸人的子孫嗎？如今奇爾丹住在南方，正在興建船隻；你對船隻與大海有什麼瞭解呢？你想到的只是你自己，以及自身的光榮，並要我們都跟著這麼做；但是我們必須考慮自身之外的其他人，不是所有的人都能戰鬥與犧牲的，而我們必須得在還能夠的時候，保護他們遠離戰爭與毀滅。」

「那麼就趁還有時間，送他們上你們的船去。」圖林說。

「他們不會與我們分開，」葛溫多說：「即便奇爾丹能夠供養他們。我們必須盡可能一同堅守得越久越好，而不是去招致死亡。」

「所有這些我都回答過了。」圖林說：「勇敢地防守邊境，並在敵人聚集之前給予他們重創；這條路才具有你們長久以來一同堅持的最大希望。而且，那些你所談到的人，會喜歡這樣躲藏在樹林裡、像狼一樣獵殺迷途者的人，勝過戴上他的頭盔並拿起裝飾富麗的盾牌去趕走敵人的人，哪怕敵人的數量遠多過他所有的軍隊？至少伊甸人的婦女不會這樣。她們沒有阻止男人去參加尼奈斯·阿農迪亞德戰役。」

「但是如果那場戰爭沒有打響，她們所經受的悲哀便不會如此深重。」葛溫多說。

然而圖林大大博得了歐洛佳斯的好感，他成了王的顧問之首，只要是他建議的事，王一概聽從。那段時間，納國斯隆德的精靈拋棄了他們秘密行事的風格，並且製造了大量的武器庫藏；經由圖林的建議，諾多精靈在費拉剛的大門前建造了一座橫跨納羅格河的大橋，好讓他們的軍隊更迅速地出兵，因為現在戰事主要集中在納羅格河東邊的「監視平原」上。在北界，納國斯隆德目前控制著根格理斯河、納羅格河的源頭與努阿斯森林邊緣周圍那些「未有定論之地」。在能寧河與納羅格河之間沒有半獸人前來；在納羅格河的東邊，他們的領域延伸到泰格林河與尼賓—諾易格沼澤地的邊界。

葛溫多落得蒙羞的境況，因為他不再前去參戰，他的力量也很微弱；而他殘廢左臂的疼痛經常發作。但是圖林正年輕，現在才完全成年；並且他看上去千真萬確是莫玟・伊蕾絲玟的兒子：他身材高大，髮色烏黑，膚色白皙，有著灰色的雙眼，他的容貌俊美勝過遠古時期任何其他凡人。他的言談舉止承襲了古老的多瑞亞斯王國的風範，即便是在精靈當中，他都會被初識者當成是來自某個偉大的諾多家族。圖林是如此英勇，戰鬥的技藝，尤其是劍與盾的使用是如此之精純，以至於精靈都說他是殺不死的，除非是運氣太壞，或是中了遠方飛來的毒箭。因此，他們給了他矮人打造的盔甲來防身；帶著冷酷的情緒，他又在兵器庫中找到了一個鍍金的矮人面具，他在作戰前會先戴上它，他的敵人在他面前總是飛奔而逃。

如此一來他遂了心願，一切都進展順利，他做的是順應內心渴求的事，並且從中得到了榮耀。因此他對所有的人都是彬彬有禮，不再像過往那樣神情冷酷，因此幾乎所有的人都對他傾心；許多人稱呼他阿達內迪勒，「精靈人」。但眾人之中又以歐洛佳斯的女兒芬朵菈絲為最，她發現無論何時圖林接近她或是進入大殿，她的心都會忐忑不已。她有著芬納爾芬家族所特有的金髮，而圖林也開始樂於見到她，希望有她相伴；因為她令他想到自己的親族，以及多爾露明他父親家中的女子。

起初，他只在葛溫多在場的時候與她相見；但不久之後，她便尋出他的去向，於是他們不時單獨會面，雖然表面似乎像是巧遇。然後她會詢問他有關伊甸人的事，她沒見過多少伊甸人，也不常見到，她還詢問他的故鄉與親族。

於是，圖林對她坦言她想知道的這些事，儘管他沒有提到自己出生地的名字，也沒提到任何他的親人；有一次他對她說：「我曾有個妹妹，菈萊絲，我是這麼叫她的；妳讓我想到了她。不過菈萊絲是個孩子，是春天的青翠草原上一朵黃花；如果她現在還活著，或許，她已經因為悲傷而變得憔悴了。然而妳高貴如女王，如同一株金樹；我但願自己有一個這麼漂亮的妹妹。」

「而你高貴如君王，」她說：「正如芬國盼子民中的貴族一般；我但願自己有一個如此英勇的兄弟。而且，我認為阿加爾瓦恩不是你的真名，它也不適合你，阿達內迪勒。我叫你蘇林，『秘密』。」

對此圖林很吃驚，但是他說：「那不是我的名字；我也不是一位君王，因為我們的君王是艾爾達精靈，而我不是精靈。」

如今圖林注意到葛溫多對他的友誼冷淡下來了；他還覺得，原先安格班的悲哀與恐怖已經開始離開葛溫多了，但現在他似乎又滑入擔憂與悲傷中。圖林又想，也許是因為我反對他的意見，勝過了他，而使他傷心；我希望並非如此。因為圖林愛戴葛溫多，當他是自己的嚮導與醫治者，並且對他充滿了憐憫。但是在那些日子裡，芬朵菈絲的光輝也變得黯淡了，她的腳步遲緩，她的面容暗淡，她變得蒼白又消瘦；圖林察覺到這一點，猜測是葛溫多那些關於可能會發生什麼事的話，使她心存恐懼。

然而事實上，芬朵菈絲內心正撕扯翻攪不已。因為她尊敬葛溫多又憐憫他，不願再在他所受的痛苦上增加一滴眼淚；但是事與願違，她對圖林的愛與日俱增，並且她想到貝倫與露西安。但是圖林並不像貝倫！他沒有輕視她，也很高興有她的陪伴；但是她知道他沒有她所希冀的那種愛。他的思緒與心靈都在別處，在許久以前春天的河邊。

於是，圖林對芬朵菈絲說：「別讓葛溫多的話嚇到妳。他曾在安格班的黑暗中受過苦；對一個這樣英勇的人來說，要面對如此殘廢、日趨衰弱的狀況，是很艱難的。他需要所有的安慰，以及更長的時間來康復。」

「對此我很清楚。」她說。

「但我們會為他贏得那時間！」圖林說：「納國斯隆德會挺立下去的！魔苟斯那個懦夫將再也不能從安格班出來，他只能全然依賴他的爪牙；多瑞亞斯的美麗安是這麼說的。他們是他雙手的手指；而我們會重擊他們，把他們斬斷，直到他把爪子縮回去。納國斯隆德會挺立下去的！」

「或許吧。」她說：「它會挺立下去，如果你能達成目標。但是要留心，蘇林；每當你出去作戰，我的心就很沉重，唯恐納國斯隆德會失守。」

隨後，圖林找到了葛溫多，對他說：「葛溫多，親愛的朋友，你正在落回悲傷中；別這樣！因為在你的親族的居所中，在芬朵菈絲的光芒裡，你會得痊癒的。」

而葛溫多瞪視著圖林一言不發，他的臉上烏雲滿布。

「你為什麼這樣看著我？」圖林說：「最近你經常用奇怪的眼光盯著我。我是怎樣傷了你的心嗎？我是反對了你的意見；但是一個人必須說出他所看見的，而不是因為任何私人的理由而隱藏他所相信的事實。我但願我們能有一致的看法；因為我欠你很大一筆債，我不會忘記它的。」

「你不會嗎？」葛溫多說：「然而你的作為與你的意見已經改變了我的家園與我的親族。你的陰影籠罩著他們。我因為你而失去了一切，為什麼還高興得起來？」

圖林不明白這些話，只能猜測是葛溫多嫉妒他在王的心目中以及計畫裡的地位。

但是葛溫多在圖林走了之後，獨自靜坐，陷入陰暗的思緒中；他咒詛魔苟斯，竟能如此藉由悲哀痛苦來對他的敵人窮追不捨，無論他們逃向何方。「現在，」他說：「我終於也相信安格班中的流言了，魔苟斯咒詛了胡林與他所有的親人。」然後他去找芬朵菈絲，對她說：「妳身上籠罩著悲傷與疑惑；如今我常常找不到妳，而且開始猜想你在躲著我。既然你不告訴我原因，我只好臆測。芬納爾芬家族的女兒，且讓妳我之間沒有悲傷阻隔；雖然魔苟斯已經毀了我的人生，妳仍然是我的至愛。然而就讓妳的愛引導妳去吧，因為我已經不配娶妳了；我的英勇與意見都不再受到任何的尊重了。」

聞言，芬朵菈絲哭了。「先別哭泣！」葛溫多說：「小心妳會召來真正的不幸！伊露維塔的首生子女不適合與次生子女成婚；這麼做也不明智，因為次生的子女生命短暫，在很快逝去後，便只留下我們寡居直到世界的結束。命運也不會允許這樣的安排，除非是僅有的一兩次，緣出於我們無法看透的宏大天命主宰。

「但是這個人不是貝倫，縱使他同樣既英俊又勇敢。他身上籠罩著一個厄運；黑暗的厄運。切莫涉入其中！妳若涉入，妳的愛將會背叛妳，引妳到悲苦與死亡的終局。請聽我的勸告吧！儘管他確實是厄運之子，是殺人流血之人，他的真名卻是胡林之子圖林；胡林被魔苟斯監禁在安格班，他所有的親人都受到了咒詛。千萬不要懷疑魔苟斯・包格力爾的力量！它豈不是清楚地在我的身上體現出來？」

於是芬朵菈絲起身，她看起來確實如同女王一般。「你的眼睛黯淡了，葛溫多。」她說：「你沒有洞悉瞭解這裡所發生的事。難道我現在必須承受雙倍的羞恥來向你揭露真相嗎？我愛你，葛溫多，而我為自己沒有更深的愛你而感到羞恥，我乃是選擇了一種更強烈的愛，這份愛我無法逃避。我並未尋求它，且有很長一段時間我對它置之不理。然而若說我憐憫你的傷痛，請你也憐憫我自己的傷痛吧。圖林並不愛我，也不會愛我。」

「你這麼說，」葛溫多說：「是為妳所愛之人開脫責任。為什麼他要找妳，和妳久坐在一起，並且起身離開時總是更加高興？」

「因為他也需要安慰，」芬朵菈絲說：「而他被剝奪了親族。你們都有自己的需要。但是芬朵菈絲的需要呢？現在，難道我親自向你坦白我不被愛還不夠嗎？你還要說我這麼說是意圖欺騙？」

「不，女人在這種情況下是不容易被蒙蔽的。」葛溫多說：「何況妳也找不到多少人會否認他們被愛，如果他們真的被愛的話。」

「如果我們三人當中有人不忠，那就是我：但我不是有意如此。不過你提到的厄運與安格班的流言是怎麼回事？死亡和毀滅又是怎麼回事？在世上的傳說裡，阿達內迪勒大有能力，有朝一日他的地位與成就甚至會超過魔苟斯。」

「他很驕傲。」葛溫多說。

「但是他也很仁慈。」芬朵菈絲說：「他尚未覺醒，但是憐憫仍能刺透他的心，並且他也不會否認這一點。或許憐憫將始終是唯一的入口。可他並不憐憫我。他對我是敬畏的，就像我既是他的母親，又是一位女王。」

也許芬朵菈絲靠著她艾爾達精靈的敏銳眼光，說出了事實。如今，不知道葛溫多與芬朵菈絲之間發生了什麼事的圖林，對她更加溫柔，因為她似乎變得更悲傷。但是有一次，芬朵菈絲對他說：「蘇林·阿達內迪勒，你為什麼對我隱瞞你的名字呢？倘若我知道你是何人，我並不會少尊敬你一些，反而會更加瞭解你的悲傷。」

「你是什麼意思？」他說：「你認為我是誰？」

「你是胡林·薩理安之子圖林，北方的統帥。」

現在，圖林從芬朵菈絲那裡得知所發生的事，他非常憤怒，他對葛溫多說：「你拯救了我，保護了我的安全，我因此愛戴著你。現在你卻對我做了極糟糕的事，朋友，你洩漏了我的真名，把我的厄運再次召到我身上，而我寧可隱藏逃避這厄運。」

但是葛溫多回答說：「厄運是在你身上，不是在你的名字上。」

在那段休養生息、滿懷希望的日子裡，因著摩米吉爾的功績，魔苟斯的力量被遏制在西瑞安河的西岸，所有的森林都獲得了平靜；此時莫玟終於帶著她女兒妮諾爾逃離了多爾露明，跋山涉水迢迢來到了辛葛的廳堂中。在那裡，新的悲傷正等著她，因為她發現圖林早已離去，自從龍盔消失在西瑞安河以西的土地上，多瑞亞斯再沒接獲任何有關他的消息；但是莫玟和妮諾爾繼續留住在多瑞亞斯，被當作辛葛和美麗安的上賓，受到眾人的尊敬。

第十一章　納國斯隆德的覆亡

圖林來到納國斯隆德五年之後，在那年春天，有兩位精靈到來，他們自我介紹是格勒米爾與阿爾米那斯，是芬納爾芬的族人；他們說他們有口信要告知納國斯隆德的王。此時圖林正統帥納國斯隆德的全軍，掌管一切有關戰爭的事務；實際上，他變得剛愎又驕傲，會按照他的意志或是他認為有益的方式來安排事務。因此，這兩個精靈被帶到圖林面前；但是格勒米爾說：「芬納爾芬之子歐洛佳斯才是我們要交談的對象。」

當歐洛佳斯來了之後，格勒米爾對他說：「陛下，我們是安格羅德的子民，在『淚雨之戰』後我們流浪了很遠；但是最近我們住在西瑞安河口奇爾丹的部屬當中。有一天，他召喚我們，吩咐我們來找您；因為眾水的主宰烏歐牟向他現身，警告他有極大的危險正在逼近納國斯隆德。」

但是歐洛佳斯很機警，他答道：「那麼你們為什麼從北方來？或許你們還有其他的任務？」

於是，阿爾米那斯說：「是的，陛下。自從『淚雨之戰』後，我一直在尋找圖爾貢的隱藏王國，但我從未找到它；現在我擔心這搜尋已把我們到這裡來的任務耽延了許久。奇爾丹為了保密與快速的緣故，用船沿著海岸送我們而來，我們是在專吉斯特上了岸。然而海邊的居民中，有一些是在過去幾年中圖爾貢派來南方的信使，從他們謹慎的言詞中，我感覺圖爾貢或許仍然住在北方，而不是像大多數人所相信的那樣住在南方。但是對於我們的搜尋，我們既未找到蹤跡，也沒聽到傳言。」

「你為什麼要找圖爾貢？」歐洛佳斯問。

「因為據說他的王國將是能夠屹立抵抗魔苟斯最久的。」阿爾米那斯回答。然而這話在歐洛佳斯聽來甚為不祥，他感到十分不快。

「那麼就別在納國斯隆德停留，」他說：「因為你們在此不會聽到任何有關圖爾貢的消息。而且我也不需要任何人來告訴我納國斯隆德正處在危險之中。」

「請勿動怒，陛下。」格勒米爾說：「我們是實事求是地回答了您的問題。而且，我們那偏離來此的正途的漫遊，也非徒勞無功，因為我們所經之處已經超出了您最遠的偵察兵所能到達的區域；我們橫越了多爾露明與威斯林山脈陰影下所有的土地，並且我們探索了西里安通道，監視了大敵的動向。在那些區域有一大群的半獸人與邪惡的生物正在聚集，有一支軍隊正在索倫之島周圍集結。」

「我知道這件事。」圖林說：「你們的消息過時了。如果奇爾丹的口信有任何用處，它本該到得更早些。」

「陛下，至少您現在該聽聽這口信。」格勒米爾對歐洛佳斯說：「那麼，請聽眾水之主宰的話！他是如此向奇爾丹說的：『北方的邪惡已經玷污了西瑞安的泉源，我的力量正從奔流河水的源頭撤出。但是尚有更壞之物將要到來。因此，去告訴納國斯隆德的王：關閉要塞的大門，不要出到外地。把你們引以為傲的石頭丟進奔騰的河水中，如此一來，爬行的邪惡或許無法找到門戶。』」

歐洛佳斯感覺這些話很隱晦，他於是一如既往，轉向圖林尋求建議。但是圖林不信任這兩位信使，他輕蔑地說：「我們的戰爭，奇爾丹懂什麼？我們才是住在大敵附近的人。讓那水手看好他自己的船就夠了！不過如果眾水之主宰確實要給我們建議，那就請他說得更直白一點。否則，在一個飽受戰爭鍛鍊之人看來，我們的情況似乎還是這麼做較好：聚集我們力量，在敵人逼得太近之前，勇敢地出去迎戰他們。」

於是，格勒米爾在歐洛佳斯面前鞠了一躬，說：「陛下，我已遵命說完了我該說的話。」然後便轉過身。但是阿爾米那斯對圖林說：「你果真如同我所聽說的，是哈多家族的人嗎？」

「我在這裡叫做阿加爾瓦恩，納國斯隆德的黑劍。」圖林答道：「吾友阿爾米那斯，你似乎對『謹慎之言』頗有研究。你不知道圖爾貢的秘密真是好極了，否則它恐怕很快就會傳到安格班去。一個人的名字是他自己的，若胡林之子得知當他需要隱藏身分時你出賣了他，那麼願魔苟斯逮到你，燒爛你的舌頭！」

阿爾米那斯被圖林黑暗的怒火驚呆了；但是格勒米爾說：「阿加爾瓦恩，我們不會出賣他的。我們的會晤難道不是在秘密進行嗎？如此我們便可以直言無忌。而且，我認為阿爾米那斯會這麼問你，是因為所有靠海的居民都知道，烏歐牟極為鍾愛哈多家族，並且有些人說胡林和他的弟弟胡爾曾經到過隱藏的王國。」

「如果他真的到過那裡，他也不會對任何人提起，無論是對大人物還是對普通人，更不會告訴他年幼的兒子。」圖林回答道：「因此，我不相信阿爾米那斯問我這個問題，是想要探聽有關圖爾貢的事。我不信任這樣居心叵測的信使。」

「省省你的不信任吧！」阿爾米那斯憤怒地說：「格勒米爾誤會了我的話。我之所以問，是因為此處眾人似乎相信你是來自哈多家族，我卻對此有所懷疑；不管你叫什麼名字，你實在一點也不像哈多的親族。」

「而你又對他們知道些什麼？」圖林說。

「我曾見過胡林，」阿爾米那斯說：「我也見過在他之前他的先祖們。並且，在多爾露明的荒野中我遇到了圖爾，胡林的弟弟胡爾之子；他就很像他的先祖們，而你卻不像。」

「也許吧，」圖林說：「雖然在此之前我沒聽過有關圖爾的消息。但是即使我的頭髮是黑色而非金色，我也不會引以為恥。因為我不是第一位長得像母親的兒子；我乃是來自比歐家族的莫玟・伊蕾絲玟一脈，是獨手貝倫的親族。」

「我說的不是黑髮或金髮的差別。」阿爾米那斯說：「乃是哈多家族其他人，包括圖爾在內，他們的行事為人與你不同。他們彬彬有禮，他們也聆聽善意的建議，並且對西方諸神們心存敬畏。但你似乎只聽從你自己的智慧，或單單依從你的劍；並且你說話很傲慢。我對你說，阿加爾瓦恩・摩米吉爾，如果你這麼做，你的命運將與一個出身哈多和比歐家族的人預期的相去甚遠。」

「那向來都是相去甚遠。」圖林答道：「並且，如果我似乎得因我父親的英勇而承擔魔苟斯的憎恨，難道我也要忍受一個戰場上的逃兵對我的奚落與不祥之語嗎？縱使他宣稱自己跟王族沾親帶故？回到你那安全的海岸邊去吧。」

於是，格勒米爾和阿爾米那斯動身離開，回到南方去了；但是，儘管圖林奚落了他們，他們還是會樂於等候、與他們的親族並肩作戰，他們之所以離去，只因為奇爾丹在烏歐牟的命令下，吩咐他們把納國斯隆德的情況，與他們在那裡的任務進展，回報給他。歐洛佳斯被信使的話深深困擾著；然而圖林的脾氣變得空前固執暴躁，他無論如何也不肯聽從他們的建議，尤其無法容忍拆毀大橋這件事——烏歐牟的話裡，至少這一點是被正確解讀了。

在兩位信使離開後不久，布雷希勒的領主韓迪爾便被殺害了；因為半獸人入侵了他的領地，尋求鞏固泰格林渡口，好為他們更進一步的攻擊做準備。韓迪爾向他們宣戰，但是布雷希勒的人類大敗而潰，被趕回了他們的樹林中。半獸人並未追擊他們，因為他們已經達到了當時的目的；在西瑞安通道，他們繼續聚集著力量。

在那年秋天，魔苟斯認為他的時機到了，派出他長久以來所籌備的大軍去對付納羅格河流域的百姓；惡龍之父格勞龍越過安佛格利斯沙漠，自此進入了西瑞安河北邊的河谷，在該地做盡惡事。在威斯林山脈陰影下，牠率領一隻為牠準備好的龐大半獸人軍隊，玷污了艾佛林泉，之後又進入了納國斯隆德的領域，噴火焚燒位在納羅格河與泰格林河之間的迪能平原，也就是「監視平原」。

於是，納國斯隆德的戰士都出戰了，那天圖林看起來既高大又可怕，當他策馬伴在歐洛佳斯的右邊馳騁，全軍都是軍心振奮起來。但是魔苟斯的大軍數量遠遠超過斥候們的報告，而且除了因為有著矮人面具保護的圖林外，旁人無人能夠抵擋格勞龍的逼近。

精靈被擊退，在圖姆哈拉德平原上大敗；在那裡，納國斯隆德的全部驕傲與力量都凋零湮滅。歐洛佳斯王在戰場的前線上被殺，高林的兒子葛溫多身受重傷，性命垂危。但是圖林趕到了他身旁，所有的敵人都在他面前潰逃；他背負葛溫多脫離潰敗的戰場，逃入森林中，將他放在草地上。

那時，葛溫多對圖林說：「我們是兩不相欠了！只不過，我救你是命中劫數，你救我卻是徒勞一場；我已傷重無救，必定要離開中土了。胡林的兒子啊，雖然我喜愛你，可是我仍然後悔那天從半獸人的手中救了你。要不是因為你的英勇與驕傲，我也許還能擁有愛情和生命，而納國斯隆德也還能再屹立一段時間。現在，若你愛我，離開我吧！盡快趕回納國斯隆德，去救芬朵菈絲。這是我對你最後的勸告：只有她擋在你與你的厄運之間。如果你辜負了她，厄運必定不會放過你。珍重再會了！」

於是，圖林加緊趕回納國斯隆德，一路召集遇到的殘兵；正當他們行進的時候，一陣大風吹來，沿途樹葉紛紛飄落，秋天已經過去，嚴冬正在來臨。但是由於圖林救下葛溫多延誤了時間，格勞龍與牠的半獸人大軍已經先他一步抵達了納國斯隆德。他們突然之間攻到，留守的人們甚至尚未得到圖姆哈拉德戰場上的消息。那天，那座因圖林敦促而造、跨越納羅格河的石橋，被證明是個大錯；因為它被造得巨大堅固，無法迅速摧毀，因此敵人不費吹灰之力就過了深河，格勞龍前來對著費拉剛的重重門戶全力噴火，接著將它們推倒，長驅直入。

當圖林趕到時，納國斯隆德中悲慘可怕的劫掠幾近尾聲。半獸人已經殺害或驅離了所有留守的武裝人員，他們甚至徹底搜索洗劫了各大廳堂與內室，掠奪與摧毀；但是半獸人把那些沒有被殺或燒死的女子聚集在大門前的平臺上，要當作俘虜帶回安格班。圖林正趕在這樣的毀滅與痛苦之際到來，沒有人能夠擋得住他；或者說，沒有人想要擋他，儘管他砍倒面前的每個人，直奔過橋，殺開一條血路朝俘虜們奔去。

此刻，他是孤身獨立，因為那為數不多跟隨他的精靈已經都逃跑躲藏起來。然而就在這時，凶猛的格勞龍衝出費拉剛那破裂坍塌的大門，停在圖林身後，擋在圖林與大橋之間。接著，牠靠著體內的邪靈突然開口了，說：「你好啊，胡林之子。幸會！」

圖林猛然轉身，大步上前攻向牠，他的眼中充滿怒火，古爾桑格的劍鋒閃耀有如火焰環繞。但是格勞龍擋住了他的猛烈攻擊，並且大大張開牠的蛇眼，瞪視著圖林。圖林高舉長劍，毫不畏懼地迎上那雙眼睛；他立刻落在惡龍可怕的魔咒之下，如同化為石像。他們在費拉剛宏偉的大門前如此靜默不動地佇立了許久。隨後，格勞龍再次開口，奚落圖林。「胡林的兒子啊，你所走的路全都充滿了邪惡。」牠說：「你這不知感恩的養子，亡命之徒，殺害朋友的凶手，奪人之愛的小偷，納國斯隆德的篡奪者，有勇無謀的將軍，拋棄親人的不孝子。你母親與妹妹在多爾露明為奴，過著悲慘窮困的日子。你在此盛裝華服如王子，她們卻只有破衣蔽體。她們日夜渴想著你，你卻對此毫不關心。你父親若是得知他有你這樣一個兒子，會不會欣慰呢？——他就要知道了。」圖林落入格勞龍的魔咒下，把牠的話聽了進去；他彷彿在一面惡意扭曲的鏡子中看見了自己，而他對所見滿心厭惡。

正當他仍為格勞龍的雙眼所縛，心智遭受折磨，全身無法動彈時，半獸人在惡龍的示意下開始驅趕著成群的俘虜離去，她們從圖林身邊經過，走過了大橋。芬朵菈絲也在她們當中，她向圖林伸出手臂，喊著圖林的名字。可是一直等到她的呼喊以及其他俘虜的哭聲消失在往北的路上後，格勞龍才釋放了圖林，而他無法不聽見那個聲音，它從此之後便縈繞在他耳邊。

接著，格勞龍突然間收回牠的凝視，等待著；圖林慢慢抖了抖身子，像是從一個可怕的噩夢中清醒過來。然後他回復了神志，大吼一聲，朝惡龍撲了過去。但是格勞龍大笑起來，說：「如果你想死，我會欣然宰了你。但這對莫玟和妮諾爾恐怕沒多大幫助。你對那精靈女人的哭喊無動於衷，莫非你對自己血脈相連的至親也要置之不理？」

但是圖林迴劍直刺牠的眼睛；而格勞龍迅速豎起上身，俯瞰著他，說：「別這樣！至少你很勇敢，遠超過所有我遇過的人。若有人說我們這一方不敬重敵手所展現出來的英勇，那必是謊言。現在看著吧！我給你自由。你若是能夠，就去找你的親人吧。快走啊！若是還有精靈或人類能活下去講述這段日子的故事，而你摒棄這份禮物，他們一定會鄙視你。」

於是，圖林相信了格勞龍的話，因為他仍處在惡龍的眼睛迷惑之下，以為自己是受懂得憐憫的敵人善待。他轉身迅速過橋離開。但是當他離去時，格勞龍在他背後以凶狠的聲音說：「胡林之子，現在加緊你的腳步趕往多爾露明去吧！否則說不定半獸人會再次先你一步趕到。如果你為芬朵菈絲逗留，那麼你將永遠不能再次見到莫玟或妮諾爾；而她們會咒詛你。」

而圖林朝北方的路走了，格勞龍於是再次大笑，因為牠已經達成了主人交付的使命。接著，牠轉而滿足自己的樂趣，牠四處噴火，將四周燃成一片火海。牠把所有還在忙於搜刮財寶的半獸人全都攆了出去，把他們趕走，同時不准他們帶走哪怕一丁點劫掠的財寶。然後，牠把那座大橋擊斷，令其坍落入納羅格河的洪流中；如此鞏固了安全之後，牠收聚所有費拉剛的庫存珍寶，將它們在最深處的廳堂裡堆聚起來，並趴在上面，休息了一段時間。

而圖林加緊向北趕路，穿過了納羅格河與泰格林河之間那片如今一片荒涼的土地，寒冬南下正迎上他；那年的大雪在秋天未盡之前就開始飄落，春天來得又遲又冷。一路上，他似乎一直聽到芬朵菈絲的哭喊，她的聲音彷彿在山林中迴盪，呼喚他的名字，令他心如刀割；但是格勞龍的謊言令他內心備受煎熬，他腦海中不停浮現半獸人焚燒胡林的家，或是折磨莫玟與妮諾爾的情景，因此他繼續走他的路，始終沒有轉向。

第十二章　圖林回到多爾露明

因日夜兼程與漫長路途而疲憊不堪的圖林（他不眠不休地趕了四十多里格的路），終於在寒冬初次結冰時來到了艾佛林群湖旁，那是他從前被治癒的地方。然而那些湖現在只是一片冰封的沼澤，他無法再從中掬水而飲了。

此後，他來到了進入多爾露明的隘口，風雪猛烈地從北方撲來，道路危險又寒冷。離他上次走在這條路上，已經過了二十三年，它卻深深烙印在他心中，與莫玟分別時的每一步都是如此難擔的悲傷。就這樣，他終於回到了童年時的故鄉。它既荒涼又貧瘠；並且人煙稀少，居民粗野，他們說的是東來者刺耳的語言，而舊時的語言成了奴隸或敵人才說的話。因此，圖林一路小心翼翼，戴著兜帽，不聲不響，最後抵達了他所找尋的房子。它空盪又黑暗地矗立著，周圍不見任何活物；因為莫玟已經離開了，而侵略者布洛達（就是他強娶了胡林的女性親屬艾玲為妻）已經洗劫了她的房子，奪走了所有她剩餘的物品與僕人。布洛達的房子是離胡林的舊居最近的，圖林便去了那裡，因流浪與悲傷而筋疲力盡，懇求留宿；他的請求獲准了，因為艾玲在那裡還保留了一些舊時的善良風俗。他得到了一個靠近火爐的座位，身邊都是僕人們，還有少數幾個流浪者，跟他一樣陰鬱、風塵僕僕；於是他問起了有關這地的消息。

對此，眾人都沉默了，有些人與他拉開了距離，斜眼看著這個陌生人。但是有個拿著枴杖的老流浪漢說：「大人，如果你一定要說舊日的語言，那麼聲音輕一點，也別打聽消息。你是想被當作無賴打一頓，還是想被當作奸細吊死？從你的外表來看，這兩種下場都有可能。那也就是說，」他湊近前來對圖林耳語道：「你是屬於那些在頭上戴著狼毛的傢伙，來到之前的黃金歲月中，是跟哈多一起來到這裡的善良人民。這裡有些人也是這樣的，不過現在都淪為乞丐與奴隸了，若不是艾玲夫人，他們都將沒有火烤也沒有肉湯喝。你是從哪裡來的？又想知道些什麼消息？」

「曾經有位夫人叫莫玟，」圖林答道：「很久以前我住在她家裡。在流浪了這麼久之後，我去那裡尋求接待，但是那裡現在既無爐火也無人丁。」

「那已經有一整年多了。」老人答道：「但是自從那場致命的戰爭之後，那個家裡就缺少爐火和人丁；因為她是屬於舊時的族人，——無疑你知道這一點，她是我們的領主、高多之子胡林的寡妻。不過他們不敢碰她，因為他們怕她；在悲哀損傷她之前，她高傲美麗如同一位女王。他們叫她巫婆，避開她。巫婆——這正是『精靈之友』在新語言裡的稱謂。但是他們依舊搶劫她的財物。若不是艾玲夫人，她跟她女兒就要挨餓。據說，艾玲夫人秘密接濟她們，且她為此常常被那強娶她的丈夫、粗暴的布洛達毆打。」

「這一整年多？」圖林說：「那她們是死了，還是被迫做了奴隸？或者是半獸人襲擊了她？」

「這點就不確定了。」老人說：「但她是跟她女兒一起走的；而這個布洛達已經洗劫了她的家，奪走了剩餘的一切，連一條狗也沒留下，而她為數不多的家人都被迫做了他的奴隸；只除了一些淪為乞丐的，就像我。我是獨腳撒多爾，曾經服侍她和從前偉大的領主許多年：若不是多年前樹林中那受咒詛的斧子，我現在也該躺在那大土丘底下了。我至今猶記胡林的兒子被送走的那一天，他哭得多麼厲害；而她也是，在他走了之後。據說，他去了隱藏的王國。」

接著老人便住了嘴，並且懷疑地望著圖林。「我老了，在胡說八道。」他說：「別把我放在心上！然而，儘管能用舊時的語言跟一個能把它說得像舊日那樣好的人交談，是件樂事，但是如今時日險惡，人必須要小心。不是所有說那好聽語言之人都懷著好心。」

「這話不假。」圖林說：「我的心就很冷酷。但你若擔心我是北方或東方來的奸細，那麼你就不像很久以前那般明智了，撒多爾・拉巴達。」

老人目瞪口呆地望著他；然後顫抖著開了口：「請到外面去！外面是冷了點，但更安全。在一個東來者的廳堂裡，你說得太大聲，我也說得太多了。」

當他們走進庭院後，他抓住了圖林的斗篷。「你說，很久以前你住在那棟房子裡。圖林大人，你為什麼要回來？我的眼睛總算睜開了，還有我的耳朵——你有你父親的嗓音。拉巴達，唯獨小圖林給過我這個名字。他沒有惡意：我們在那些年歲裡是快樂的朋友。可是現在他來這裡尋找什麼呢？我們的人所剩無幾，並且年邁又手無寸鐵。那些躺在大土丘下的人比我們幸運多了。」

「我不是為了戰鬥而來的，」圖林說：「雖然你的話現在已經喚起了這樣的念頭，拉巴達。但是那得先等一等。我是來找莫玟夫人和妮諾爾的。快點，你能告訴我什麼嗎？」

「很少，大人。」撒多爾說：「她們是秘密走的。我們當中有傳言說她們是被圖林大人召喚去的；因為我們都深信不疑，他這些年來肯定已經成就不凡，在南方某個國度做了君王或統帥。但事情看來不是那樣。」

「確實不是。」圖林答道：「我曾經是個南方國度的統帥，但現在我是個流浪者。然而我不曾召喚過她們。」

「那麼，我就不知道能告訴你什麼了。」撒多爾說：「但我相信艾玲夫人知道。她知道你母親的所有計畫。」

「我要怎麼才能見到她呢？」

「那我就不知道了。即便有任何消息能讓她走出來，她若被逮到跟一個來自下等人民的鄙賤流浪漢在門口說話，她會倒大楣的。而一個像你這樣的乞丐，向大廳的主餐桌走不了多遠，就會被東來者抓住痛打一頓，或者更慘。」

如此一來圖林怒氣上湧，喊道：「我不能走上布洛達的大廳嗎？他們會打我嗎？走著瞧吧！」

於是他走進了大廳，褪下了兜帽，一路推開所有擋路的人朝主餐桌大步走去，那裡坐著這屋子的主人和他妻子，並其他東來者的貴族。有一些人起身要抓住他，但是他把他們甩到了地上，喊道：「這房子沒人管理嗎？或者它根本就是半獸人在住？主人在哪裡？」

於是布洛達大怒之下起身。「我管理這座房子。」他說。但是在他來得及再開口之前，圖林就說：「那麼你就還沒學會在你來之前，這片土地上的規矩。難道現在人類接待他們妻子親族的禮節，是把他們丟給僕人去隨意對待嗎？我就是你妻子的親族，我負有任務要找艾玲夫人。我該不受阻撓地上前，還是我得親自動手？」

「過來。」布洛達說，陰沉又惱火；但是艾玲的臉色變白了。

於是圖林大步走到主餐桌前，站在那裡鞠了個躬。「請見諒，艾玲夫人，」他說：「我以如此冒失的方式來見您；但是我的使命很緊急，並且促使我趕了很遠的路。我在找多爾露明的領主夫人莫玟，以及她的女兒妮諾爾；但是她的房子已被洗劫一空。您能告訴我什麼嗎？」

「什麼也不能。」艾玲極其恐懼地說，因為布洛達死死盯著她。

「我不相信。」圖林說。

這時，布洛達縱身上前，酒醉的怒火使他滿臉通紅。「夠了！」他喊道：「我妻子豈能在我面前被一個說下等話的乞丐頂嘴？這裡沒有什麼多爾露明的領主夫人。至於莫玟，她是奴隸一族的，並且就像奴隸那樣滾蛋了。你也同樣趕快給我滾，否則我就要把你吊死在樹上！」

而圖林猛撲向他，拔出黑劍，揪住布洛達的頭髮把他的頭向後扳去。「誰都別動，」他說：「否則這個腦袋就要跟它的肩膀分家了！艾玲夫人，如果我認為這個混蛋對妳所做的向來都是壞事的話，我要再次請求您的原諒了。不過，現在請開口，不要拒絕我！我圖林豈不是多爾露明的領主嗎？我該不該命令妳呢？」

「命令我吧。」她說。

「誰洗劫了莫玟的房子？」

「布洛達。」她答道。

「她是幾時逃走的？逃去了哪裡？」

「一年又三個月前。」艾玲說：「布洛達老爺和其他這一帶的東來者，把她壓迫得很厲害。很久以前她曾經被邀請去隱藏王國；最後她終於去了。因為這裡與隱藏王國之間的地域曾經一度擺脫了邪惡，據說，那是靠著南方國度的那位黑劍的威懾，但是那樣的和平現在已經結束了。她盼望在那裡找到正在等她的兒子。但如果你是他，那我恐怕一切都出了差錯。」

這一來圖林大聲苦笑起來。「差錯，差錯？」他喊道：「是的，總是出差錯：就跟魔苟斯一樣陰險邪惡！」突然間，一股黑暗的怒火撼動了他；因為他的雙眼一片清明，格勞龍魔咒的最後束縛鬆開了，他看穿了這些一直蒙蔽著他的謊言。「我豈非受到哄騙，結果可能要羞恥地死在這裡嗎？我本來至少可以英勇地戰死在納國斯隆德的大門前啊！」透過包圍大廳的暗夜，他彷彿聽見了芬朵菈絲的哭聲。

「我不會做死在這裡的第一個！」他喊道。然後他抓住布洛達，靠著來自巨大痛苦和憤怒的力量，把他高高舉起用力搖晃，彷彿他是一條狗。「你不是說『奴隸一族的莫玟』嗎？

你這狗崽子、盜賊、奴隸中的奴隸！」接著他把布洛達頭朝前甩過了他自己的餐桌，正撞上一個起身要攻擊圖林的東來者的臉。那一摔讓布洛達跌斷了脖子；而圖林在一甩之後又躍上前，殺了三個龜縮在那裡的人，因為他發現他們沒有武器。大廳裡一片混亂。那些坐在那裡的東來者們本來會過來攻擊圖林的，但是許多聚集在那裡的人是多爾露明的舊居民：長久以來他們一直都是馴順的僕人，但是現在他們高喊著起來反抗了。很快的，大廳裡便展開了一場劇烈的戰鬥，儘管奴隸們只能用切肉刀和他們所能奪到的東西來對抗匕首與劍，但是雙方都迅速有許多人被殺，直到圖林跳到他們中間，殺盡了大廳中殘存東來者的最後一人。

然後，他靠著一根柱子喘息著，憤怒的烈焰冷卻下來，猶如灰燼。但是老撒多爾爬向他，抱住他的膝蓋，因為他受了致命的傷。「二十多年了，為這一天等得真久。」他說：「不過現在快走吧，快走，大人！走，而且不要回來，除非帶著更強大的力量。他們會在全境中通緝你。許多人已經從大廳裡逃跑了。快走，否則你會死在這裡的。永別了！」然後他滑落到地，死了。

「他說的千真萬確。」艾玲說：「你已經知道你想要知道的了。現在快走吧！不過首先去找莫玟，安慰她，否則我將難以原諒你在這裡所造成的一切破壞。因為雖然我的生活很不幸，你的暴行卻給我帶來了死亡。那些入侵者將會報復所有今晚在此之人。胡林之子啊，你做事實在太魯莽了，好像你還是我所認識的那個孩子。」

「而妳，印多爾之女艾玲，則是心腸太軟弱，就如我還叫妳阿姨的時候，一條惡狗也能嚇壞妳。」圖林說：「妳該生在一個更仁慈的世界裡。但是，跟我一起走吧！我會帶妳去找莫玟。」

「大地上的積雪深過了我的頭頂。」她答道：「我隨你去到野外很快就會死的，就像死在這些殘酷的東來者手裡一樣。你不能彌補你已經做下的事。走吧！留下來只會讓一切變得更糟糕，並且會害了莫玟的努力都變得毫無意義。走吧，我求你！」

於是，圖林對她深深鞠了個躬，然後轉身離開了布洛達的廳堂；所有力氣尚存的反叛者都跟著他。他們朝山裡逃去，因為他們當中有些人很瞭解野外的路，並且他們也很慶幸有大雪在身後落下，覆蓋了他們的行蹤。因此，雖然很快就有許多人騎著馬帶著狗展開追擊，他們還是向南逃入了丘陵中。當他們回頭望去，只見遠處他們逃離的那塊土地上燃起了一片紅光。

「他們燒了那個大廳。」圖林說：「目的是什麼呢？」

「他們？不，大人：我猜是她。」有個人說，他的名字叫阿斯貢。「許多勇武的男人都錯看了耐心與沉靜。她在我們當中做了許多好事，也為此付出許多的代價。她的心一點也不軟弱，而耐心也終究會耗盡的。」

現在，一些能夠忍受寒冬的最強韌的人，留在了圖林身邊，引領他沿著陌生的路徑來到了山中的一處避難所，一個亡命之徒與逃亡者所知的洞穴；那裡藏有一些存糧。他們在那裡等候到雪停，然後他們給了他食物，帶他來到一處不常用的、向南通往尚未落雪的西瑞安河谷的隘口。他們在下山的路上分手了。

「現在再會了，多爾露明的領主。」阿斯貢說：「但是別忘了我們。如今我們是被通緝的人了；而那些狼族會因為你的到來而更加凶殘。因此，走吧，而且不要回來，直到你帶著足夠的力量來拯救我們。再會了！」

第十三章　圖林來到布雷希勒

現在，圖林向下朝西瑞安大河的谷地走去，腦海中混亂不堪。因為對他而言，過去他有過兩個悲苦的選擇，現在又有了第三個，他受壓迫的子民向他求救，他卻只給他們帶來了更多悲傷。他唯一能得到安慰的是：莫玟和妮諾爾毫無疑問在很久之前就去了多瑞亞斯，並且是靠著納國斯隆德黑劍的威懾，她們的旅途才得以安全。他在腦海中對自己說：「即使我真能早一點來，我又能帶她們去什麼更好的地方呢？如果美麗安的環帶被攻破，那麼一切就都結束了。不，事情還是像這樣比較好；因為無論我住在何處，我的憤怒與魯莽的行為都會讓我在那裡投下陰影。讓美麗安保護她們吧！我會讓她們遠離陰影，並安居在和平之中一段時日。」

但是圖林現在才要尋找芬朵菈絲，已經太遲了。他在威斯林山脈陰影下的樹林中流浪，像野獸一般狂野又警惕；他伏擊著所有向北通往西瑞安隘口的道路。但是太遲了。因為所有的蹤跡都已經被雨雪沖刷殆盡。然而，圖林就這樣沿著泰格林河而下，遇見了一些來自布雷希勒森林的哈蕾絲的百姓。他們如今因為戰爭已經縮減成了一個小團體，絕大部分秘密居住在森林深處歐貝勒山上，一處以柵欄圍起防護的地方。那地被取名為「布蘭迪爾圍欄」；因為韓迪爾之子布蘭迪爾自從父親被殺之後，他就是他們的族長。布蘭迪爾在孩童時期因為一次事故斷了一條腿，成了瘸子，因此不是一位戰士；並且，他是一位性情溫和的人，喜愛樹木甚於金屬，也愛大地上所生長的植物的知識甚於其他學問。

但是有一些林中居民仍然在他們的邊境上追獵半獸人；因此，當圖林經過那裡時，他聽到了打鬥的聲音。他加快速度朝那聲音趕過去，在小心翼翼地穿過樹林時，他看見有一小群人類被半獸人包圍著。他們絕望地防衛著自己，背對著林中空地裡幾棵樹幹交纏、樹冠向上開展的樹木；但是半獸人數量極眾，這些人除非得到援助，否則幾乎沒有逃脫的希望。因此，隱蔽在灌木叢中的圖林先是製造出巨大的踐踏與碰撞聲，然後他像是帶著許多人一樣，大聲喊道：「哈！我們總算找到他們了！大家跟著我！現在衝出去，殺啊！」

對此，許多半獸人大驚失色地回頭，而圖林就這樣跳了出來，並裝作對後面的人招手示意衝鋒，古爾桑格的鋒刃在他手中閃爍如火焰。半獸人對那劍知道得太清楚了，甚至在他跳入他們當中之前，就有許多已經四散奔逃。於是林中居民奔過去加入他，他們一起把敵人趕進了河裡：只有少數過到了對岸。最後，他們在河邊停住，林中居民的首領多爾拉斯說：「大人，你在追獵中真迅捷；但是你的人跟上來的可真慢。」

「不，」圖林說：「我們全體行動如同一人，不會被分開。」

於是布雷希勒的人大笑，說：「不錯，這樣一個人能抵得上許多個。我們欠你一個大人情。不過，你是誰？在這裡做什麼？」

「我不過是做自己的營生罷了，也就是殺半獸人。」圖林說：「而我就住在有生意作的地方。我是樹林中的野人。」

「那麼，來跟我們一起住吧。」他們說：「因為我們就住在樹林裡，並且我們需要這樣的『藝匠』。你會很受歡迎的！」

這一來，圖林詫異地看著他們，說：「難道這世上還有人願意忍受我給他們的家門帶來不幸嗎？不過，朋友們，我仍身負一項極為重要的使命：我要找到芬朵菈絲，納國斯隆德的歐洛隹斯之女，或至少要得知她的消息。唉！自從她從納國斯隆德被抓走之後，已經過了好幾個星期了，但我還是必須去找她。」

聞言他們同情地看著他，多爾拉斯說：「你不必再找了。因為有一支半獸人大軍從納國斯隆德朝泰格林渡口行進，而我們早就得到了有關的警報：他們行進得非常緩慢，因為帶著大批的俘虜。當時我們想在戰爭中略盡自己的棉薄之力，我們召集了所有能找到的弓箭手來伏擊半獸人，盼望能夠救下一些俘虜。但是，唉！那些邪惡的半獸人，當他們一受到攻擊，第一步就是先殺了俘虜中的女性；他們把歐洛佳斯的女兒用一支長矛釘在一棵樹上。」

圖林呆立在原地，彷彿受到了致命一擊。「你怎麼知道這件事的？」他問。

「因為她在死前和我說過話。」多爾拉斯說：「她看著我們，彷彿要從中找尋某個她期盼的人，她說：『摩米吉爾。告訴摩米吉爾，芬朵菈絲在這裡。』然後她就斷氣了。不過因為她的遺言，我們把她葬在她死去的地方。她躺在泰格林河附近的一個土墩下。不錯，那離現在已經有一個月了。」

「帶我去那裡。」圖林說，於是他們領他到了泰格林渡口附近的一個小土墩旁。他在那裡倒了下去，有種黑暗籠罩了他，以至於他們以為他死了。但是，多爾拉斯低頭望著他躺在那裡，然後轉向他的屬下，說：「太遲了！這真是個不幸的意外。但是，看啊：這裡躺著的就是摩米吉爾本人，納國斯隆德偉大的統帥。憑著他的劍，我們本該認出他的，就像半獸人認出他來一樣。」因為，南方黑劍的威名早已廣為流傳，甚至傳入了樹林的深處。

因此，他們帶著敬意抬起他，將他帶到了「布蘭迪爾圍欄」；出來迎接他們的布蘭迪爾看到他們所抬的屍架，吃了一驚。然後，他拉開覆蓋的布單端詳著胡林之子圖林的臉；有一股陰影落到了他心頭。「噢，殘忍的哈蕾絲族人啊！」他喊道：「你們為什麼阻止了這個人的死亡？你們費了這麼大的力氣，帶來的卻是我們族人最終的禍患。」

但是林中居民說：「不，這是納國斯隆德的摩米吉爾，一位大有能力的半獸人剋星，如果他活下來，應該對我們是個極大的助力。而且，就算不是這樣，難道我們該把一個傷心過度的人像塊腐肉般扔在路邊不管嗎？」「你們的確不該。」布蘭迪爾說：「命運注定不是那樣。」然後他把圖林帶回他家，細心的照料他。

然而，當圖林終於擺脫那黑暗時，春天已將來臨；他醒來，看見陽光照在新嫩的綠芽上。於是，哈多家族的勇氣也在他身上甦醒了，他起身，並在他心裡說：「我的一切作為與過去的日子都既黑暗又充滿了邪惡。但是新的一天來臨了。我會在此平靜地住下，拋棄名字與親族；如此，我就能將我的陰影拋在身後，或至少不再讓它籠罩在我所愛的人們身上。」

因此，他給自己取了一個新名字，稱他自己是圖倫拔，這在高等精靈語中意思是「命運的主宰」；他在林中居民當中住了下來，很受他們的喜愛。他要求他們忘掉他過去的名字，把他當作是個在布雷希勒出生的人。然而，雖然名字改了，他卻無法完全改變自己的脾氣，也無法忘記過去因對抗魔苟斯的爪牙而生的悲哀；他會和少數志同道合的人一起出去追獵半獸人，雖然這讓布蘭迪爾很不高興，因為他希望靠沉默與秘密這樣的方式來保全他的人民。

「摩米吉爾已經不存在了，」他說：「但是仍要當心，以免圖倫拔的英勇給布雷希勒帶來相似的報復！」

因此，圖倫拔將他的黑劍收了起來，不再帶它去作戰，寧可改用弓箭與長矛。但是他不能容忍半獸人染指泰格林渡口，或是接近芬朵菈絲長眠的墳丘。它被取名為豪茲－恩－伊蕾絲，「精靈少女的墳塚」，很快半獸人就學乖，懂得要怕那個地方，並且避開它。而多爾拉斯對圖倫拔說：「你已經拋棄了名字，但你仍然是黑劍；傳聞裡豈不是說，他實際上是哈多家族的族長，多爾露明的胡林之子？」

圖倫拔回答說：「我也如此聽說了。但是，你既然是我的朋友，我懇求你，不要公開宣揚這事。」

第十四章　莫玟與妮諾爾到納國斯隆德的旅程

當那個嚴酷的寒冬退離時，有關納國斯隆德的新消息傳到了多瑞亞斯。因為有些人從那場洗劫中逃了出來，且在荒野中熬過了寒冬，最後前來投奔辛葛尋求庇護，而邊界的守衛將他們帶到了王的面前。有些人說，所有的敵人都已經向北撤走了，另外一些則說格勞龍還逗留在費拉剛的廳堂中；還有一些人說摩米吉爾被殺了，而其他人則說他中了惡龍的魔法，還留在那裡，宛如化作一尊石像。但是眾人異口同聲都說，全納國斯隆德到最後也都知道了，黑劍不是別人，正是多爾露明的胡林之子圖林。

聞言，莫玟和妮諾爾陷入了深深的恐懼與悲傷當中；莫玟說：「這樣的疑惑正是魔苟斯的傑作啊！我們難道不該去瞭解真相，好確定得知我們必須忍受的最壞狀況嗎？」

如今，辛葛本人也極為迫切地想要知道更多關於納國斯隆德命運的消息，並已在心中籌畫著，要派一些人謹慎地前往該地，但是他相信圖林確實已經被殺，或是無法營救了，而他不願看到莫玟清楚確知此事的那一刻。因此，他對她說：「多爾露明的領主夫人，這是一件危險的事，必須深思熟慮。這樣的疑惑或許真的是魔苟斯的傑作，要誘使我們採取某些魯莽的行動。」

但是莫玟卻心痛發狂，喊道：「陛下，說什麼魯莽行動！如果我兒子躲在樹林中挨餓，如果他身受綑綁苟延殘喘，如果他的屍體無人埋葬，那麼我就會魯莽的。我一刻也不願等，我要去找他。」

「多爾露明的領主夫人，」辛葛說：「那肯定不是胡林之子所願的。他會認為妳留在這裡，在美麗安的保護之下，好過身處其他任何尚存之地。因著胡林與圖林的緣故，我不會讓妳在這黑暗危險的年日裡，出外遊蕩。」

「您沒限制圖林使他遠離危險，卻要限制我不能去找他。」莫玟喊道：「在美麗安的保護之下！是啊，作為一個環帶的囚犯！在我進來之前我躊躇了很久，現在我為此後悔了。」

「妳這樣說就錯了，多爾露明的領主夫人，」辛葛說：「妳要知道：環帶是敞開的。妳自由地來到此地：妳也將自由居留，或是離去。」

此時，一直保持沉默的美麗安，開口說：「因此，不要走，莫玟。妳說的話有一句是真的：這疑惑是來自魔苟斯。如果妳走，妳便是按照他的旨意離開。」

「對魔苟斯的恐懼不會阻止我聽從我骨肉之親的召喚。」莫玟答道：「但是如果陛下您為我擔心，那麼請借給我一些您的子民。」

「我不能命令妳。」辛葛說：「但是我有權命令我的子民。我會按我自己的計畫派遣他們。」

於是，莫玟不再說什麼，只是哭泣；她從王的面前離開了。辛葛的心情很沉重，因為在他看來，莫玟的情緒像是中了邪一樣；他詢問美麗安是否會以她的力量去阻止莫玟。「阻止邪惡的入侵，我有許多方式可行。」她答道：「但是對那些想要離開之人的行動，我什麼也不能做。那是你的責任。如果要她留在這裡，你必須用強迫的手段。然而如此一來，你或許會把她逼瘋。」

此時，莫玟去找妮諾爾，說：「珍重再見了，胡林之女。我要去找我兒子，或有關他的確切消息，因為這裡沒有人願意做任何事，只會拖延直到太遲。在這裡等我，直到我僥倖歸來。」聞言妮諾爾既擔心又害怕，想要阻止她，但是莫玟什麼也不回答，只是回自己房間去了；隔天早晨，她便騎馬離去了。

如今辛葛已經下令誰也不得攔阻她，或是擺出要半路攔截她的姿態。但是她一離開，他便召集一隊最為強壯堅韌，並且最有本領與經驗的邊境守衛，並派馬博隆領隊。

「現在迅速跟上去，」他說：「但是別讓她發覺你們。不過，一旦當她進入野外，如果危險臨到，那麼就現身；如果她不願意回來，那麼就盡量保護她吧。我還想要你們當中一些人盡可能地前進，盡你們所能探聽一切。」

就這樣，辛葛派出了比他起初所計畫的更多的人，其中包括了十名騎士，還多帶了備用的馬匹。他們跟蹤莫玟；她往南穿過了瑞吉安森林，來到了微光沼澤上游西瑞安大河的河岸；她在那裡停了下來，因為西瑞安大河寬闊湍急，而她不知道該怎麼過河。因此，護衛隊這時必須現身了；而莫玟說：「辛葛要阻止我嗎？還是他終於派給我他先前拒絕的幫助了？」

「兩者兼有。」馬博隆答道：「妳不回去嗎？」

「不。」她說。

「那麼我就必須幫助妳，」馬博隆說：「雖然這違反我的本意。西瑞安河在此既寬又深，無論是人還是動物，要遊過去都很危險。」

「那麼，無論精靈族通常是用什麼方法渡河，就那樣帶我過去吧。」莫玟說：「否則我會試著游過去的。」

因此，馬博隆帶她來到了微光沼澤。在那裡的溪流與蘆葦叢中，隱藏著由東岸防守的渡口；藉由這條路，信使們在辛葛與他在納國斯隆德的親族之間往來傳訊。眼前，他們一直等到星夜漸逝，然後在黎明前升起的白霧中過了河。就在一輪紅日從藍色山脈後面升起時，一陣清晨的強風吹散了霧氣，護衛們踏上了西岸，離開了美麗安的環帶。他們是多瑞亞斯高大的精靈，身著灰衣，斗篷覆罩著他們身上的鎧甲。莫玟從渡口望著他們靜默地上岸走過，突然間，她叫了一聲，指向眾人中最後一個走過的。

「他是哪裡來的？」她說：「你們前來找我時是三十個人。上岸的卻是三十一個人。」

聞言其他人轉過身，看到陽光在一頭金髮上閃耀：因為那是妮諾爾，風吹落了她的兜帽。就這樣，她尾隨著衛隊，在過河之前的黑暗中混入了他們的事，也暴露了。眾人都很吃驚，其中尤以莫玟為甚。「回去！回去！我命令妳回去！」她喊道。

「如果胡林的妻子可以為了親人的呼喚而不顧所有勸告動身，」妮諾爾說：「那麼胡林的女兒也可以這麼做。您為我取名『哀悼』，但是我不願獨自哀悼，為父親、哥哥、還有母親哀悼。何況這些人當中我只認識您，而我最愛的也是您。您無所畏懼，我亦如此。」

事實也是如此，從她的神情和舉止都看不出多少恐懼。她看起來很高，也很強壯；因為哈多家族的人都有高大的身材。因此，穿著精靈服飾的她，跟那些衛士幾乎不相上下，只比他們當中最高大的人瘦小一點。

「那妳有什麼打算呢?」莫玟問。

「無論您去何處,我都跟著您。」妮諾爾說:「我實際上帶來了一個選擇。您可以帶我回去,把我安全地安置在美麗安的保護中;因為拒絕她的勸告是不明智的。或者,如果您要走,您就要知道我也會去冒險。」事實上,妮諾爾之所以來,主要是希望她母親能夠因為對她的愛與擔憂而回去;而莫玟也確實感到進退兩難。

「拒絕聽從勸告是一回事。」她說:「拒絕服從妳母親的命令又是另一回事。現在給我回去!」

「不。」妮諾爾說:「我早就不是個孩子了。我有自己的意願與判斷,雖然迄今為止它還不曾與您的相悖。我要跟您走。因著我們對統治多瑞亞斯之人的尊敬,最好是回去那裡;但如果不回去,那麼就向西走。事實上,如果我們當中有一人必須去,那也該是正當年輕力壯的我。」

於是,莫玟在妮諾爾的灰色眼眸中看見了胡林的堅定;而她動搖了,但是她無法克服她的驕傲,也不願看上去就這麼(在聽了幾句好話後)因此被女兒帶回去,像是個年老昏聵的婦人。「我會依照我的計畫繼續走。」她說:「妳也來吧,但那違反我的本意。」

「那麼就這樣決定了。」妮諾爾說。

如此一來,馬博隆對他的同伴說:「千真萬確,胡林的親族是因為缺乏諫言而非勇氣,才給他人帶來不幸！圖林也是如此；但是他的先祖們不是這樣。現在，他們全都如同中邪一般，而我對此毫不樂見。王所交付的這個任務，比狩獵惡狼卡黑洛斯更令我感到害怕。該怎麼辦才好？」

但是莫玟已經上了岸，正朝他們走來，她聽到了他最後幾句話。「就按照王所吩咐你們的去辦。」她說：「去搜尋有關納國斯隆德與圖林的消息。我們最終的目的都在於此。」

「然而那是一條漫長又危險的路。」馬博隆說：「如果妳要繼續向前，妳們都該騎馬，在騎士們當中前行，一步也不要離開他們。」

就這樣，他們在天色大亮後出發，緩慢且小心地穿過了長著蘆葦與低矮柳樹的田野，來到了一片灰色的樹林，它覆蓋了大半個位於納國斯隆德前方的南方平原。他們一整天都朝西行進，眼前只見一片荒涼，耳中也聽不到任何聲響；四野一片死寂，馬博隆感到，似乎有一種現存的恐懼籠罩著大地。那正是多年前貝倫曾經踏上的路，當時樹林裡滿是隱蔽著監視外界的獵手；但是現在所有納羅格河的居民都不在了，而半獸人似乎尚未遊蕩到這麼遠的南方來。那天晚上，他們在灰色的樹林中紮營，沒有營火也沒有燈光。

接下來兩天他們繼續前進，在從西瑞安河出發後的第三天傍晚，他們已經穿過平原，正在接近納羅格河的東岸。這時，有某種強烈的不安攫住了馬博隆，他懇求莫玟不要再前進。

但是她大笑，說：「照此下去，你很快就能擺脫我們了，你該為此高興才是。不過你必須再忍耐我們一會兒。我們現在已經非常接近，不可能因為害怕而回頭了。」

於是馬博隆喊道：「妳們兩個都瘋了，而且有勇無謀。妳們對於蒐集消息只會幫倒忙而已。現在請聽我說！我被吩咐不得用武力攔阻妳們；但是我也被命令要盡我所能保護妳們。在這當口，這兩者我只能選擇其一，而我會保護妳們。明天我會領妳們去厄西爾山，『監視之丘』，它就在這附近；妳們得留在那裡接受保護，當我再在此指揮時不要再前進。」厄西爾山是一座大如山崗的土丘，是費拉剛在許久以前耗費巨大的勞力在他大門前的平原上堆起來的，離納羅格河的東岸有一里格遠。它除了山頂之外，都為樹木覆蓋，山頂視野開闊，可以看見所有通往納國斯隆德大橋的路，以及周圍的土地。他們在將近中午時來到了山腳下，從東邊爬了上去。然後，馬博隆朝河對岸滿眼荒蕪、一片土褐色的法羅斯高地眺望過去，他以精靈的視力看見了陡峭西岸上納國斯隆德的層層平臺，費拉剛那裂開的大門如同山壁上的一個小黑洞。但是他聽不到任何聲音，看不到任何敵人的蹤影，除了惡龍在洗劫之日在大門周圍燒出的焦痕之外，也沒有其他任何的跡象。在黯淡的陽光下，一切寂靜無聲。

因此，馬博隆按照先前所言，命令他的十位騎士在山頂保護莫玟和妮諾爾，在他回來之前不要輕舉妄動，除非有什麼巨大的危險發生——倘若危險真的臨到，騎士們應當將莫玟和妮諾爾安置在他們中央，盡他們所能迅速逃離，朝東奔向多瑞亞斯，派一人在前趕去報信與求援。

然後，馬博隆帶著另外二十位同伴爬下了山丘；他們接著進入了西邊的平原，那裡樹木稀少，於是他們分散開來，各自尋著路線，大膽卻小心地朝納羅格河岸前進。馬博隆自己取道正中通往大橋的路，因此他來到了橋的一端，並發現它已經斷裂坍塌了；而深谷中的河流則因遠處北方的降雨而洶湧奔流，在坍塌的石塊間泛著泡沫轟鳴著。

然而，格勞龍就趴在那裡，就在從毀壞的大門通往深處之巨大通道的陰影中，並且牠早已察覺到這些偵察者。雖然在中土沒有多少其他眼睛能夠看出他們，但是牠那邪惡雙眼的掃視比大鷹更銳利，也超過精靈的遙遠視力；牠還確知另有一些人留在後方，駐守在厄西爾山光禿的山頂上。

因此，正當馬博隆在岩石間爬行，找尋他能從大橋毀落的岩石的哪幾處涉過湍急的河流時，突然間格勞龍衝出來噴出一大股火焰，並往下爬進了河裡。於是，一團極大的蒸汽立刻在巨大的嘶嘶響聲中升起，馬博隆和他潛伏在附近的同伴隨即被遮蔽視線的蒸汽與難聞的臭氣給吞沒了；大部分人都盡可能估計著方向逃往監視之丘，但是馬博隆卻在格勞龍涉過納羅格河時，退到一旁躲在一塊岩石下，留了下來；因為在他看來，自己仍有一項任務要完成。現在他已確知格勞龍逗留在納國斯隆德了，但是他還被吩咐，只要可能，就要去找出有關胡林之子的真相；因此，在他堅毅勇敢的內心裡，他打算等格勞龍一走，自己就渡過河去搜索費拉剛的廳堂。因為他認為能夠保護莫玟與妮諾爾的一切措施都已經安排妥當：格勞龍的來臨會被發現，就在此刻，騎士們應該已經朝著多瑞亞斯飛奔而去了。

因此，格勞龍與馬博隆擦身而過，在迷霧中只見一個龐大的形體；牠走得很快，因為牠是一隻強大卻又柔韌的大蟲。於是，馬博隆在牠身後冒著巨大的危險涉過了納羅格河；但是在厄西爾山上觀望的眾人看見惡龍的出現，非常驚慌。他們不容分說立刻要求莫玟和妮諾爾上馬，準備按照他們所受的吩咐朝東奔逃。但是就在他們衝下山丘進入平原時，一陣惡風把巨大的蒸汽吹向他們，帶來了一股沒有馬匹能夠忍受的臭氣。於是，被大霧遮住視線又被惡龍的臭氣嚇得瘋狂的馬匹，很快就變得無法駕馭，四處橫衝亂闖起來；衛士們被驅散了，有的被甩撞上樹受了重傷，或是徒勞無功地互相找尋。馬匹的嘶鳴與騎士的呼喊都傳入格勞龍的耳中；牠感到無比的滿意。

有一位精靈騎士在迷霧中掙扎著控制他的馬匹時，突然看見莫玟夫人從近旁經過，如同一個灰色的幽靈騎在一匹瘋馬上，但是她呼喊著妮諾爾，消失在迷霧中，他們再也沒有見到她。

然而，當那令人眼盲的恐怖臨到騎士們時，妮諾爾的馬瘋狂亂跑，絆倒了，而妮諾爾也被甩了出去。她跌在草地上，摔得不重，也沒有受傷；但是當她爬起來時，只剩下她一個人：她在霧中迷了路，沒有馬也沒有同伴。她沒有驚慌失措，而是開始思考；在她看來，朝紛亂的喊叫聲走去會是徒勞一場，因為四面八方都有喊聲，並且越來越弱。在這種情況下，她覺得最好還是去找那山丘：毫無疑問，馬博隆在離開之前會到那裡去，哪怕只是要確定他的同伴沒人留在那兒。

因此，她邊走邊猜，藉由地勢在她腳下逐漸升高的感覺，找到了那山丘，它確實是近在咫尺；她沿著東邊上山的路慢慢地爬了上去。隨著她一路往上爬，霧氣也逐漸稀薄了，直到最後她爬上了光禿的山頂，沐浴在陽光中。然後，她往前跨了一步，向西望去；而格勞龍巨大的頭顱赫然就在她面前，牠恰在那時從另一側爬了上來。在她察覺之前，她的雙眼已經望進了牠眼中的邪惡之靈，那雙眼睛極其可怕，當中充滿了牠主人魔苟斯的邪惡之靈。

妮諾爾的心智與意志都非常堅強，她奮力對抗格勞龍；但是牠增強了施加在她身上的力量。「妳來這裡找什麼？」

她被迫回答說：「我只想找曾在此處住過一段時間的圖林。但他或許是死了。」

「我不知道。」格勞龍說：「他被留在這裡保護女人和弱者；但是當我來到，他就拋棄他們逃跑了。他貌似一個只會吹牛誇口的懦夫。妳為什麼要找這樣一個人？」

「妳說謊。」妮諾爾說：「胡林的子女無論如何也不會是懦夫。我們不怕你。」

聞言，格勞龍大笑，因為胡林女兒的身分就此暴露在牠的惡意之下。「那麼你們就是蠢人，妳和妳哥哥都是。」牠說：「而妳的誇口也將變成空話。因為我是格勞龍！」

接著，牠強迫她望進牠的雙眼，她的意志昏潰了。在她看來，太陽黯淡下去，她周遭的一切都變得灰暗了；漸漸地，一股巨大的黑暗籠罩了她，而那黑暗中只有空虛；她什麼也不知道了，什麼也聽不見了，什麼也記不得了。

在黑暗與惡臭之中，馬博隆竭盡全力，在納國斯隆德的廳堂中探索了許久；但是他在那裡面沒有找到任何活物：滿地骸骨中不見任何動靜，也沒有人回答他的呼喊。最後，為那地方的恐怖所迫，也害怕格勞龍的歸來，他回到了門口。太陽正在西沉，後方法羅斯高地的陰影落在門前層層的平臺上和下方湍急的河流中；但是在遠處的厄西爾山下，他辨識出好似惡龍的邪惡身形。在這樣的匆促與恐懼中，他渡過納羅格河的歸途變得更艱難也更危險；他幾乎才剛剛抵達東岸並爬到旁邊的河岸下，格勞龍便到了近前。但是牠現在非常緩慢與小心；因為牠體內所有的火焰都幾乎燃盡：牠釋出了巨大的力量，牠只想在黑暗中休息睡眠。因此，牠蠕動著穿過河水，像條灰白色的大蛇潛行到了門口，肚皮在地上拖出一道黏液的痕跡。

但是就在牠進去之前，牠轉身回頭朝東望，從牠喉中發出了魔苟斯的笑聲，微弱卻恐怖，彷彿從遙遠的黑暗深處傳來的惡毒回音。之後是這冰冷又低沉的聲音：「你像隻野鼠般躺在那河岸底下，大有能力的馬博隆！你把辛葛的任務辦得一團糟。現在趕快回去山頂吧，看看你所負責的人變成了什麼樣子！」

然後，格勞龍進了牠的巢穴，而太陽落下了，灰暗的夜晚來臨，寒意籠罩了大地。馬博隆匆匆趕回厄西爾山，當他爬上山頂時，星辰正從東方出現。他看見一個靜止不動的黑暗身影背對星空站在那裡，如同一尊石像。妮諾爾就如此佇立，聽不見他說的話，也不回答他。但是當最後他拉起她的手時，她稍微動了動，並且容許他領著她走。只要他拉著她，她就跟著；但是他若鬆開手，她就站著不動。

如此一來，馬博隆陷入了深深的悲傷與困惑；但是他別無選擇，只能這樣領著妮諾爾踏上向東的長路，既無援助，也無同伴。就這樣，他們像夢遊的人一般走下了山，進入了夜幕籠罩的平原。當早晨來臨，妮諾爾絆倒了，而且躺在地上動也不動；馬博隆坐在她身邊，滿心絕望。

「我對這項任務的恐懼不是沒來由的。」他說：「因為看來它將是我的最後一次了。我將跟這名不幸的人類的孩子一同死在這荒野裡，我在多瑞亞斯也將名聲掃地——如果還有關我們命運的消息能夠傳回去的話。其他的人無疑全都被殺了，唯獨她被饒過，卻不是因為仁慈。」

就這樣，他們被三個在格勞龍來臨時從納羅格河逃走的同伴找到了；他們遊蕩了許久，在迷霧消散之後，又回到了山丘上；在發現那裡空無一人後，他們開始找尋自己回家的路。

於是希望又回到了馬博隆心中；現在他們一起朝北方和東方行進，因為南方沒有回到多瑞亞斯的路，並且自從納國斯隆德覆亡之後，渡口守衛們也被禁止准許任何人過河，除了那些從裡頭出來的。

他們走得很慢，如同領著一個疲倦的孩子。然而隨著他們一步步遠離納國斯隆德、接近多瑞亞斯，妮諾爾也漸漸恢復活力。她會被人牽著手，順從地走上幾個小時，但她大睜的雙眼什麼也看不見，她的耳朵聽不到任何話語，她的嘴唇也說不出任何詞句。

在經過了許多天之後，現在他們終於走近了多瑞亞斯西邊的邊界，在泰格林河南邊的某個地方；他們打算穿過辛葛在西瑞安河西邊一小塊領地的屏障，從而抵達靠近與伊斯加勒督因河匯流處、有人守衛的橋樑。他們在那裡停留了一段時間；他們讓妮諾爾躺在青草臥榻上，她前所未有地閉上了眼睛，看起來像是睡著了。於是，精靈們也都休息了，並且因為太過疲倦而喪失了警惕。就這樣，他們出其不意地遭到了一夥狩獵的半獸人的襲擊，這樣的隊伍如今常在那一帶出沒，盡量放膽接近多瑞亞斯的防守邊界。在騷亂打鬥中途，妮諾爾突然從她的草榻上跳起來，彷彿一個從夜間的警報中驚醒的人，她尖叫一聲，迅速衝進了森林裡。如此一來半獸人都去轉身追逐她，而精靈們緊跟在後。但是妮諾爾身上起了奇怪的變化，她這會兒跑得比他們全部都快，在樹林間飛奔如鹿，她的頭髮在她疾奔所帶起的風中飛揚。馬博隆與他的同伴事實上很快就追上了那些半獸人，把他們殺得一個也不剩，然後繼續去匆匆追趕妮諾爾。但那時妮諾爾已經像個幽靈般消失了；雖然他們遠遠向北搜尋了許多天，卻既未看見她的身影，也找不到她的足跡。

於是，馬博隆最終回到了多瑞亞斯，帶著悲傷與羞愧躬身，對王說：「陛下，請為你的獵手們選一個新的領袖吧，因為我有辱使命。」

但是美麗安說：「事情並非如此，馬博隆。你已經盡力而為，而王的侍從中再無他人能夠如此盡力。然而你不幸被迫去對抗的力量對你而言太過強大，事實上，那力量對當今中土的一切居民而言，都太過強大了。」

「我差遣你去獲取消息，你已經做到了。」辛葛說：「儘管那些與你得到的消息最為相關的人們，如今再也不能聽到它們了，但這並非你的過失。胡林所有親人的結局的確令人悲傷，然而那不能歸咎於你。」

現在，不只是妮諾爾神智不清地跑進了荒野裡，連莫玟也失蹤了。從那時起，再也沒有任何關乎她命運的確切消息傳到多瑞亞斯或多爾露明，儘管如此，馬博隆卻不願放棄，他帶著一小隊同伴進入了荒野，遠遊達三年之久，從威斯林山脈直到西瑞安河口，尋找著失蹤者的蹤跡與消息。

第十五章　妮諾爾在布雷希勒

妮諾爾因為聽見身後追擊的呼喊而繼續向前奔入樹林中；並且她扯掉了自己的衣服，在奔跑中將它們一件件丟棄，直到自己赤身裸體；那一整天她都在奔跑，有如一隻受到追捕而嚇得魂飛魄散的野獸，不敢停留也不敢稍歇口氣。但是到了傍晚，她的瘋狂突然過去了。她動也不動地站了一會兒，彷彿感到迷惑，然後，一陣極度疲倦的眩暈襲來，她像被擊倒一樣跌進了一大叢的羊齒蕨中。她躺在老蕨叢與春天新發的蕨芽中睡著了，不省人事。

清晨時分，她醒了過來，像個新生兒般在陽光中充滿喜悅；所有一切事物，在她看來都既新穎又陌生，她也不知道它們的名字。因為她的過去只有一片空虛的黑暗，從中她得不到關於任何她過去所知事物的記憶，或任何詞語的餘音。她只記得一個恐懼的陰影，因此她十分機警，並且始終在找尋藏身之處：如果有任何聲響或陰影嚇到她，她會迅捷如松鼠或狐狸，爬到樹上閃入繁茂的枝葉間；之後，在她再次行進之前，她會從枝葉間向外窺視很久。

就這樣，她沿著起初奔跑的路向前走，來到了泰格林河，並且解了渴；但她沒有找到任何食物，也不知道該怎樣找，結果她又餓又冷。由於河對岸的樹林看起來更稠密也更黑暗（它們的確是，那是布雷希勒森林的邊緣），最後她過了河，來到了一個綠色的土丘，她讓自己倒在土丘上：因為她筋疲力竭，並且她覺得那潛藏在她背後的黑暗，再次突然對她襲來，而太陽也愈發昏暗了。

但是，事實上那是一場來自南方的黑暗風暴，滿載著閃電和大雨；她躺在那裡，因對雷聲的恐懼而瑟縮成一團，她一言不發地注視著黑色的雨水抽打她赤裸的身軀，像是一隻落入陷阱的野生動物。

一些在襲擊半獸人後歸來的布雷希勒的林中居民，恰好在那時路過，他們正匆匆經過泰格林渡口，要到附近一個藏身的避難所去；這時，一道巨大的閃電劃過，使得豪茲—恩—伊蕾絲好似被一道白色的火焰照亮了。立時帶領這些人的圖倫拔驚退了一步，捂住雙眼顫抖起來；因為他彷彿看見一個被殺少女的鬼魂躺在芬朵菈絲的墳上。

但是他們當中有一人跑到墳丘上，對他喊道：「大人，快來！這裡躺著一個年輕女人，她還活著！」圖倫拔過去抱起她，水從她濕透的頭髮上滴落；她閉上眼睛顫抖著，不再掙扎了。於是，吃驚於她如此裸身躺著，圖倫拔用自己的斗篷把她裹上，將她抱到林中的狩獵者的小屋。他們在那裡生了一堆火，把被單裹在她身上，她睜開了眼睛注視著他們；當她的目光落到圖倫拔身上時，她的臉上浮現一道光彩，她向他伸出一隻手，因為在她看來，自己終於找到了在黑暗中所追尋的東西，並得到了安慰。然而圖倫拔握住她的手，微笑著說：「現在，姑娘，你能不能告訴我們你的名字和親族，以及你遭遇到了什麼樣的不幸？」

然而她搖了搖頭，什麼也沒說，而是開始哭泣；於是他們不再打擾她，直到她狼吞虎嚥地吃完了他們所能給她的食物。當她吃完之後，她歎了口氣，再次把手放在圖倫拔的手中；而他說：「妳跟我們在一起很安全。今晚妳可以在這裡休息，明天早上我們將帶妳去高處森林裡我們的家。但是我們想知道妳的名字和親族，如此一來我們也許能找到他們，把妳的消息帶給他們。你不願意告訴我們嗎？」但是她沒有回答，又哭了起來。

「不要為難！」圖倫拔說：「也許這故事過於悲傷而無法講述。不過我要給妳取個名字，就叫妳妮妮耶勒，淚水姑娘。」聽到那個名字，她抬頭仰望，然後搖了搖頭，但是說：「妮妮耶勒。」那是她在她的黑暗之後，所說出的第一個詞，而從此之後它就成了她在林中居民間的名字。

到了早晨，他們帶著妮妮耶勒朝「布蘭迪爾圍欄」走去，那條路陡峭地向上攀升，直到一處必須跨越翻騰的凱雷布洛斯溪水的地方。那裡已經築有一座木橋，橋下的溪水流過久經沖刷的岩石邊緣，在重重階梯上濺起泡沫，最後注入下方深處的石潭裡；空氣中到處充滿了雨滴般的飛沫。在這些階梯般的瀑布頂端有一片草地，周圍長著樺樹；但是站在橋上瞭望的話，朝向西方大約兩英里處的泰格林河溪谷，視野便十分開闊。這裡的空氣很涼爽，徒步旅行者們在夏季會在這裡休息，喝些冰冷的水。那些瀑布被叫做丁羅斯特，「雨梯」，但是在那天之後就成了吉利斯之水，「顫抖之水」；因為圖倫拔和他的人在那裡暫歇，但是妮妮耶勒一到那裡就開始發冷顫抖，他們既無法溫暖她也無法安慰她。因此，他們加緊趕路，但在他們到達「布蘭迪爾圍欄」之前，妮妮耶勒已經因發燒而神智不清了。

她臥病了很長一段時間；布蘭迪爾傾盡全力治療她，林中的婦女們也日夜照看她。但是唯有當圖倫拔守在她附近時，她才躺得安穩，也不會在睡夢中呻吟；而且所有照顧她的人都發現，在她整個發燒的過程中，雖然她經常飽受煎熬，她在囈語中卻從未說出任何一個精靈或人類語言的詞彙。當她慢慢恢復健康，並能行走與開始進食後，布雷希勒的女人們必須像對待小孩一樣，一個詞一個詞地教她說話。不過。她學得很快，並且以此為樂，就像一個人再次找到被放錯了地方的大大小小的寶藏；最後當她學會且足以跟她的朋友們交談時，她會說：「這東西叫什麼名字？在我的黑暗裡我忘了它。」當她能夠再次四處走動時，她會去找布蘭迪爾的家；因為她最渴望得知一切活物的名字，而他知道許多這類的事；他們會在各處花園和林間空地中一起散步。

於是，布蘭迪爾逐漸愛上了她；而在她變得強壯起來以後，她會因他的跛腳而攙扶他，並且稱他是她的兄長。然而她的心許給了圖倫拔，唯有他來的時候她才會微笑，也唯有他興高采烈地講論時她才會大笑。

在金黃秋日的一個傍晚，他們坐在一起，太陽把山坡和「布蘭迪爾圍欄」中的屋宇映得火紅，四下一片沉寂。這時，妮妮耶勒對他說：「現在，除了你之外，我已經問過所有事物的名字了。你叫什麼？」

「圖倫拔。」他答道。

聞言，她躊躇著，彷彿在聆聽某種回聲；然後她說：「它是什麼意思？或者，它只是獨獨屬於你的名字而已？」

「它的意思是，」他說：「黑暗陰影的主宰。妮妮耶勒，因為我也曾經有過我的黑暗，在那黑暗之中，寶貴的東西失落了；但現在我認為我已戰勝了它。」

「那麼你是否也曾經逃離它，拚命奔跑，直到你來到這片美麗的樹林？」她說：「你是什麼時候逃出來的，圖倫拔？」

「是的，」他答道：「我逃了許多年。當妳在逃時我已逃開了。因為當妳來的時候，妮妮耶勒，時日一片黑暗，但從那之後便有了光明。在我看來，我尋覓已久卻總落空的，終於來到了我身邊。」當他在黃昏裡走回自己的住處時，他自言自語道：「豪茲—恩—伊蕾絲！她來自那綠色的墳塚。那是一個徵兆嗎？我又該如何解讀它？」

如今，金色的一年逐漸消逝，進入了一個溫和的冬天，然後是另一個明朗的年頭。布雷希勒一片平和，林中居民保持著安定，沒有外出，也沒有聽聞他們周邊地區的消息。因為半獸人在那時南下去了格勞龍的黑暗統治區域，或是被派去刺探監視多瑞亞斯的邊界；他們避開泰格林渡口，遠遠就渡河向西去了。

這時，妮妮耶勒已經完全痊癒了，變得美麗又強壯，而圖倫拔也不再抑制自己，而是向她求婚。對此妮妮耶勒很開心；但是當布蘭迪爾得知此事後，內心非常難受，他對她說：「不要草率！如果我勸妳等，不要認為我不近人情。」

「你沒做過任何不近人情的事。」她說：「但是，睿智的兄長，你為什麼給我這樣的勸告呢？」

「睿智的兄長？」他答道：「該說是瘸腿的兄長吧，不被愛也不可愛。而且我幾乎不知道為什麼。然而，這人身上有種陰影，令我感到憂懼。」

「他身上曾經有過陰影，」妮妮耶勒說：「他是這麼告訴我的。但是他已經逃脫它了，正像我一樣。而且，他難道不值得愛嗎？雖然他現在安於和平，但他豈不曾經一度是最強而有力的統帥嗎？我們所有的敵人都會從他面前逃跑，如果他們看見他的話。」

「這是誰告訴妳的？」布蘭迪爾問。

「是多爾拉斯，」她說：「難道他說的不是真的？」

「他說的確實是真的。」布蘭迪爾說，但是他很不高興，因為多爾拉斯是那些渴望對半獸人開戰之人的首領。不過他仍然找尋著讓妮妮耶勒延遲決定的理由；因此他說：「那是真相，但不是全部真相；因為他曾經是納國斯隆德的統帥，之前是來自北方，並且（據說）是多爾露明的胡林之子，屬於好戰的哈多家族。」布蘭迪爾看見她聽到那名字時臉上掠過的陰影，誤解了她，於是繼續說：「的確，妮妮耶勒，妳可能要好好想一想，這樣一個人很可能不久就會回去打仗，或許會遠離這片土地。果真如此的話，妳能忍受多久呢？當心啊，因為我有預感——如果圖倫拔再度出戰，那麼，成為主宰的將不是他而是那個陰影。」

「若真是如此，我會難以忍受的，」她答道：「但是不結婚並不好過結婚。而且，也許一個妻子可以更好地約束他，不讓陰影接近。」雖然如此，她還是為布蘭迪爾的話所困擾，於是她要圖倫拔再等一段時間。而圖倫拔既困惑又沮喪；當他從妮妮耶勒那裡得知是布蘭迪爾勸她等待時，他非常不高興。

然而，當下一個春天來到，他對妮妮耶勒說：「時光流逝。我們已經久等了，而現在我不願再等待。順從妳的心意行事吧，最親愛的妮妮耶勒，不過請看：這是我所面對的選擇。現在我或者是回到荒野去作戰，或者是娶妳，並且再也不去打仗——除非是為了要保護妳，如果有什麼邪惡侵襲我們的家園的話。」

於是，她真正高興起來，和他定下了婚約，並且在仲夏那日他們結了婚；林中居民舉辦了一場盛大的宴會，並且送給新人們一間他們在歐貝勒山上為他們興建的美麗房子。他們幸福地住在那裡，但是布蘭迪爾深受困擾，投射在他心上的陰影加深了。

第十六章　格勞龍的到來

如今格勞龍的力量和惡毒急速增長，他變得十分肥碩，且把半獸人都召聚到他底下，以龍王的姿態來統治；所有過去納國斯隆德王國的領土都聽命於他。在這一年結束之前，就是圖倫拔住在林中居民當中的第三年，牠開始進攻他們曾一度安寧的土地；因為格勞龍與牠的主人確知無疑，在布雷希勒仍然住著一些自由人類的殘餘，即是拒不服從北方力量的三大家族的最後一部分。而這是他們絕不能容忍的；因為魔苟斯的目的是要征服整個貝雷瑞安德，搜尋它的每一個角落，從而沒有人能躲在任何洞穴或藏身之處、不被魔苟斯奴役。因此，無論格勞龍是否猜出圖林藏在哪裡，也不管圖林當時是否（如某些人所說）確實逃離了追趕他的邪惡的監視，都無關緊要。因為至終布蘭迪爾的勸告注定是徒勞無用的，而圖倫拔最後也只能有兩個選擇：閒坐無為直至他被找到，像隻老鼠一樣被驅趕出來；或是迅速整備前去作戰，就此暴露自己。

不過，當半獸人襲來的消息首次傳到「布蘭迪爾圍欄」時，他沒有出擊，而是順從了妮妮耶勒的懇求。因為她說：「你曾說過，只要我們的家園尚未遭到襲擊。據說半獸人並不多，並且多爾拉斯已經告訴我，在你來之前，這樣的衝突很常見，而林中居民擋住了他們。」

但是，林中居民大敗，因為這些半獸人出自一個邪惡的種群，凶猛又狡猾；並且他們確實是抱著侵略布雷希勒森林的目的而來，不像從前是為了完成其他任務而經過它的邊緣地帶，或是小群出獵。因此，多爾拉斯與他的人被擊退了，損失甚眾，而半獸人渡過了泰格林河，遊蕩到了樹林深處。於是多爾拉斯去找圖倫拔，把自己的傷給他看，說：「您看，大人，在虛假的和平之後，現在正如我所預感的，我們的急難時刻臨頭了。您不是要求過，要做我們族人的一員，而非陌生人嗎？這危險難道不也是您的？如果半獸人進一步深入我們的土地，那麼我們的家園就不會再保持隱蔽了。」

因此，圖倫拔被說動了，再次拿起他的劍古爾桑格，前往加入戰鬥；當林中居民得知這個消息時，他們大為振奮，並且都向他投奔而來，直到他有了一支幾百人的軍隊。然後他們搜索穿過整座森林，殺掉了所有鬼鬼祟祟潛行其中的半獸人，把他們吊在泰格林河渡口附近的樹林裡。當一支新的敵軍前來攻打他們時，他們設了埋伏，這支半獸人大軍被林中居民的數量並歸來之黑劍的恐怖所驚嚇，不但一敗塗地，並且死傷慘重。於是林中居民堆起了許多巨大的柴垛，將一堆堆魔苟斯爪牙的屍體焚燒掉；他們復仇的黑煙直沖上雲霄，被風吹向西去。但是有少數半獸人活了下來，把這消息帶回了納國斯隆德。

這一來格勞龍著實被激怒了；不過牠暫時蟄伏不動，仔細咀嚼著牠聽到的一切。因此，這個冬天過去了，一切平安無事；人們說：「布雷希勒的黑劍真偉大，我們所有的敵人都被打敗了。」妮妮耶勒得到了安慰，她為圖倫拔的名聲感到十分高興；但是他靜坐沉思，在心裡說：「骰子已經擲下；現在考驗來了，而面對這對我的自負的考驗要麼成真，要麼徹底失敗。我不會再逃了。我要成為真正的圖倫拔，靠著我自己的意志與英勇，我會戰勝我的命運——或倒下。然而無論是倒下還是勝利，我至少都要殺了格勞龍。」

雖然如此，他還是不安，他派出膽大的人遠到野外偵察。因為事實上，儘管還沒有人說他是布雷希勒的領主，但是他現在卻能隨心所欲地發號施令，並且也沒有人去注意布蘭迪爾。

春天充滿希望地來到了，人們在勞動工作時歌唱。但就在那個春天妮妮耶勒懷孕了，她變得蒼白又虛弱，她的一切幸福快樂都變得黯淡了。不久之後，從那些曾經渡過泰格林河出去的人們那裡，傳來了奇怪的消息，說在遠處接近納國斯隆德平原的樹林裡有大火在燃燒，人們不知那究竟是怎麼回事，十分疑慮。

不過沒有多久，便有更多的消息傳來了：大火一直向北蔓延，那實際上是格勞龍親自幹的；因為牠已經離開納國斯隆德，再次有目的地出動了。於是，較為愚蠢或更為樂觀的人說：「牠的軍隊被摧毀了，如今牠至少學乖了點，正在動身回牠原來的地方去。」而其他人則說：「讓我們希望牠會忽視我們，就此離去。」但是圖倫拔不抱這樣的希望，他知道格勞龍是來找他的。因此，雖然他因為妮妮耶勒的緣故而掩飾自己的想法，但是他日以繼夜地沉思，考慮他該採取什麼對策；而春天轉眼即逝，夏日來到了。

這一天，有兩個人驚恐地回到「布蘭迪爾圍欄」，因為他們親眼目睹了那條大蟲。「是真的，大人，」他們對圖倫拔說：「牠現在正在逼近泰格林河，並且沒有改變方向。他盤踞在一片大火中間，樹林在牠周圍冒煙。牠的臭氣令人幾乎無法忍受。我們認為，牠那汙穢的跡徑一路往回直通納國斯隆德，這路徑不偏不倚，正是直衝著我們來的。我們能做什麼？」

「很少，」圖倫拔說：「但對這有限的一點，我已經給予了考慮。你們帶來的消息給了我希望，而非恐懼；因為如果牠真如你們所言，是不偏不倚直衝著我們而來，那麼我對心堅氣勇的人有些提議。」

人們感到不解，因為他那時沒再多說什麼；不過，他們從他堅定的舉止裡得到了信心。

須知，泰格林河是這樣流的──它從威斯林山脈流下來，迅急有如納羅格河，起初它只是在低矮的河岸間流淌，待到過了渡口之後，它便從其他溪流聚集了力量，在布雷希勒森林所矗立的高地腳下沖刷出一條路來。在那之後它奔流在深深的河谷裡，陡峭的兩岸都像是石牆，夾在中間的水流奔騰強勁、響聲巨大。在格勞龍所經的路線上恰有這樣一個峽谷，雖然完全稱不上是最深的，卻是最窄的，就位於與凱雷布洛斯溪匯流處的正北面。因此，圖倫拔派出了三個勇敢的人從崖邊監視惡龍的動向；而他自己則想要上到吉利斯水大瀑布崖頂，他在那裡可以迅速獲得傳來的訊息，並且他本人也能從那裡遠眺周圍的大地。

但是，他首先在「布蘭迪爾圍欄」把林中居民召聚在一起，說：「布雷希勒的人們啊，致命的危險已經臨頭，唯有無上的勇氣才能將之驅離。但是對此，人多勢眾未必有用；我們必須使用計策，然後期待好運。如果我們傾盡全力迎擊惡龍，如同對付一支半獸人大軍，那只會使我們全都送命，留下我們的妻子和親族陷入無助境地。因此，我說你們應該留在這裡，準備逃離，如果格勞龍來到，那麼你們必須放棄這個地方，並且盡可能分散開來向四方逃命；如此或許有部分人能逃脫並且倖存下來。因為，牠必定會盡牠所能摧毀這裡並牠所見的一切；但之後牠不會留在這裡定居。牠所有的財寶都在納國斯隆德，那裡也有能供牠安全蟄伏與成長的深幽洞穴。」

如此一來，人們陷入了驚恐和徹底的沮喪之中，因為他們信任圖倫拔，並且原本期望能聽到更鼓舞人心的話語。不過他說：「不，那是最壞的情況。如果我的計策與運氣都夠好的話，那就不會發生。因為雖然這些年來這惡龍的力氣與惡毒都增長了，但我不相信牠是不可征服的。我對牠有所瞭解。牠的力量是存在於牠體內的邪靈當中，而非牠軀體的蠻力，雖然那軀體極其龐大。現在請聽曾在『淚雨之戰』那年戰鬥過的人所告訴我的事吧，那時，我和大部分此刻正聽我說話的人都還是孩子。在那戰場上，矮人們成功抵擋了牠，貝磊勾斯特堡的矮人王阿札格拉勒深深刺傷了牠，使牠逃回了安格班。而這裡有一把比阿札格拉勒的刀更鋒利也更長的棘刺！」

圖倫拔將古爾桑格抽出劍鞘，高舉過頭，目睹它的人們似乎見到一股火焰從圖倫拔的手中竄升到數英尺高的空中。然後他們大聲呼喊道：「布雷希勒的黑棘刺！」

「布雷希勒的黑棘刺，」圖倫拔說：「願牠對此滿懷恐懼。因為要知道：無論這條惡龍（據說包括牠所有的後裔）有多麼粗厚的角質鱗甲，甚至比鐵還要堅硬，命中注定牠身下必然有著如蛇一般的肚腹。因此，布雷希勒的人們，現在我要盡我所能前去攻擊格勞龍的肚腹。誰願意跟我去？我只需要幾個人，要有強壯的膀臂與更強韌的心志。」

於是，多爾拉斯站出來說：「我會跟你去，大人——因為我始終是寧願出擊而非坐待敵人。」

但是其他人沒有這麼快響應號召，因為對格勞龍的恐懼籠罩著他們，並且見過牠的偵察者們所講的故事，已經添油加醋地流傳開來。於是，多爾拉斯大聲喊道：「聽著，布雷希勒的人們，現在情勢很明顯，布蘭迪爾的計畫在這邪惡的時刻根本沒用。躲藏不是出路。你們沒有人想取代韓迪爾之子，好讓哈蕾絲家族不蒙羞受辱嗎？」就這樣，正坐在集會中領主座位上卻不被人留意的布蘭迪爾，感到被蔑視了，他心中十分苦澀；因為圖倫拔並未斥責多爾拉斯。不過有一位布蘭迪爾的親屬杭索爾站了起來，說：「多爾拉斯，你這樣侮辱你因不幸事故而心有餘力不足的族長太惡毒了。小心，以免有朝一日報應反而落到你身上！並且，你怎能在他那些計畫從未被採納過的時候，說他的計畫毫無用處？你身為他的臣民，從來就沒理會過它們。我告訴你，現在格勞龍像從前撲向納國斯隆德一樣撲向我們，是因為我們的所作所為出賣了我們，就像布蘭迪爾所害怕的那樣。但既然這悲傷已經到來，若你──韓迪爾之子願意指派我，我會代表哈蕾絲家族前往。」

於是圖倫拔說：「三個人就夠了！我會帶你們兩人前往。但是，大人，我並沒有鄙視您。您看，我們必須迅速動身，而我們的任務需要四肢強壯者。我認為您當處的位置是在您的人民中。因為您很睿智，並且是一位醫者；可能不久之後這裡就會急需智慧與醫術了。」但是，這些話雖然很好聽，卻只加重了布蘭迪爾的怨恨，他對杭索爾說：「那麼就去吧，但不是經我指派。因為這人身上籠罩著一個陰影，而這陰影將會把你帶向不幸。」

現在，圖倫拔急於動身；但是當他找到妮妮耶勒向她道別時，她緊抱住他，哭得十分傷心。「不要去，圖倫拔，我求求你！」她說：「不要去挑戰你已經逃離的陰影！不，不，繼續逃開吧，帶我跟你走，到遠方去！」

「最親愛的妮妮耶勒，」他答道：「妳和我，我們不能逃得更遠了。我們被困禁在這片土地上。而且，即使我走，拋棄那些對我們友好的人，我也只能把妳帶進無家可歸的荒野，把妳和我們的孩子帶向死亡。在我們和任何一片尚未遭到陰影侵襲的土地之間，都有上百里格的距離。但是，振作起來吧，妮妮耶勒。且容我對妳說：妳和我都不會被這惡龍所殺，也不會被任何北方的敵人所殺。」於是，妮妮耶勒停止了哭泣，沉默下來，然而他們分別時她的吻是冰冷的。

於是，圖倫拔帶著多爾拉斯與杭索爾，匆忙趕往吉利斯之水，當他們抵達那裡時，太陽正在西斜，所有的影子都拉得長長的；最後兩名偵察者在那裡等著他們。

「你們來得不夠快，大人。」他們說：「因為惡龍已經來過了，當我們離開時牠已經到了泰格林河邊，在河的對岸十分炫目。牠總是在晚上移動，因此我們可以考慮在明天黎明之前發動某種攻擊。」

圖倫拔的目光越過凱雷布洛斯瀑布向外望去，看見太陽正在下山，黑色的煙柱正從河邊升起。「我們沒有時間可浪費，」他說：「不過這些是好消息。因為我曾擔心牠會四處搜尋；如果牠向北去，到達渡口，也就是去到低地裡的舊路的話，那麼希望就破滅了。但是現在某種驕傲與惡毒的狂暴讓他輕率起來。」然而就在他說話的時候，他懷疑了，並在心中思忖道：「或者，那個如此邪惡又可怕的傢伙會不會是在避開渡口，就像半獸人一樣？豪茲—恩—伊蕾絲！芬朵菈絲是否依舊擋在我和我的厄運之間？」

於是他轉向他的同伴，說：「這任務如今已擺在我們面前。我們必須再等一會兒，因為在這種情況下，太快和太遲都同樣有害。當暮色降臨時，我們必須萬分秘密地爬下到泰格林河去。但要小心！因為格勞龍的耳朵就像牠的眼睛一樣敏銳——而那雙眼睛是致命的。如果我們到達河邊沒被發現，接著我們就必須爬下河谷，渡過河去，如此一來就到了牠要行動時所必經的路上。」

「但是牠怎麼能這樣行進呢？」多爾拉斯說：「牠的身體或許柔軟，但牠是條巨大的惡龍，牠怎麼可能爬下一邊峭壁，再爬上另一邊呢？當牠的後半截身體還在向下爬時，前半截身體能開始向上攀嗎？而如果牠能這麼做，我們下到下面的急流中能有什麼用？」

「也許牠能做得到，」圖倫拔答道：「而且，如果牠的確這麼做的話，我們的情況就糟了。但是，從我們對牠的所知，以及牠現在潛伏的地點，我持有這樣的希望——牠另有目的。牠是要去卡貝得—恩—阿拉斯崖邊，如你所言，曾有一隻鹿逃離哈蕾絲的獵手們，躍過該處。牠現在如此龐大，我認為牠會想要直接跨過那裡。那就是我們的全部希望，而我們必須堅信它。」

聽到這些話，多爾拉斯的心沉了下去；因為他比任何人都更瞭解布雷希勒全地，而卡貝得—恩—阿拉斯的確是一處險地。它的東岸是大約四十英尺高的峭壁，一片光禿，只在頂端生長有樹；另一側則是有些陡峭但不那麼高的河岸，上面覆蓋著傾斜的樹木和灌木；然而在兩岸之間的河水，在岩石間洶湧奔流得十分湍急，雖然一個勇敢又足下穩當的人可以在白天涉過去，在夜晚要這麼做卻非常危險。但這是圖倫拔的計謀，要反駁他是沒用的。

因此，他們在傍晚出發了，他們並未直接朝惡龍走，而是先走上通往渡口的路；接著，在到達渡口之前，他們轉道向南，沿著一條狹窄的小路進入了泰格林河上方樹林的微光中。隨著一步步接近卡貝得—恩—阿拉斯，他們不時停下來傾聽，燒焦的氣味向他們撲來，還有一種令他們惡心的臭氣。但是四周一片死寂，沒有一絲的風。第一批星辰在他們前面的東方閃爍，微弱的煙柱在背後西方最後一絲光芒的映照中，筆直上天，毫不飄搖。

話說，在圖倫拔走了之後，妮妮耶勒如一尊石像般沉默佇立著；但是布蘭迪爾前來找她，說：「妮妮耶勒，除非必要，別去為最壞的情況擔憂。只不過，我豈不是勸過妳等一等嗎？」

「你是這麼勸過我。」她答道：「但是現在那對我來說有什麼用呢？愛會因為不結婚而倍受煎熬啊。」

「這我知道。」布蘭迪爾說：「但是婚姻不是沒有代價的。」

「不錯。」妮妮耶勒說：「現在我懷著他的孩子，已經兩個月了。但是在我看來，我對失去他的恐懼似乎並不因結婚而更加難以承受。我不明白你的意思。」

「我自己也不明白。」他說：「然而我還是十分憂懼。」

「你是個什麼樣的安慰者啊！」她喊道：「但是，吾友布蘭迪爾：無論已婚或未婚，母親還是少女，我的憂懼都是無法忍受的。『命運的主宰』已經前去離此甚遠之處，挑戰他的命運了，我怎麼還能留在這裡等待消息——不管是吉是凶——慢慢來到？可能就在今夜，他就要面對惡龍，而我怎能安穩坐立，或熬過這可怕的時光？」

「我不知道，」他說：「但是無論如何時間總是會熬過去的，對妳來說如此，對那兩個跟他走了的人的妻子也是如此。」

「讓她們隨她們的心意而行吧！」她喊道：「但是我要去。我和我丈夫的危險之間不該有距離。我會去迎接消息！」

然而，聽到她這話，布蘭迪爾的憂懼更深了，他喊道：「妳不該這麼做，如果我能阻止的話。因為如此一來妳將會危及整個計畫。如果不幸降臨，這中間的距離可以為逃離提供時間。」

「如果不幸降臨，我不期望逃跑。」她說：「而你的智慧在此刻是無益的，你不應阻止我。」她站到仍聚集在圍欄的露天空地中的人群前，喊道：「布雷希勒的人們啊！我不會在這裡等待。如果我丈夫失敗，那麼所有的希望都是泡影。你們的土地和樹林會被徹底燒毀，你們所有的房屋都會化為灰燼，並且沒有人，沒有人，能夠逃脫。因此，為什麼要在這裡等待？現在我要去迎接消息，無論命運會送來什麼。讓所有這麼想的人都跟我來吧！」

於是，許多人都願意跟她走：有多爾拉斯與杭索爾兩人的妻子，因為她們所愛的人跟著圖倫拔走了；其他人則是因著對妮妮耶勒的同情，想要幫助她；還有更多人則是被惡龍的謠言所引誘，因著他們的大膽或愚蠢（不瞭解邪惡），想要目睹前所未知的光輝功績。因為在他們心目中，黑劍已變得如此偉大，幾乎所有人都相信連格勞龍都無法征服他。因此，他們很快就匆忙出發了，一大群人，走向一個他們毫不瞭解的危險；他們幾乎一路未歇，最後總算在夜幕降臨時疲憊地來到了吉利斯之水，在圖倫拔剛剛離開不久之後。然而夜晚是一個冷酷的諫士，眼前有許多人開始驚訝於他們自己的魯莽；當他們從留在此處的偵察者那裡聽說格勞龍走得有多近，以及圖倫拔孤注一擲的目標之後，他們的心懼怕了，不敢再向前行。有些人焦慮地望向卡貝得—恩—阿拉斯，但是他們什麼也看不見，什麼也聽不見，只除了瀑布的冰冷聲響。妮妮耶勒獨自坐著，一陣強烈的戰慄攫住了她。

當妮妮耶勒跟她的同伴們離去之後，布蘭迪爾對那些留下來的人說：「看啊，我是如何地被蔑視，而我所有的計畫是如何地遭到棄絕！你們另選一人來領導你們吧：因為我在此宣布放棄我的領導權與人民。讓圖倫拔在名義上也做你們的族長吧，因為他已經奪走了我所有的權威。誰也不要再來找我，無論是要忠告還是要醫治！」然後他折斷了他的權杖。他自己想：「現在除了對妮妮耶勒的愛，我一無所有——因此，無論她去了哪裡，是出於睿智還是愚蠢，我都必須去。在這個黑暗的時刻，什麼也不能被預見；但是如果我在她附近的話，即使是我也有可能會為她擋住一些邪惡。」

因此，他給自己佩上一把短劍，他過去很少這麼做；然後他拿起拐杖，盡他所能地迅速走出了圍欄的大門，沿著通往布雷希勒西邊邊境的長路一瘸一拐地追尋那些人去了。

第十七章　格勞龍之死

終於，就在夜幕完全籠罩大地時，圖倫拔與他兩位同伴來到了卡貝得—恩—阿拉斯，他們對河水洶湧的巨響感到高興；因為雖然這聲響肯定底下十分危險，但它也蓋過了所有其他的聲音。接著，多爾拉斯領他們朝南繞了一段路，然後他們沿著一道裂隙往下爬到了崖底；但是就在那裡，多爾拉斯心中萌生了懼意，因為在河中橫陳著許多暗礁與大石，河水在這些岩石四周狂暴激流，彷彿磨著牙齒。「這肯定是條必死之路。」多爾拉斯說。

「無論是死是活，它是唯一的路。」圖倫拔說：

「而拖延不會使它看起來更有希望。因此，跟著我走！」於是他率先出發了，靠著技巧和勇敢，或者是靠著命運，他過了河，在深濃的黑暗中他回頭去看是誰跟了上來。有個黑影站在他身邊。「多爾拉斯嗎？」他問。

「不，是我。」杭索爾答道。「我想，多爾拉斯不敢過河。因為一個人可以很好戰，但還是會害怕很多東西。我猜，他還坐在河岸上發抖；願他因對我親族所說的狂言而抱愧蒙羞。」

這時，圖倫拔與杭索爾休息了一小會兒，但是夜晚很快就令他們發起抖來，因為兩人都渾身濕透了；他們開始沿著溪流向北尋找一條通往格勞龍歇息處的路。那道裂隙在那裡變得更黑更窄，他們在摸索前進時能看到頭頂一星閃光，像是悶燒的火焰，並且他們聽到了大蟲在警惕的睡眠中發出的鼾聲。然後他們摸索一條往上爬的路，好接近崖邊；因為他們把全部的希望都寄於從敵人的護身鱗甲下方襲擊牠。但是此時那股臭氣實在太難聞，令他們頭暈眼花，以至於他們在攀登時打滑，並緊抓住樹幹作嘔，在痛苦中他們除了生怕落進泰格林河的利齒中之外，已經忘掉了所有其他的恐懼。

於是，圖倫拔對杭索爾說：「我們正在徒勞無益地消耗自己逐漸減弱的力量。因為在我們能肯定惡龍要通過哪裡之前，攀爬都是白忙一場。」

「但是等我們知道，」杭索爾說：「那時就沒時間尋找一條往上爬出裂隙的路了。」

「不錯。」圖倫拔說：「但是如果一切都依賴運氣，那麼我們就必須相信運氣了。」因此，他們停下來等待，從黑暗的溪谷中，他們注視著遙遠的高處有顆白色的星辰緩緩橫越那一線暗淡的天空；接著圖倫拔慢慢地沉入了一個夢境，夢境中他全部的意志都聚集在緊抓不放上，縱使有片黑色潮水在吸吮咬噬他的四肢。

突然間，傳來一聲巨響，裂隙的兩壁震動起來，發出回音。圖倫拔驚醒過來，對杭索爾說：「牠活動了！時機就在我們眼前。深深刺傷牠，因為現在二人必須以三人之力來攻擊！」

隨著這震動，格勞龍開始了對布雷希勒的攻擊；一切都與圖倫拔所期望的相去不遠。此時惡龍慢慢拖著沉重的身軀爬到了懸崖邊緣，牠沒有繞開，而是準備好用牠巨大前腿躍過裂隙，然後再把牠龐大的軀體拉過去。恐怖隨牠而來，因為牠並未從正上方開始通過，而是略偏向北，在底下的監視者們可以看見星光下牠頭顱的巨大陰影；牠的巨顎張開著，牠有七條帶火的舌頭。接著，他吐出一團火，於是整條溪谷都被紅光照亮，而黑色的陰影在岩石間飛舞；但是在牠面前的樹木紛紛枯萎冒煙，石頭崩塌落入河裡。於是，牠奮力向前，用強而有力的爪子緊扣住對面的懸崖，開始把自己拋過河去。

此刻勇敢和敏捷至關重要；因為雖然圖倫拔與杭索爾由於沒有正擋在格勞龍所經之路而得以避過了火焰，他們仍須在牠過去之前襲擊牠，否則他們全部的希望就落空了。因此，圖倫拔不顧危險沿著絕壁攀登，想到牠的下方去；但是那熱度和臭氣是如此致命，以至於他步履不穩，如果不是勇敢堅決地緊隨其後的杭索爾抓住他的胳膊、穩住他，他就已經落下去了。

「好樣的！」圖倫拔說：「真慶幸選擇你作為助手！」但就在他說話的時候，一塊大石從上方急墜而下，正砸在杭索爾頭上；他跌進水中，哈蕾絲家族中絕不懦弱的一位，就這樣死了。接著圖倫拔喊道：「唉！走在我的陰影中真是不祥啊！為什麼我要尋求幫助？現在，命運的主宰啊，你是獨自一人了，而你本來應該知道，事情必會如此。現在，獨自去戰勝吧！」

於是，他召聚自己全部的意志以及所有對惡龍並惡龍主人的憎恨，然後他覺得突然間似乎自己的心靈和身體都獲得了前所未知的力量；他攀爬著懸崖，從一塊岩石到另一塊岩石，從一條樹根到另一條樹根，直到他最後抓住了一棵長在裂隙開口下方一些的小樹；雖然它的樹冠已經被燒焦了，但它的樹根仍然緊抓著土壤。就在他在樹杈上穩住自己的身子時，惡龍軀體的中段來到了他的頭頂上，在格勞龍能抬起那沉重肚皮之前，它晃墜著幾乎壓到他頭上。那腹部蒼白多褶，整個陰濕濕地覆著一層灰色的黏液，上面沾著各種不斷滴落的穢物，充滿了死亡的腐臭氣息。於是，圖倫拔抽出畢烈格的黑劍，讓雙臂帶著他所有的憎恨使盡全力向上刺去；那長長的致命鋒刃貪婪地咬進肚腹，直至沒柄。

接著，感受到致命劇痛的格勞龍發出了一聲尖叫，隨即整個樹林都跟著顫抖，吉利斯之水的守望者們大驚失色。圖倫拔像遭到重擊般頭暈目眩，滑了下去，他的劍被扯離了他的手，緊插在惡龍的肚腹上。因為格勞龍在劇烈的痙攣中蜷起了整個顫抖的軀體，將之猛甩過了溪谷，在對岸牠翻騰滾動，在痛苦中尖叫、劇烈扭動、捲曲全身，直到牠毀壞了周圍一大片地方，最後在一團煙霧和一片廢墟中躺著不動了。

此時，圖倫拔緊抓著那棵樹的樹根，暈頭轉向，幾乎就要被打敗了。但是他掙扎著不讓自己屈服，並逼迫自己繼續堅持，半滑半爬地下到了河邊，再次大膽地冒險渡河。這一次他手腳並用地爬行，緊扣不放，水沫使他什麼也看不見，直到最後他過了河，疲憊地沿著他們下來的那條裂隙爬了上去。就這樣，他終於來到了瀕死的惡龍所躺臥的地方，他毫不憐憫地看著他那遭了殃的大敵，心滿意足。

如今格勞龍躺在那裡，大張著嘴；但是牠的所有火焰都已經燒盡了，牠邪惡的雙眼也閉上了。牠伸展著全身，並且滾成側身躺著，古爾桑格的劍柄立在牠的肚腹上。於是，圖倫拔的心情振奮高漲起來，雖然惡龍仍然在呼吸，他仍要取回他的劍——如果他過去曾珍視它，那麼現在對他而言這劍已勝過了納國斯隆德中的所有珍寶。這劍在鑄造時所賦之言不虛：無論是大是小，一旦被它刺中，都無法存活。

因此，他爬到他對手身上踩住對方的肚皮，然後抓住古爾桑格的劍柄，使力想要將它拔出來。與此同時，他嘲弄地模仿著格勞龍在納國斯隆德說的話喊道：「你好啊，魔苟斯的大蟲！很高興又見到你啦！現在去死吧，讓黑暗吞噬你！胡林之子圖林就此報了仇啦。」然後他猛扭著拔出了劍，就在他這麼做的時候，一股黑血隨之噴湧而出，灑到了他的手上，他的血肉之軀為毒液灼傷，使他痛苦地大叫起來。因此，格勞龍驚動了，並睜開了牠那雙歹毒的眼睛，充滿惡意地望向圖倫拔；這惡意如此強烈，以至於圖倫拔感覺像是被一支箭射中，他因這惡毒與手上的疼痛而昏倒在地，像個死人一樣躺在惡龍旁邊，他的劍被壓在他身子底下。

此刻，格勞龍的尖叫聲傳到身在吉利斯之水的那些人耳中，他們心裡立時充滿了恐懼；當守望者們從遠處看見惡龍在劇痛中所造成的破壞與燒毀的大片區域時，他們相信牠正在踐踏與摧毀那些攻擊了牠的人。當時他們的確是希望自己跟惡龍之間的距離能離得更遠些，但是他們又不敢離開這時所聚集的高地，因為他們記得圖倫拔的話，如果格勞龍獲勝了，那麼牠會先去布蘭迪爾園欄。因此，他們滿懷恐懼地注意著任何牠移動的跡象，不過沒有人有足夠的膽量下到戰鬥發生之處去探明情況。妮妮耶勒坐著沒動，她只是不住地發抖，四肢不停地打顫；因為當她聽到格勞龍的聲音時，她的心在她體內像是枯死了，她感到她的黑暗再次悄悄地蔓延到了她全身。

就這樣，布蘭迪爾找到了她。因為他終於來到了凱雷布洛斯溪上的橋，遲緩而疲憊；他孤身一人拄著拐杖一瘸一拐地前進，走完了如此一段長路，這離他的家至少有五里格遠。對妮妮耶勒的擔憂驅使他往前走，而此時他得知的消息並未糟過他原本憂懼的。「惡龍已經過了河，」人們告訴他：「黑劍肯定是死了，那些跟他走的人也是。」於是，布蘭迪爾站到妮妮耶勒身邊，揣度著她的痛苦，對她滿懷憐憫；儘管如此，他還是想：「黑劍死了，而妮妮耶勒活著。」然後他打了個寒戰，因為突然間吉利斯之水的水邊顯得很冷；他把自己的斗篷披到妮妮耶勒身上。然而他不知道該說什麼；她也沒有開口。

時間流逝，布蘭迪爾仍然靜靜地站在她身邊，凝視著夜色，傾聽著；但是他看不見任何東西，除了吉利斯之水瀑布的聲響，也聽不見其他聲音；他想：「現在格勞龍肯定是走了，已經進了布雷希勒。」然而他不再同情他的族人，那是一群輕視他的意見、鄙視他的蠢貨。「讓惡龍去歐貝勒山吧，那麼我就會有時間帶著妮妮耶勒一起逃走。」至於要去哪裡，他毫無概念，因為他從來沒有離開過布雷希勒。

最後，他彎下身碰了碰妮妮耶勒的胳膊，對她說：「時間正在飛逝，妮妮耶勒！來吧！該走的時間到了。如果妳允許，我會帶領妳。」於是，她默默地站了起來，並牽住了他的手；他們過了橋，朝通往泰格林河渡口的路往下走。但是那些看見他們像陰影般在黑暗中移動的人，不知道他們是誰，也沒在意。當他們在寂靜的樹林中穿行了一段路程之後，月亮從歐貝勒山後升起，森林中的片片空地上灑滿了灰白的光輝。這時，妮妮耶勒停了下來，問布蘭迪爾：「這是那條路嗎？」

而他答道：「那條路是指哪條？我們在布雷希勒的所有希望都破滅了。我們無路可走，除了逃離惡龍，並且是趁著還有時間的時候得離開牠逃得遠遠的。」

妮妮耶勒很驚訝地看著他，說：「你難道不是提議要帶我去找他嗎？還是你是騙我？黑劍是我的至愛，我的丈夫，唯有去找他我才會走。你還能想出什麼別的原因？現在，你請隨意，但我必須趕快動身了。」

就在布蘭迪爾吃驚呆立的片刻，她迅速離開了他；而他在她身後呼喊著，大聲叫道：「等等，妮妮耶勒！別自己去！妳不知道妳將會找到什麼。我會跟妳一起去！」但是她沒有理睬他，走得就像之前一直冰冷的血液如今在燒灼她一般；而他雖然盡力追趕，她還是很快就脫離了他的視野。於是他詛咒自己的歹運和軟弱；但是他也不肯回頭。

這時，瑩白的月亮升上了高空，且接近於滿月，當妮妮耶勒走下高地朝接近河邊的地面走去時，她覺得自己好像記得那個地方，並且對那裡心存恐懼。因為她正來到了泰格林河渡口，豪茲－恩－伊蕾絲就在前方，蒼白地立在月光中，上頭橫陳著一道黑影；一股巨大的恐怖從那墳丘傳來。

於是，她喊了一聲便轉身沿著河向南飛逃，邊跑邊拋開了她的斗篷，就像丟棄一種緊附在她身上的黑暗；在斗篷下她全身裹著一襲白衣，當她在樹叢間掠過時，她的身影在月光中閃耀著。因此，上方山腰上的布蘭迪爾看見了她，並掉轉方向嘗試要盡力攔截她；純屬運氣，他找到了那條圖倫拔曾經走過的窄路，由於它偏離更常用的路，陡峭而下向南去到河邊，他終於又到了她身後不遠處。然而，儘管他喊她，她卻沒有理睬，或是沒有聽見，並且她很快就再次領先了；就這樣，他們接近了卡貝得—恩—阿拉斯附近的樹林，格勞龍痛苦掙扎的地方。

那時月亮在南方上升，晴朗無雲；月光冷冽又皎潔。妮妮耶勒來到了格勞龍毀成的廢墟邊緣，看見牠的軀體躺在那裡，牠的肚腹在月光中泛著死灰；但是在牠旁邊躺著一個人。她立刻忘掉自己的恐懼，直奔到仍在悶燒的廢墟中間，她來到了圖倫拔身邊。他側倒在地，他的劍壓在他身子底下，並且他的臉在皎白的月光中像死去一樣毫無血色。於是，她撲倒在他身邊，哭泣著，並且親吻著他；她覺得他似乎還在微弱地呼吸，卻又認為那不過是虛假希望的騙局，因為他渾身冰冷、一動不動，也不回應她。當她撫摸著他時，她發現他的手發黑，就像被燒焦一樣，她用自己的淚水沖洗它，並從她的衣袍上撕下一條來包裹它。但是，在她的觸碰下他依然不動，她再次親吻他，大聲喊道：「圖倫拔，圖倫拔，醒來！聽聽我！醒來！這是妮妮耶勒啊。惡龍死了，死了，只有我在這裡，在你身邊。」但是他沒有反應。布蘭迪爾聽到了她的呼喊，因為他已經來到了廢墟的邊緣；但是就在他向前朝妮妮耶勒走去時，他被迫停住了，僵立著。因為在妮妮耶勒的呼喊之下，格勞龍最後一次被驚動了，一陣顫抖竄過牠全身，牠歹毒的雙眼睜開了一線，月光在其中閃爍，而牠喘著氣說：

「妳好啊，胡林的女兒妮諾爾。我們在結束之前又見面了。我要給妳喜樂，妳最後終於找到妳的兄長啦。現在，妳該認識他了：一個黑暗中的刺客，對敵人狡詐，對朋友不忠，並且對親族是個詛咒，那就是胡林之子圖林！而他所有事蹟中最壞的一件，妳應當親身體驗了。」

於是，妮諾爾像是震驚過度般呆坐著，而格勞龍斷氣了；隨著牠的死，牠那惡毒的蒙蔽從她身上脫落，她所有的記憶都在她眼前清晰起來，一天接著一天，她也沒有忘記自她躺在豪茲—恩—伊蕾絲上之後，發生在她身上的任何一件事。她全身都因恐懼和痛苦顫抖起來。而聽見這一切的布蘭迪爾如遭重擊，癱靠在一棵樹上。

接著，妮諾爾突然站了起來，在月光中蒼白如同一個幽靈，她低頭看著圖林，喊道：「永別了，我重複深愛的人！*A Túrin Turambar turún' ambartanen*：命運的主宰卻被命運主宰了！噢，唯死無樂！」然後，由於壓倒性的悲傷與驚駭，她心智混亂，瘋狂地逃離了那地方；布蘭迪爾在她身後跌跌撞撞地跟著，喊道：「等等！等等，妮妮耶勒！」

有那麼一刻她停了下來，瞪著雙眼回頭望去。「等等？」她喊道：「等等？那始終都是你的建議。但願我曾聽從！但是現在太遲了。現在我不會再在中土世界上等待了。」然後她在他前方繼續飛奔。

轉瞬之間她就來到了卡貝得—恩—阿拉斯崖邊，她站在那裡，望著大聲喧囂的流水喊道：「河水啊河水！現在帶走胡林的女兒妮妮耶勒・妮諾爾吧；哀悼，哀悼莫玟的女兒吧！帶走我，把我帶到大海去！」

說畢，她縱身躍下了懸崖：一道白色閃光為黑暗裂隙所吞噬，一聲呼喊消失在河水的咆哮中。

泰格林河的水繼續奔流，但卡貝得—恩—阿拉斯從此不再：人們此後稱它卡貝得・奈拉馬爾斯，「恐怖命運的一躍」；因為再也沒有鹿會從那裡跳過，一切的活物都避開它，沒有人願意在它的兩岸走動。韓迪爾之子布蘭迪爾是最後一個向下望進它的黑暗的人；而他在滿懷驚怖之中轉開身去，因為他的心膽怯，雖然他現在憎恨自己的生命，卻無法在那裡如自己渴望的去尋死。然後，他的思緒轉向了圖林・圖倫拔，他喊道：「我是恨你，還是同情你？但是你已經死了。你奪走了我已有的或我會有的，我不欠你任何感謝。但是我的人民欠你一筆債。他們應該從我這裡得知這件事，這是恰當的。」

就這樣，他打了個寒戰避開惡龍躺著的地方，開始一瘸一拐地走回吉利斯之水；當他再次攀上那條陡峭的小路時，他碰上了一個從樹叢中窺視的人，那人看見他就縮了回去，但是他在沉落月亮的微光中認出了那張臉。

「哈，多爾拉斯！」他喊道：「你知道些什麼消息？你是怎麼活著逃出來的？我那位親族怎麼樣了？」

「我不知道。」多爾拉斯突然答道。

「那就奇怪了。」布蘭迪爾說。

「如果你想知道的話，」多爾拉斯說：「黑劍要我們在黑暗中涉過泰格林河的急流。我做不到，這會很奇怪嗎？我斧頭使我比好些人強，但我沒長山羊的腳。」

「那麼，他們沒等你就去攻擊惡龍了？」布蘭迪爾說：「可是他是怎麼死的？至少你還待得近，能看見出了什麼事。」

但是多爾拉斯沒有回答，只是雙眼充滿憎恨地盯著布蘭迪爾。於是，布蘭迪爾明白了，突然領悟到這人拋棄了他的同伴，並且迫於羞恥而一直躲在樹林中。「你真可恥，多爾拉斯！」他說：「你是我們悲傷的來源：你慫恿黑劍，把惡龍招到我們這裡，使我受人蔑視，又把杭索爾拉向死亡，然後自己逃進樹林裡去躲著！」就在他說這話時，另一個想法進入他的腦海，他大怒道：「你為什麼不把消息帶出來？你最起碼能這樣做來懺悔。若你有這麼做，妮妮耶勒夫人就不需要去親自去尋找他們。她根本不必見到惡龍。她本可以活下來的。多爾拉斯，我恨你！」

「省省你的恨吧！」多爾拉斯說：「它就像你所有的計策一樣軟弱。要不是我，半獸人早就來把你像稻草人似的掛在你自己的園子裡了。你自己才是個逃避職責的人！」說畢，老羞成怒的他揮起大拳頭向布蘭迪爾打去，自己也就這麼送了命，死時眼裡還充滿驚愕——因為布蘭迪爾拔出他的劍砍向他，給了他致命的一擊。接著他佇立了好一會兒，發著抖，因那血而噁心；然後他扔下他的劍，轉身繼續走自己的路，弓身依靠在他的拐杖上。

當布蘭迪爾來到吉利斯之水時，蒼白的月亮正在下沉，黑夜正在逝去；清晨的曙光正在東方展現。那些仍然畏縮在橋邊的人看見他走來，彷彿黎明中的一個灰影，有些人驚訝地對他喊道：「你去了哪裡？你看見過她嗎？妮妮耶勒夫人走了。」

「是的，」布蘭迪爾說：「她走了。走了，走了，再也不會回來了！但我是前來帶給你們消息的。布雷希勒的百姓啊，現在聽著，並且說說是否曾經有過哪個故事像我帶來的這個故事一樣！惡龍死了，但是圖倫拔也在牠身旁喪了命。而這些都是好消息——不錯，兩者的確都是好的。」

聞言，人們竊竊私語，狐疑著他說的話，並且有些人說他瘋了；但是布蘭迪爾喊道：「聽我說完！妮妮耶勒也死了，你們所愛的美麗的妮妮耶勒，也是我最愛的人。她從『鹿的一躍』的邊緣跳了下去，泰格林河的利齒帶走了她。她走了，不願見到白日的光明。因為在她逃離那地之前她得知了這一點：他們都是胡林的孩子，是兄妹。人們稱他摩米吉爾，他則自稱圖倫拔，隱藏著自己的過去——他是胡林之子圖林。而這位我們叫她妮妮耶勒，不瞭解她的過去——她是胡林的女兒妮諾爾。他們將自己黑暗命運的陰影帶到了布雷希勒。在此，他們的命運降臨了，而這片土地將因著悲傷而永無重獲自由之日。不要再叫它布雷希勒或哈蕾絲的後裔之地，叫它*Sarch nia Hîn Húrin*，胡林子女的墳墓！」

於是，雖然當時人們還不明白這邪惡是如何發生的，但是站在那裡的人都哭了，並且有些人說：「在泰格林河裡有被深愛的妮妮耶勒的墳墓，而人類中最英勇的圖倫拔更該有個墳墓在那裡。我們的救命恩人不該被留在那裡曝屍荒野。讓我們去找他吧。」

第十八章　圖林之死

就在妮妮耶勒逃離的時候，圖林驚動了，他覺得她的聲音穿過他的深沉黑暗在遠方呼喚他；由於格勞龍死了，那黑暗的昏睡離開了他，他的呼吸再次轉深，並歎了口氣，陷入了一種極度疲憊的睡眠中。但是黎明之前十分寒冷，他在睡夢中翻過身，古桑格爾的劍柄戳到他身側，他猛地醒了過來。夜晚正在逝去，清晨的氣息瀰漫在空氣中；他跳了起來，記起了他的勝利，與他手上灼燒的毒液。他抬起手看了看，吃了一驚，因為它被一條白布包紮著，不再疼痛，布還是濕的。他自言自語道：「為什麼有人這樣照顧我，卻又把我留在這裡躺在殘骸和惡龍臭氣中間？是發生了些什麼奇怪的事嗎？」

於是，他大聲呼喊，卻沒有回應。他周遭的一切全都焦黑黯淡，有種死亡的臭氣。他彎腰撿起他的劍，它是完好的，劍刃的光芒仍然明亮。「格勞龍的毒液的確污穢，」他說：「但是你比我強，古桑格爾！你能飲下任何的鮮血。勝利是你的。不過，來吧！我必須去尋求幫助。我的身體疲憊不堪，並且連骨子裡都在發冷。」

於是，他轉身離開格勞龍，任其腐爛；但是他離開那地方的每一步似乎越走越沉重，他想：「也許，我會在吉利斯之水找到某個還在等我的哨兵。但願我能很快回到自己家裡，並能感受到妮妮耶勒的溫柔雙手與布蘭迪爾的高超醫術！」就這樣，他拄著古桑格爾疲憊地走著，穿過清晨的黯淡光線，終於來到了吉利斯之水，就當人們要出發去尋找他的體屍時，他來到了他們面前。

一時之間，他們驚恐地向後退去，以為這是他未安息的鬼魂，並且婦女們哭喊著蒙住了眼睛。但是他說：「不，別哭，應該高興！瞧，我不是活著嗎？我豈不是已經殺了你們害怕的惡龍了嗎？」

於是，他們轉向布蘭迪爾，喊道：「蠢貨，你的故事原是假的，說什麼他躺在那裡死了。我們豈不是說過你瘋了嗎？」然而布蘭迪爾嚇呆了，他瞪著圖林，眼中滿是恐懼，什麼話也說不出來。

但是圖林對他說：「那麼是你在那裡包紮了我的手嗎？我感謝你。但是如果你分辨不出昏迷和死亡的話，你的醫術可變差了。」接著他轉向人群：「別這樣對他說話，你們才全都是蠢貨。你們當中哪個能做得更好？至少，當你們坐在那裡哭喊的時候，他有膽量到打鬥的地方去！

「不過，現在，韓迪爾之子，來吧！我還想知道更多。你和所有這些我留在圍欄中的人，為什麼會在這裡？如果我能為了你們的緣故去冒生命危險，那麼在我離開時你們難道不該聽我的話？而且，妮妮耶勒在哪裡？我希望你們至少沒把她帶到這裡來，而是把她留在我安置她的地方——我的家裡，並且，有真正的男人在我家保護著。」

當無人回答他時，他說：「快說，妮妮耶勒在哪裡？」他喊道：「因為我想先見她，我要把昨晚的那些事蹟第一個告訴她。」

但是他們在他面前轉過臉去，最後，布蘭迪爾說：「妮妮耶勒不在這裡。」

「那很好。」他說：「那麼，我要回家去了。有沒有馬可以讓我騎呢？或者有個擔架更好。我累得要昏倒了。」

「不，不！」布蘭迪爾內心十分痛苦地說：「你家裡是空的。妮妮耶勒不在那裡。她死了。」

但是有個女人——多爾拉斯的妻子，她很不喜歡布蘭迪爾——尖聲喊道：「別聽他的，大人！因為他發瘋了。他來喊著說你死了，還說那是好消息。但是你還活著。那麼他關於妮妮耶勒的說法怎麼會是真的？他說她死了，甚至更糟。」

於是，圖林大步走向布蘭迪爾：「所以，我的死是個好消息？」他喊道：「不錯，我知道你一直都嫉妒我擁有她。現在你說她死了，並且還更糟？你在嫉恨之中搞出了什麼謊言啊，瘸鬼？由於你無法使用其他武器，所以你打算使用骯髒污衊的言辭來殺掉我們嗎？」

於是，憤怒驅走了布蘭迪爾心中的同情，他喊道：「瘋了？不，瘋的是你，黑暗命運的黑劍！還有所有這些糊塗蟲。我沒有說謊！妮妮耶勒死了，死了，死了！去泰格林河中找她吧！」

聞言，圖林定住了，並且渾身發冷。「你怎麼知道的？」他輕聲說：「你怎麼策畫的？」

「我知道是因為我看著她跳下去。」布蘭迪爾答道：「但那是你的策畫。她逃離你，胡林之子圖林，她從卡貝得—恩—阿拉斯跳下去，如此她就再也不會見到你。妮妮耶勒！妮妮耶勒？不，她是胡林的女兒妮諾爾。」

於是圖林一把抓住他，猛搖他；因為從這些話中他聽見自己命運的腳步追上他了，然而由於恐懼和憤怒，他的內心不肯接受這些話，如同一隻受了致命傷的野獸，在垂死掙扎中要傷害靠近它的一切。

「不錯，我是胡林之子圖林。」他喊道：「很久以前你就這樣猜過。但是關於我妹妹妮諾爾，你什麼也不知道——什麼也不知道！她住在隱藏王國中，是安全的。那是你自己卑劣可恥的頭腦中的謊言，好讓我妻子發瘋，而現在又輪到了我。你這瘸腿的魔鬼——你是不是要尾隨我們兩個直到我們死了為止？」

但是布蘭迪爾掙開他。「別碰我！」他說：「別胡言亂語了。是那位你喚她妻子的人找到你，照顧了你，而你卻未回答她的呼喚。但是有人替你回答了——惡龍格勞龍，我相信是牠把你們兩個蠱惑到你們的末日。牠在死前是這麼說：『胡林的女兒妮諾爾，這裡是妳的兄長：對敵人狡詐，對朋友不忠，對親族是個詛咒，那就是胡林之子圖林。』」接著，布蘭迪爾突然爆發出一陣瘋狂的大笑。「據說人之將死，其言必實。」他尖聲笑道：「看來就連一條惡龍也是如此！胡林之子圖林，對親族是個詛咒，對所有收留他的人也是！」

於是，圖林握住古桑格爾，目露凶光。「那你又該被說成什麼，瘸鬼？」他慢慢地說：「是誰在我背後偷偷告訴她我的真名？是誰把她帶到惡龍的惡意之前？是誰袖手旁觀任她去死？是誰來到這裡迫不及待地散布恐怖？是誰現在對我幸災樂禍？人之將死其言必實嗎？那麼現在快點說吧！」

於是，布蘭迪爾從圖林臉上看出自己死到臨頭了，但是他站定不動，沒有畏縮，雖然他除了拐杖之外沒有任何武器；他說：「所有發生的一切，說來話長，而我對你實在厭煩了。但是你詆毀我，胡林之子。格勞龍詆毀過你嗎？如果你殺了我，那麼所有的人都看得到牠沒有。然而我不怕死，因為那樣我就會去找我心愛的妮妮耶勒，也許我能在大海的彼岸再次找到她。」

「尋找妮妮耶勒！」圖林吼道：「不，你會找到格勞龍，一起孕育謊言。你會和那隻大蟲——你靈魂的伴侶——睡在一起，在黑暗中一同腐爛！」接著他舉起古桑格爾砍向布蘭迪爾，殺了他。但是人們都遮住眼睛不去看這一幕，當他轉身離開吉利斯之水時，他們嚇得紛紛從他身邊逃開。

然後，圖林像瘋子一樣穿過荒野的樹林，咒詛著中土世界與所有人類的一生，他這時呼喚著妮妮耶勒。但是，當他悲傷的瘋狂終於離開他後，他坐了一會兒，回想著自己的一切所做所為，聽到自己喊說：「她住在隱藏王國裡，是安全的！」他想，現在，雖然他整個人生都已經毀了，他還是必須去那裡；因為所有格勞龍的謊言都一直引他步入歧途。因此，他起身走到泰格林渡口，當他經過豪茲—恩—伊蕾絲時，他喊道：「噢，芬朵菈絲啊，我已經付出了慘痛代價了！因為我始終都在聽那惡龍的話。現在給我建議吧！」

然而，就在他大喊時，他看見十二個全副武裝的獵手過了渡口，他們是精靈；當他們走近，他認出了其中一位，因為那是馬博隆，辛葛的獵手首領。馬博隆向他打招呼，叫道：「圖林！終於見到你了，幸會！我是來找你的，並且很高興看見你還活著，雖然這些年歲對你而言一定非常沉重。」

「沉重！」圖林說：「不錯，沉重如魔苟斯之足。不過如果你很高興見到我活著，那麼你就是中土世界上最後一個這麼認為的人了。你為什麼高興？」

「因為你在我們中間很受敬重，」馬博隆答道：「雖然你曾逃過許多危險，我還是擔心你逃不過最後一個。我監視著格勞龍的動向，我以為牠已經達成了牠邪惡的目的，正要回到牠主人身邊去。但是他轉向了布雷希勒，與此同時，我從這地的流浪者們口中得知納國斯隆德的黑劍又在布雷希勒出現了，並且半獸人躲開它的邊境就像躲開死亡。於是，我滿心恐懼，說：『唉！格勞龍去了牠的半獸人不敢去的地方，去找圖林了。』因此，我盡快趕到這裡來，要來警告你和幫助你。」

「盡快，但還是不夠快。」圖林說：「格勞龍死了。」

於是，精靈們驚訝地看著他，說：「你殺了大蟲！你的名字將在精靈和人類中永遠得到稱頌！」

「我不在乎。」圖林說：「因為我的心也被殺了。不過，既然你們來自多瑞亞斯，請告訴我我親族的消息。因為我在多爾露明時被告知，她們已經逃去了隱藏王國。」

精靈們沒有回答，但是馬博隆最後開了口。「她們確實這麼做了，在惡龍來到之前的那一年。但是她們現在不在那裡了，唉！」聞言，圖林的心僵住，聽見了那將追趕他到死的命運的腳步。「繼續說！」他喊道：「快點！」

「她們出去到荒野中找尋你。」馬博隆說：「這件事是違背了所有勸告的；但是當她們知道你就是黑劍的時候，她們就是要去納國斯隆德。而格勞龍出現了，她們所有的護衛都被驅散了。自那天起，再也沒有人見過莫玟，而妮諾爾中了一種啞巴魔咒，像隻野鹿般向北逃進了樹林裡，失蹤了。」圖林聞言尖聲大笑，令精靈們感到驚愕。「那豈不是個笑話嗎？」他喊道：「哦，美麗的妮諾爾！她就這樣從多瑞亞斯跑到惡龍面前，又從惡龍面前跑到了我這裡。多麼甜蜜仁慈的命運啊！她的膚色就像棕色的莓果，她的頭髮烏黑；嬌小纖瘦有如精靈孩童，沒有人能認錯她！」

馬博隆聞言大吃一驚，說：「但是，這裡頭有點問題。你妹妹不是長那個樣子。她個子很高，她的眼睛是藍色的，她的頭髮是純金的，就像她父親胡林的女性形貌。你不可能見過她！」

「不可能嗎？不可能嗎？馬博隆！」圖林吼道：「但是為什麼不可能！你看，我是瞎眼的！你不知道嗎？瞎眼的，瞎眼的，自童年起就在魔苟斯的黑暗迷霧中摸索！因此，離開我吧！走，走！回多瑞亞斯去，願冬天使它枯萎！我詛咒明霓國斯！並且咒詛你的任務！原本只缺你來證實。現在，黑夜降臨了！」

然後，他便像一陣風般逃離他們，令他們滿心驚疑又恐懼。但是馬博隆說：「有某件我們尚不知曉、奇怪而可怕的事發生了。讓我們跟著他，並且如果可能就幫助他：因為現在他中了邪，失去了理智。」

但是圖林領先了他們很遠，他來到卡貝得—恩—阿拉斯，站定不動；他聽著河水的咆哮，看見遠近所有的樹木都枯萎了，它們乾枯的葉子如哀悼般紛紛飄落，彷彿寒冬季節在初夏時分便已來臨。

「卡貝得—恩—阿拉斯，卡貝得・奈拉馬爾斯！」他喊道：「我不會玷污你那帶走了妮妮耶勒的河水。因為所有我的行止都是不祥的，而最後一項是最壞的。」

然後，他拔出他的劍，說：「你好啊，古桑格爾，死亡之鐵；現在唯獨你還在！但是除了駕馭你的手，你又認什麼主人、懂什麼忠誠呢？沒有任何鮮血會讓你退縮！你會殺了圖林・圖倫拔嗎？你會不會給我痛快一死？」

從那劍鋒中響起一個冰冷的聲音回答道：「是的，我會暢飲你的鮮血，如此我便能忘卻我主人畢烈格的血，以及被不義殺害的布蘭迪爾的血。我會給你痛快一死。」

於是圖林把劍柄立在地上，然後撲上了古桑格爾的劍尖，那黑色的劍鋒取了他的性命。

而馬博隆來了，看到了死去的格勞龍躺在那裡的醜惡形體；然後他望向圖林，十分難過，想起了他曾在尼奈斯・阿農迪亞德戰役中見過的胡林，與他親族可怕的命運。正當精靈們站在那裡時，人們從吉利斯之水下來看惡龍，當他們看見圖林・圖倫拔的生命走到了怎樣的盡頭時，他們哭了；當精靈們終於得知圖林對他們所說那番話的原因後，他們都驚呆了。馬博隆苦澀地說：「我也被捲入了胡林子女的命運中，我的話害死了一個我所愛的人。」

於是，他們抬起圖林，並看見他的劍斷成了碎片。他所擁有的一切，便是如此逝去了。眾人不辭辛勞地收集起木柴，堆得高高的，放了一把大火燒毀了惡龍的軀體，直到牠只剩黑灰，牠的骨頭也被搗為齏粉，而那大火燒過之處從此永遠一片光禿貧瘠。他們把圖林葬在他倒下的地方，為他築起了一座高高的墳墓，古桑格爾的碎片放在他身旁。當這一切都完成之後，精靈與人類的吟遊詩人作了輓歌，述說圖倫拔的英勇與妮妮耶勒的美麗，一塊巨大的灰石被挪來豎立在墳墓上；在岩石上，精靈們用多瑞亞斯的符文字母刻著：

圖林・圖倫拔，格勞龍的剋星

底下另外又寫著：

妮諾爾・妮妮耶勒

但是她不在那裡，也沒有人知道寒冷的泰格林河水將她帶去了何方。

圖貝雷瑞安德最長的歌謠，胡林子女的故事，就此結束。

圖林與妮諾爾死了之後，魔苟斯為了進一步促成他的邪惡目的，把胡林從奴役中釋放。在胡林流浪的路程中，他來到了布雷希勒森林，在一天傍晚從泰格林渡口來到了焚燒格勞龍的地方，看到了豎立在卡貝得．奈拉馬爾斯邊緣的巨大石碑。以下記載了發生在此地的事情。

但是胡林沒去看那石碑，因為他知道那上面記載了什麼；而且他的眼睛已經看見，他不是唯一在場的人。在石碑的陰影中坐著一個彎腰抱膝的人，看起來像是某個飽經歲月折磨、無家可歸的流浪者，太過勞累而沒留意他的來到；但是那身殘破襤褸的衣衫是婦女的打扮。最後，當胡林靜靜站定在那裡時，她掀開她破爛的兜帽，慢慢仰起她的臉來；那臉枯槁憔悴又飢餓，如同一隻獵食已久的狼。她灰敗蒼老，有高聳的鼻子與殘缺的牙齒，枯瘦的手緊抓著她胸前的斗篷。但是突然間，她的雙眼望進了他眼裡，於是胡林認出她來；雖然那雙眼睛如今狂亂又充滿了恐懼，但其中仍閃著一絲堅忍的光芒：一絲很久以前為她贏得了伊蕾絲玟這名號的精靈之光，她是遠古的人類女子中最高傲的一位。

「伊蕾絲玟！伊蕾絲玟！」胡林喊道；她站起來，卻踉蹌往前絆倒，但他接住了她，將她緊抱在懷裡。

「你終於來了。」她說：「我等太久了。」

「這是條黑暗的路。我已經盡我所能趕來了。」他回答。

「可是你來得太遲了。」她說：「他們已經都不在了。」

「我知道。」他說：「但是妳還在。」

「卻不久了。」她說：「我已經完全耗盡了。我將隨著日落而逝。他們已經不在了。」她緊抓住他的斗篷。「時間不多了。」她說：「如果你知道，請告訴我！她是怎麼找到他的？」

但是胡林沒有回答，他在石碑旁坐下，懷中抱著莫玟；他們沒再開口。當日頭落下時，莫玟嘆了一聲，握緊了他的手，便再不動了；而胡林知道，她逝去了。

家譜

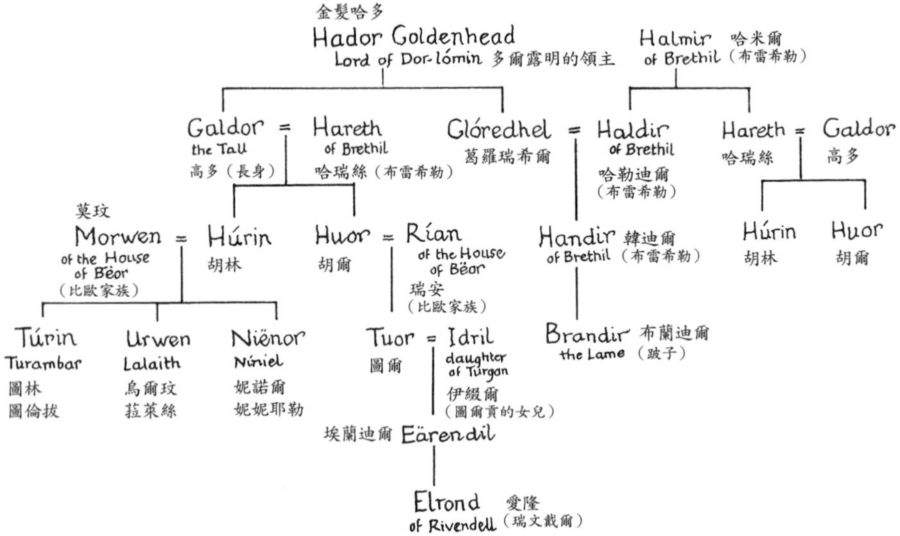

The House of Hador & the People of Haleth
哈多的家族與哈蕾絲的人民

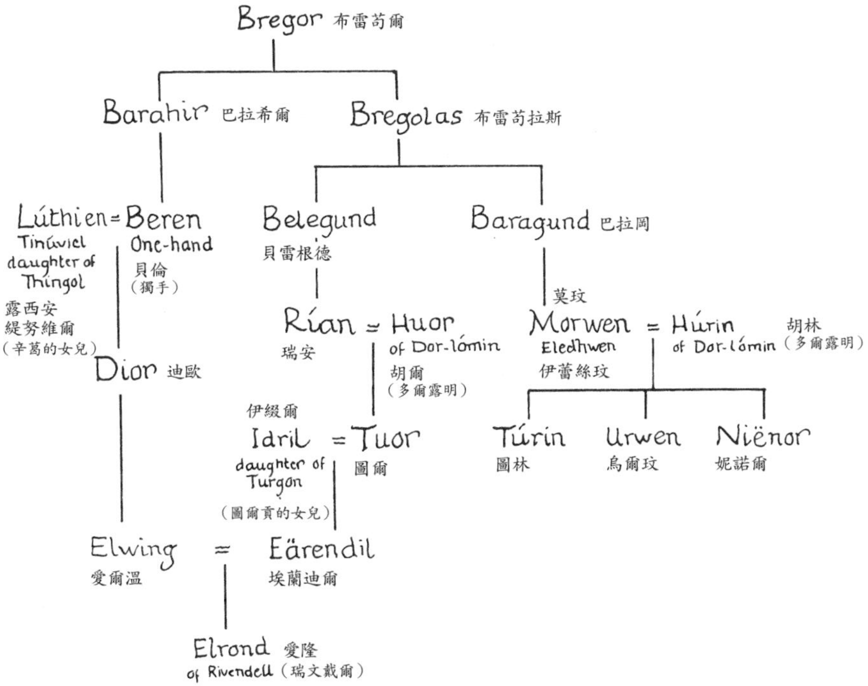

The House of Bëor
比歐的家族

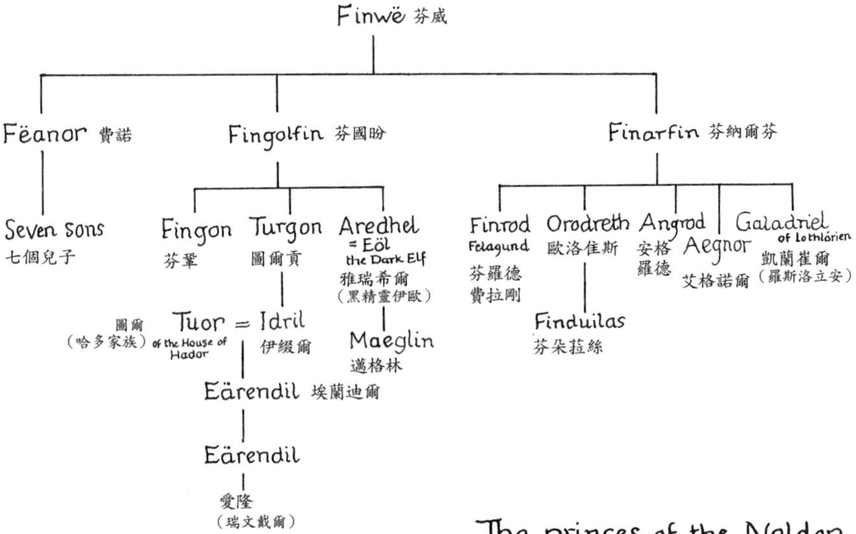
Finwë 芬威
Fëanor 費諾
Fingolfin 芬國盼
Finarfin 芬納爾芬
Seven sons
七個兒子
Fingon
芬鞏
Turgon
圖爾貢
Aredhel
= Eöl
the Dark Elf
雅瑞希爾
（黑精靈伊歐）
Finrod
Felagund
芬羅德
費拉剛
Orodreth
歐洛佳斯
Angrod
安格
羅德
Aegnor
艾格諾爾
Galadriel
of Lothlórien
凱蘭崔爾
（羅斯洛立安）
圖爾
（哈多家族）
Tuor = Idril
of the House of
Hador
伊綴爾
Maeglin
邁格林
Finduilas
芬朵菈絲
Eärendil 埃蘭迪爾
Eärendil
愛隆
（瑞文戴爾）

The princes of the Noldor

諾多精靈的王子們

附錄

一、偉大傳說的演變

很久以前，這些相互關連卻又各自獨立的故事就已經自維拉、精靈與人類，在維林諾與中土大陸那漫長又複雜的歷史中脫穎而出。我父親不待《失落的傳說》完成便放棄了它們，而在隨後的年歲中，他轉離了散文式寫作，開始一首名為《胡林之子圖林與惡龍格勞龍》（*Túrin son of Húrin and Glórund the Dragon*）的長詩，這詩後來的一個修訂版本變成了《胡林的子女》。這是在二十世紀二〇年代初期時的事，當時他是在里茲大學（University of Leeds）任教。寫作這首詩時，他採用了古英語的頭韻格律〔亦即《貝奧武夫》（*Beowulf*）與其他盎格魯薩克遜（Anglo-Saxon）詩歌的形式〕，加諸現代英語強調的重音格式，以及古代詩人所觀察到的「頭韻」——這是一種他達到爐火純青境地的技巧，在各種截然不同的模式中都能運用自如，從《比歐特諾斯的歸家》（*The Homecoming of Beorhtnoth*）中戲劇性的對話，到寫給帕蘭諾平原（Pelennor Fields）上戰死者的哀歌。以頭韻體寫成的《胡林的子女》，目前看來是他以這種格律寫成的詩中最長的一首，整首詩的長度超過兩千行；然而，他構思此詩的規模是如此之豐富龐大，以至於他在放棄它時，故事才寫到惡龍對納國斯隆德發動的攻擊而已。在《失落的傳說》中，故事接下去還有相當長的一段，若要以這種規模來寫，它恐怕還需要好幾千行才能寫完；與此同時還有第二個在故事更為之前的階段就遭到放棄的版本，比起第一個版本，它在相同的故事進展中需用的長度卻是雙倍。

在我父親以頭韻詩寫成的那一部分《胡林的子女》的傳奇中，《失落的傳說之書》裡的古老故事從根本上被拓展並詳細闡述了。最顯著的是，宏偉的地下城堡納國斯隆德是在這個版本中出現的，以及它統治之下的廣大土地（這不僅是圖林與妮諾爾的傳奇裡的中心要素，也是中土世界遠古時期歷史的中心要素），輔以對納國斯隆德之精靈的農地的描述，而這提供了罕見的、對古代世界中「和平之藝術」的暗示與聯想，這類的驚鴻一瞥，為數不多，也十分罕見。圖林和他的同伴（在本書中是葛溫多）沿著納羅格河來到南方，發現了納國斯隆德入口附近的土地，它們從表面上看來都荒廢了：

……他們來到一處　曾被用心照料的鄉野；
穿過繁花點綴的河灣　與片片美麗的田地
他們一路行去，卻發現：
草地、草原　與納羅格河的草坪，

在山丘與河流之間 樹木環繞的 廣大耕地
了無人跡。 無數的鋤頭
被拋棄在田野間， 茂盛的果園中
傾倒的梯子 躺在長草裡；
彼處每一棵樹都轉過 它們枝椏交纏的頭
秘密地注視他們， 頷首的青草之耳
亦在聆聽； 儘管時值正午
驕陽照耀大地與樹葉， 他們的四肢卻升起寒意。

就這樣，兩位旅人來到了納國斯隆德位在納羅格河峽谷中的大門前：

那裡險峻聳立著 山丘的
強壯側翼，上方倒掛著 奔騰的流水；
有險峻的層級 隱藏在群樹之中
寬闊而蜿蜒， 被步履磨得光滑，
開鑿自陡降的坡面。

那裡有眾多的門戶　黯淡而龐大
它們自山坡上砍鑿而出，　有著巨大的木樑，
　椿柱與門楣是　沉重的岩石。

他們被精靈所擒，推搡著穿過正門，那門在他們身後關閉：

那巨大的門戶　在它粗大的絞鏈上
摩擦呻吟；　伴著沉重的嘎嘎聲
它鏗鏘關閉　響如霹靂，
駭人的回音　在空寂的走廊中
與看不見的屋頂下　傳播轟響；
光線隨即消失。　接著他們的看守引路
帶領他們向前　他們的雙足探索著
走下漫長與蜿蜒的　黑暗巷弄，
　直到熾熱火把的微光

在他們前方閃爍；　他們匆忙前進之際聽見
斷斷續續的低語　正如群集聚會中的
眾多噪音。　突然一轉之後
高聳的屋頂赫然呈現。　他們驚訝地環視，
眼前是一個莊嚴　沉默的秘密處所，
在廣袤的微光中　那裡有數百人肅靜無聲
在暗沉沉拱起的　高遠的穹頂之下
他們不發一語地等待。

但是在本書給出的《胡林的子女》的內文中，我們僅被告知這些（一五三頁）：

現在他們起身，離開了艾佛林泉，沿著納羅格河的河岸往南而行，直到他們被精靈斥候所擒，被當作囚犯帶到了隱藏的要塞。就這樣，圖林來到了納國斯隆德。

這是怎麼發生的呢?在接下來的段落中，我當嘗試回答這個問題。

基本上可以確定的是，我父親為圖林所寫的全部頭韻體詩，都是在他任教於里茲大學期間完成的，而且他在一九二四年底或一九二五年初時放棄了它；但是他為什麼放棄它，已然永遠成謎。不過，之後他轉而去做的卻不神秘難解：在一九二五年夏天，他著手寫作另一首格律完全不同的新詩，它是以八音節押韻的對句詩，取名為《麗西安之歌》(*The Lay of Leithian*)，意思是「掙脫束縛」。就這樣，他開始了另一則故事的寫作，而這則故事是一眾故事中的一個——如我已經提到的，他在多年後、亦即一九五一年如此描述過這樣一些故事：它們得到完整的處理，雖然獨立，卻又與「整體歷史」相連。《麗西安之歌》的主題是貝倫與露西安的傳奇。他花費了六年時間寫作這首第二長的詩歌，繼而在一九三一年九月放棄了它，此時他已寫下超過四千行了。正像在它之前寫作、為它所取代的頭韻體《胡林的子女》一樣，《麗西安之歌》在最初《失落的傳說》中貝倫與露西安的故事的演化過程中，代表了實質性的進展。

在一九二六年，《麗西安之歌》仍在寫作中時，他寫了一篇「神話概要」，點明是為了他就讀伯明罕的英王愛德華中學時的老師雷納德(R.W. Reynolds)而寫的，而目的是「要解釋圖林與惡龍之頭韻體版的故事背景」。這份簡短的手稿若印刷出來大概可有二十頁上下，是以現代式與一種簡潔的風格，明確寫下的綱要；然而它正是後來各個版本的「精靈寶鑽」（雖然那時還沒有取這個名字）的肇始。但是，儘管整個神話的概念是始於這份文本，圖林的故事卻自豪地佔據了極為顯要的位置——事實上，那份手稿的標題是「特別提供給『胡林的子女』為參考之神話概要」，以此表明他寫作此文的目的。

在一九三〇年，一部遠為充實的作品接踵而至，那便是*Quenta Noldorinwa*（意為「諾多族的歷史」，因為諾多族精靈的歷史是「精靈寶鑽」的中心主題）。它是直接脫胎於「神話概要」。雖然它大大擴展了早期的文本，並以一種更為成熟的風格寫成，但是，我父親仍然大體上視這部《諾多族的歷史》為摘要性的敘述，是遠為豐富之故事概念的縮影與梗概。這在他給它取的副標題中得到了確定無疑的清楚顯示：他宣稱它是「取自《失落的傳說之書》中（諾多精靈）的歷史摘要」。

請謹記：在那時，《諾多族的歷史》代表了（即使只是某種最簡略的結構）我父親之『想像世界』的全部範圍。它尚不是後來演化成的第一紀元的歷史，因為那時還沒有第二紀元，也沒有第三紀元；那時也沒有努曼諾爾，沒有哈比人，當然更沒有魔戒。這段歷史結束於「大戰」（the Great Battle），在那場戰爭中，魔苟斯最終被其他神靈（維拉們）所擊敗，並被他們「推出了『永恆黑夜之門』，落入了『世界的圍牆』之外的虛空中」；我父親在《諾多族的歷史》結尾寫道：「這就是遠古歲月中，那些發生在西方世界之北境裡的傳說之結局。」

因此，這一點的確會顯得很奇怪：一九三〇年的《諾多族的歷史》竟然會是他（繼「神話概要」之後）曾寫過的「精靈寶鑽」故事中唯一完成的文本。然而，情況經常是如此，外來的壓力掌控了他作品的進展。《諾多族的歷史》稍後在二十世紀三〇年代被另一個新版本取代，這是一份優美的手稿，而且終於被命名為：《*Quenta Silmarillion*：精靈寶鑽的歷史》。這份手稿要比之前的《諾多族的歷史》長很多，或者說，計畫是如此；但是作品的概念主旨完全沒有失落，本質上還是神話與傳奇（若要深究起來，兩者本身的性質與範疇完全不同）的摘要；而且這主旨再一次在標題中得到了定義：「《精靈寶鑽的歷史》……這是一部從許多古老傳說中抽取出來的歷史簡述；因為它所包含的全部素材，都是關於遠古時代，且仍流傳在西方的艾爾達精靈當中，在其他的史籍與歌謠中有著更為完整的記載。」

至少可以說，似乎有著這樣的可能性：我父親對《精靈寶鑽》的看法，的確是來自這樣一則事實——那部分寫於二十世紀三〇年代期間的作品，不妨稱為「『諾多族的歷史』階段」，是始自一份濃縮的綱要，服務於某一特定目的；然而後來它經歷了接連數個階段的擴充與推敲，直到它失去了綱要的表象，然而儘管如此，它卻還是從起初的形式中保留了一種很有特色的平穩基調。我曾在別處寫過，「《精靈寶鑽》之總結式或梗概式的形式與風格，加上它所暗示存在於文本之外的那些經年累月的詩歌與『學識傳說』，使得在講述其中的故事時，會強烈挑起一種『未被述說之故事』的感覺；『距離感』從未失去。它沒有緊迫的敘事，也沒有對迫在眉睫或是未知之事件的壓力和恐懼。我們不像看見『魔戒』那樣真正地看見『精靈寶鑽』。」

然而，這種形式的《精靈寶鑽的歷史》在一九三七年時突然地——後來也證明是——決定性地結束了。《哈比人歷險記》是在該年九月二十一日由喬治・艾倫與昂溫（George Allen and Unwin）出版公司出版，不久之後，在出版商的邀請之下，我父親寄去一些他的手稿，它們於一九三七年十一月十五日被送達倫敦。這些手稿中便包括截至當時寫出的《精靈寶鑽的歷史》，在一頁的末尾結束於一個尚未完成的句子。但是，在手稿寄出之後，他繼續以草稿的形式記述故事，直到圖林逃離多瑞亞斯、選擇了亡命之徒的生活：

> 他在越過王國的邊境時，把一夥無家可歸又絕望的人召集到身邊；在那些邪惡的日子，你可以找到他們潛伏在野地裡，他們已經轉而對抗所有妨礙他們的人，無論對方是精靈、人類，還是半獸人。

這是該段落的先驅，這段文本在本書中的第九十一頁，在「圖林在盜匪當中」一章開端。

當《精靈寶鑽的歷史》與其他手稿被退回他手上時，我父親已經寫好了這些詞句；三天之後，在一九三七年十二月十九日，他寫信給「艾倫與昂溫」說：「我已經寫好了有關哈比人的新故事的第一章——『期待已久的宴會』。」

是在那時，依照《諾多族的歷史》之摘要模式的《精靈寶鑽》，其連貫且演變的傳統突然之間畫上了一個句號，當時故事寫到「圖林離開多瑞亞斯」。在接下來若干年中，此後的歷史進展保持了一九三〇年的《諾多族的歷史》那種簡單、濃縮、不加詳述的形式，原封不動地凍結了，而與此同時第二紀元與第三紀元的偉大結構卻隨著《魔戒》的寫作而浮現。但是，那部分歷史進展在遠古時代的傳奇中卻是至關重要，因為（取自起初的《失落的傳說之書》）結尾的故事，在魔苟斯釋放了圖林的父親胡林之後，說到了胡林的悲慘歷史，並說到了精靈王國納國斯隆德、多瑞亞斯與貢多林的毀滅，數千年後金靂在摩瑞亞礦坑中吟頌了這些事件：

世界曾經美麗，山脈曾經高聳
在納國斯隆德並貢多林的
偉大的君王們殞落之前；
他們如今已然逝去
在西方大海的彼岸……

而整個故事的高潮與完成應該是這樣：長久奮力對抗魔苟斯之力的諾多族精靈之命運，與胡林與圖林在這段歷史中所做的參與；結尾則是埃蘭迪爾的故事，他從貢多林燃燒的廢墟中逃生。

許多年之後，在一九五〇年初，當《魔戒》寫完時，我父親充滿精力與自信地轉而寫作如今成為「第一紀元」的「遠古時代的事件」；在緊接下來的數年當中，他取出了許多被擱置已久的舊手稿。他轉而寫作《精靈寶鑽》，這一次他為《精靈寶鑽的歷史》那優美的手稿加上了許多修正與擴展；但是這份修訂在一九五一年停了下來，在他寫到圖林的故事之前；而那也是在一九三七年「有關哈比人的新故事」出現之前，《精靈寶鑽的歷史》被放棄之處。

他開始修訂《麗西安之歌》（這首每節押韻的詩歌講述的是貝倫與露西安的故事，在一九三一年時遭到放棄），它很快就幾乎變成一首新詩，且成就更為巨大；但是它也逐漸消失，並且最後還是遭到放棄。他又著手寫一部意圖成為長篇英雄傳奇的貝倫與露西安的散文故事，緊密地基於《麗西安之歌》改寫後的形式；但是那也遭到了放棄。接下來他的不斷嘗試表明，他想要依照他尋求的規模來完成第一個「偉大傳說」的願望，始終沒有達成。

也是在那時，他最終再次轉而寫作「貢多林的覆亡」之「偉大傳說」，那故事仍然只存在於大約三十五年前寫下的《失落的傳說》中，以及在一九三〇年的《諾多族的歷史》中擁有數頁的記載。他曾於一九二〇年時在牛津為他學院的「散文社團」（the Essay Society）朗讀過一個非凡出眾的故事，而在他創作力最為旺盛之際，上述之「貢多林的覆亡」從各方面都將成為該故事的正式版本，敘述風格也和該故事貼近；貫穿他的一生，這故事始終是他對遠古時代之想像的重要成分。它與圖林的故事有特殊的聯繫：胡林和胡爾是兄弟，而胡林是圖林的父親，胡爾則是圖爾的父親。胡林和胡爾在他們年少時曾經進入隱藏在被高山所環抱的精靈城市貢多林，這在《胡林的子女》（第二十七頁）中有所講述；後來，在「淚雨之戰」中，他們再次與貢多林城的王圖爾貢相遇，而圖爾貢對他們說（第五十頁）：「如今貢多林也無法隱藏太久了，而一旦被發現，它必然陷落。」而胡爾回答道：「但是哪怕它只屹立短短數年，那麼從您的家族就必將生出精靈與人類的希望。我王，在死亡的凝視下，且容我向您這麼說：雖然我們在此永別，我再不能見到您的潔白城牆，但從你我之中，必要升起一顆希望的新星。」

這則預言在圖林的堂弟圖爾去到貢多林城，並娶了圖爾貢的女兒伊綴爾時應驗了；因為他們的兒子是埃蘭迪爾：「新星」，也是「精靈與人類的希望」，他在貢多林城毀滅時逃了出去。在那篇大約始於一九五一年、原本計畫完成的那篇散文式傳說的《貢多林的覆亡》中，我父親詳述圖爾與為他引路的精靈同伴沃朗威的旅程；途中當他們獨處荒野時，聽到樹林裡傳來一聲喊叫：

> 正當他們等候時，有個人穿過樹林出現，他們看見他是個身材高大的人類，全副武裝，身著黑衣，手上握著一把出鞘的長劍；他們甚感驚訝，因為那劍的劍刃也是黑的，但是兩側的劍鋒卻閃著明亮又寒冷的光芒。

那就是圖林，在納國斯隆德的劫掠之後匆匆趕路（第一七六頁起）；但是圖爾與沃朗威在他經過時並未跟他交談，並且「他們不知道納國斯隆德已經覆亡了，並且這就是胡林之子圖林，『黑劍』。就這樣，圖林與圖爾這兩位親族的人生之路，就在這短暫也是僅有的一刻交會在一起。」

在這關於貢多林的新故事中，我父親把圖爾帶到環抱山脈的高處，從那裡可以越過整個平原望見隱藏的城市；令人遺憾的是，他就在那裡停筆了，並且再也沒有繼續寫下去。就這樣，他在《貢多林的覆亡》上也同樣沒有達成他的目的；他後來對納國斯隆德與貢多林的想像，我們無從得知。

我曾在別處說過，「隨著《魔戒》帶來的偉大『入侵』與偏差得以告一段落，他似乎返去構思遠古時期，意圖重拾他很久以前曾經開始的工作——《失落的傳說之書》中那遠為豐富龐大的規模。完成《精靈寶鑽的歷史》仍是他的一個目標；但是那些『偉大的傳說』卻從未完成，它們絕大部分都是發展自它們原初的形式，後來的篇章當從這原初的形式取得。」這些評論對《胡林的子女》這「偉大的傳說」而言同樣適用；但是對這個故事，我父親已完成的要多得多，儘管在後期大規模擴展的版本中有相當一部分，他從來沒能給出一個最終完成的形式。

在他再次轉而寫作《麗西安之歌》與《貢多林的覆亡》的同時，他開始著手寫作新的《胡林的子女》，不是關於圖林的童年，而是關於故事較後的發展——在納國斯隆德毀滅之後，圖林的悲傷歷史的高潮。這便是本書中從「圖林回到多爾露明」（第一七九頁）直到他死亡為止的內容。至於為什麼我父親會以這種方式著手，與他以往重新從頭開始的慣例大相逕庭，我無法解釋。不過，他在此情況下還在他的筆記中留下了大量的、屬於後期卻未標明日期的寫作，涉及從圖林出生到納國斯隆德之劫掠的故事，包含了大量對舊版本的詳細闡述，以及對先前未知故事內容的擴展。

目前看來，這個故事的大部分，若非全部的話，都是在《魔戒》實際出版後的那段時間寫成的。在那些年中，《胡林的子女》對他而言成了遠古時代末期占統治地位的故事，有很長一段時間，他的全部心思都集中於此。但是他隨即發現，隨著故事中角色與事件之複雜性的增加，它很難被強加上一個穩固的敘述結構；事實上，這故事有很長一段落是被包含在一堆不連貫的草稿與劇情梗概的拼湊體中的。

但是，最終形式的《胡林的子女》，是繼《魔戒》的結束之後，中土世界中主要的敘述體小說；並且圖林的生死是以一種令人信服的力量與直截了當的方式來展現，這在中土世界其他的人身上，幾乎是找不到的。是由於這個原因，在長年研究那些手稿之後，我才企圖在本書中構造出一份這樣的文本：它在不引入任何概念上不正確的因素的前提下，提供一個從頭到尾的連貫故事。

二、正文的組織

在出版於超過四分之一個世紀之前的《未完成的傳說》（*Unfinished Tales*）中，我給出了這個故事的加長版本中部分的內容，也就是大家所知的*Narn*，取自它的精靈文標題*Narn i Chîn Húrin*，「胡林子女的故事」。然而，那是一本包含多種內容的大書，這部分故事只是其中的成分之一，並且為了與該書的整體宗旨與性質保持一致，這些正文也很不完整：因為我省略了許多頗有內容的段落（其中之一還非常長），那是在*Narn*的正文與《精靈寶鑽》中那個更為簡練的版本非常相似之處，再就是在我認定無法提供一份突出的「長」版本正文之處。

因此，本書中*Narn*的形式在許多方面與在《未完成的傳說》中不同，其中有些是來自對艱難複雜的手稿更加徹底的研究，那是我在該書出版之後才做的。這研究使我對某些內容的關係與順序得出了不同的結論，主要是傳奇在「圖林在盜匪之中」那段時期有極其令人困惑的演變。以下是對《胡林的子女》這一新的正文組織的描述與解釋：

一切因素中，重要的一點是已出版的《精靈寶鑽》的古怪地位；我曾在附錄一中提過，在一九三七年，我父親開始寫《魔戒》的時候，他放棄了當時已經寫到圖林逃離多瑞亞斯之後成了匪徒的《精靈寶鑽的歷史》。在為出版的《精靈寶鑽》整理形成一份敘述的過程中，我大加利用了《貝雷瑞安德編年史》（*The Annals of Beleriand*），它起初是一份「故事年表」，但是在後續的版本中，它增長與擴充成了編年的敘述，與後續的「精靈寶鑽」手稿平行並存，而它一直延伸至圖林與妮諾爾死後，魔苟斯釋放了胡林。

因此，在《未完成的傳說》中的*Narn i Chîn Húrin*，「胡林子女的故事」（第五十八頁與註解1）版本裡，我省略掉的第一個段落是，胡林與胡爾在他們年少時居留在貢多林的記載；我這麼做，單純是因為這故事在《精靈寶鑽》（第二三一—二三二頁）中已有記述。但是我父親事實上寫了兩個版本：其中一個很明顯是為*Narn*的開場而寫的，但是緊密地基於《貝雷瑞安德編年史》中的一個段落，並且絕大部分也的確沒什麼不同。我在《精靈寶鑽》中採用了兩個文本，但在本書中我採用了*Narn*的版本。

我從《未完成的傳說》中的*Narn*（第六十五、六十六頁與註解2）裡面省略掉的第二段是「淚雨之戰」的記載，省略的理由同上；同樣的，在此我父親又寫了兩個版本，一個在《編年史》裡，另一個是很久之後才寫的，但是有《編年史》的文本擺在他面前作為參考，大部分內容也都十分接近。同樣地，關於這場大戰的第二個敘述版本，很明顯是意圖作為

*Narn*中一個組成要素（該文的標題是*Narn II*，即：*Narn*的第二段），並且在一開篇（本書內文第四十五頁）就聲明：「這裡只來詳述那些影響到哈多家族與堅定者胡林的子女之命運的事蹟。」為了達到這一目的，我父親從《編年史》的記載中只保留了「西線戰事」的描述，以及芬羹大軍的毀滅；藉由這個對故事的簡化與縮減，他改變了《編年史》中所述說的戰事經過。在《精靈寶鑽》中，當然我是遵循了《編年史》的敘述，不過其中有些情節還是取自*Narn*版本；但是在本書中，我保留了我父親認為適合*Narn*整體的正文。

從「圖林在多瑞亞斯」起，新的正文跟《未完成的傳說》中所記載的相當不同。在此存在著一系列不同程度的寫作，大部分都很粗略，寫的是不同的發展階段中同樣的故事成分。在這種情況下，要如何處理原初的文本，顯然可以有不同的觀點。我現在認為，當我編著《未完成的傳說》的正文時，我給了自己超出必要的編輯自由。在本書中，我重新推敲了原初的手稿，並且重新組織了正文，在許多地方（通常是無足輕重的地方）恢復了原來的用字，引入一些不該被省略的句子或簡短的段落，修正一些錯誤，並且選擇採用了不同的原初材料。

關於圖林的一生中這段時期的敘述結構，從他逃離多瑞亞斯，到他生活在路斯山的賊窩中，我父親心裡有一些確定的故事「成分」：辛葛主持關於圖林的審判；辛葛和美麗安賜給畢烈格的禮物；圖林不在時，畢烈格遭到那幫匪徒的虐待；圖林與畢烈格的數次面謀。他挪動這些「成分」來因應它們彼此的關係，並將許多對話的段落安置在不同的上下文中；但是他發現很難把它們組成一個確定的「情節」——「以便發現究竟是發生了什麼事」。但是如今經過更深一步的研究，在我看來情況很明確：我父親在放棄之前，對故事的這個部分的確已經確立了一個令人滿意的結構與順序；並且，我為出版了的《精靈寶鑽》編纂的、那份形式大大縮減的敘述，與這結構順序相符——只有一處的不同。

在《未完成的傳說》中，第九十六頁處的敘述有第三個缺口：故事在畢烈格終於在那群匪徒中找到圖林，卻不能說服他回去多瑞亞斯（在新正文的第一一五—一一九頁）時中斷了，再次開始時已經是那幫匪徒碰到小矮人。在此我再次引用《精靈寶鑽》來填補這個缺口，注意到接下來在故事中是畢烈格跟圖林道別，與他將返回明霓國斯，「在那裡他從辛葛處獲贈安格拉黑勒劍，並從美麗安處獲贈蘭巴斯。」但是事實上可以證明，我父親否決了這點；因為「發生的真相」是，辛葛在關於圖林的審訊之後便把安格拉黑勒劍給了畢烈格，那時畢烈格第一次動身出去尋找圖林。因此，在目前的正文中，賜劍便被安排在那裡（第九十六頁），並且沒有提及賜予蘭巴斯。在稍後的段落中，當畢烈格在找到圖林之後、返回明霓國斯時，新文本中自然而然沒有提及安格拉黑勒劍，而只有提到美麗安的禮物。

在此請順便注意，我從正文中省略了兩個我曾收錄在《未完成的傳說》中的段落，這兩個段落對故事而言都是插敘。它們是：龍盔如何為多爾露明哈多家族擁有的歷史（《未完成的傳說》第七十五頁），以及塞羅斯的出身（《未完成的傳說》第七十七頁）。順帶一提，從對各個手稿的關係有更貼近的瞭解後，似乎可以肯定，我父親拋棄了塞羅斯這個名字，代之以歐爾勾勒（*Orgol*），這名字因著「語言學上的巧合」，跟古英文的*orgol*，*orgel*恰好相同，其意思是「驕傲」。不過在我看來，現在要刪改塞羅斯已經太遲了。

《未完成的傳說》中給出的故事裡最主要的空缺（第一〇四頁），在新正文中的第一四一到一八一頁中被補上了，從「矮人密姆」那一章結尾開始，增補了「弓與盔之地」、「畢烈格之死」、「圖林在納國斯隆德」，以及「納國斯隆德的覆亡」。

關於「圖林傳奇」的這個部分，原始的手稿與本書的新正文之間關係很複雜。這些原始的手稿包括《精靈寶鑽》中所說的故事，和收集在《未完成的傳說》中*Narn*的附錄裡那些不連貫的段落。我一直認為，我父親有著這樣的整體意圖：在時機成熟的時候，也就是他已經寫成令他自己滿意的圖林的「偉大故事」之後，他會從中抽取概括出一個簡短得多的故事形式——這形式可以稱為「《精靈寶鑽》模式」。但是，這顯然並未實現；因此，在距今超過三十年前，我著手嘗試去做他沒能完成的奇怪工作：把這故事最後的形式寫成「精靈寶鑽」版本，不過這故事的最終形式是從各類「長版本」（也就是*Narn*）的素材中取得的。那就是已出版的《精靈寶鑽》的第二十一章。

因此，本書中填補《未完成的傳說》的故事裡那個長缺口的正文，與相應《精靈寶鑽》的段落（第二〇四—二一五頁），都是取自相同的原始素材，但是這些素材在兩本書中因目的不同而用法不同。在新的正文裡，那些如同迷宮的草稿與筆記，以及它們的順序，得到了更好的瞭解。《精靈寶鑽》中省去或壓縮的原初手稿內容，許多都被保留下來；然而《精靈寶鑽》中的版本，那些無可補充的部分（比如畢烈格之死的故事，取自《貝雷瑞安德編年史》），那個版本就是單純地重複。

結果，在本書中給出的較長正文中，雖然我在把不同的草稿拼湊到一起時不得不隨處引入一些橋段，但是其中沒有哪怕一點點外來的「無中生有」的成分。儘管如此，這正文還是經過了加工的，否則根本無法成書：尤其更要一提的是，這些手稿龐大的主體代表了真正故事的連續演變。對構成一段沒有間斷的敘述，至關重要的草稿，很可能事實上卻屬於一個早期的階段。這裡給出一個先前的例子：圖林一幫人來到路斯山，在那山上找到的居所，並且他們在那裡的生活，以及在多爾・庫阿爾索勒的短暫勝利，這些故事的主體部分是在構思小矮人之前寫成的；事實上，密姆那位於山頂之下的房子的完整成熟描述，比密姆本人還要更早出現。

從圖林回到多爾露明開始（這部分我父親寫出了一個完成的形式），故事餘下的部分在本質上與《未完成的傳說》中的正文沒有太大差別。但是關於在卡貝得—恩—阿拉斯攻擊格勞龍的記載，有兩處細節我修訂了原來的用字，而這有必要解釋。

第一處是跟地理有關。原文說（第二三三頁），在那個命定的夜晚，當圖林和他的同伴從吉利斯之水出發後，他們並未直接朝躺在河谷對岸的惡龍過去，乃是先走了通往泰格林渡口的路；「然後，在到達渡口之前，他們沿著一條窄徑轉而向南」，接著穿過河流上方的樹林朝卡貝得—恩—阿拉斯走去。當他們接近時，該段落原來的正文說，「最先出現的星辰在他們背後的東方閃爍」。

當我在準備《未完成的傳說》的正文時，我沒看出來這是不對的，因為他們不可能是朝偏西的方向走，相反是朝向東或東南的方向走，遠離渡口，而最先出現的星辰必定是在他們前方，不是在他們背後。在《珠寶之戰》（*The War of the Jewels*）（一九九四年出版，第一五七頁）中對此進行討論時，我接受了這樣的建議：那條朝南走的「窄徑」後來又轉向了西邊，通往泰格林河。但是現在在我看來，這是不可能的，因為這點在故事中全無提及，而一個要簡單得多的解決辦法是，把「在他們背後」修訂為「在他們面前」，而我在新的正文中就是這麼做的。

我在《未完成的傳說》中所畫的闡明該地位置的地圖草圖（見該書第一四九頁），事實上方向有問題。在我父親畫的貝雷瑞安德的地圖中可以看到（在我為《精靈寶鑽》畫的地圖

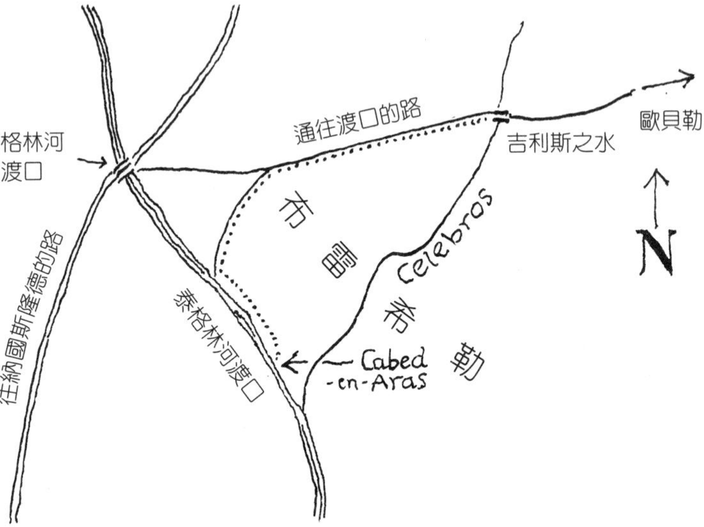

中也是如此重複的)，歐貝勒山幾乎是在泰格林渡口(「月亮自歐貝勒山後升起」，同上，第二四一頁)的正東方，而泰格林河在河谷中是往東南或南東南的方向流。現在我重新畫了地圖草圖，並且也加上了卡貝得—恩—阿拉斯的大概位置(在文中(同上，第二二五頁)說到，「就在格勞龍要經過的路上，正好有一個這樣的峽谷，完全不是最深的，卻是最窄的，就在凱雷布洛斯溪匯流入泰格林河之處的北邊」)。

第二個細節涉及在格勞龍跨越河谷處刺殺牠的故事。這部分故事有一份草稿以及一份最後的版本。在草稿中，圖林與他的同伴爬上了深谷的對岸，直到懸崖邊緣下方；他們在那裡掛了整夜，而圖林「跟恐懼的黑色夢境苦苦爭鬥，夢中他集中全部的意志來抓緊堅持」。當天亮時，格勞龍準備要在「北邊許多步開外」的地點跨過峽谷，結果圖林不得不爬下到河床，然後再次爬上峭壁，好抵達惡龍肚子的正下方。

在最後的版本中（同上，第二三五頁），圖林與杭索爾才在對岸攀爬了一段，圖林就說，在知道格勞龍會從哪裡跨越之前，他們這時就往上爬是在浪費力氣；「因此他們停在那裡，並且等待」。文中沒說當他們停止攀爬之後從他們所在之處爬下來，而有關圖林夢境的段落，重現了草稿中的記載：「夢中他集中全部的意志來抓緊」。但是在修訂的故事中，他們根本不需要緊抓：他們可以也肯定會往下到谷底，並且在那裡等待。事實上，他們是這樣做的：在最後的文本中說（《未完成的傳說》第一三四頁），他們不是站在格勞龍所經之路，而圖林「沿著水邊攀爬，好抵達牠下方」。如此看來，最後版本的故事從先前的草稿中繼承了一個不必要的特性。為了令故事一致，我把「由於他們沒有站在格勞龍的必經之路上」修訂為「由於他們沒在格勞龍的必經之路上」（本書第二三五頁），並把「沿著水邊攀爬」修訂為「沿著懸崖攀爬」。

這些細節本身微不足道，但是它們澄清了遠古時代的傳說中，或許是最富視覺衝擊力的場景，與最偉大的事件之一。

譯注：本文提及《精靈寶鑽》之頁碼已改為中文版頁碼（見聯經出版，二〇〇四年），供讀者查詢，其餘書目按該原文書之頁碼。

名詞列表

胡林子女的故事當中的名詞列表

在貝雷瑞安德的地圖上出現的地名，會以星號標示。

（譯注：有加括號的名詞，為《精靈寶鑽》中文版所用譯名，見聯經出版，二〇〇四年。）

Adanedhel　阿達內迪勒　「精靈人」，圖林在納國斯隆德時別人對他的稱呼。

Aerin　艾玲　胡林在多爾露明的親戚，被東來的野人布洛達強娶為妻。

Agarwaen　阿加爾瓦恩　「殺人流血的」，圖林來到納國斯隆德時給自己取的名字。

Ainur　埃努　「神聖的使者」，是伊露維塔最先創造的有生命的靈體，他們在物質宇宙被創造之前就已經存在，可分為維拉和邁雅（與維拉同樣身為靈體，但是次一等）。

Algund　阿勒古恩德　多爾露明人，圖林參與的匪黨中的一分子。

Amon Darthir *　達西爾山　多爾露明南邊威斯林山脈的一座山峰。

Amon Ethir 厄西爾山 「監視之丘」，芬羅德・費拉剛耗費巨大人力所堆起的山丘，距納國斯隆德東邊入口一里格遠。

Amon Obel * 歐貝勒山 位在布雷希勒森林中央的一座山丘，上面築有布蘭迪爾圍欄。

Amon Rûdh * 路斯山 「光禿禿的山」，單獨拔地而起於布雷希勒南邊的高山；密姆的住所。

Anach * 阿那赫通道 從勾爾勾洛斯山脈最西邊從浮陰森林下來的一條小路的名稱。

Andróg 安德羅格 多爾露明人，圖林加入的匪黨的領導人之一。

Anfauglith * 安佛格利斯 「令人窒息的沙塵」，浮陰森林北邊的大平原，曾經是一片青蔥，名叫阿德加藍平原，但是被魔苟斯在「驟火之戰」中燒為焦土。

Angband 安格班 魔苟斯位在中土大陸西北方的巨大堡壘。

Anglachel 安格拉黑勒 畢烈格的寶劍，辛葛所贈；這劍後來在圖林手中時重新打造，被命名為「古爾桑格」。

Angrod 安格羅德 芬納爾芬的三子，在達戈・布拉苟拉赫戰役中被殺。

Anguirel 安格威瑞勒 伊歐的寶劍。

Aranrúth 阿蘭路斯 「王的忿怒」，辛葛的寶劍。

Arda 阿爾達 地球。

Aredhel 雅瑞希爾 圖爾貢的妹妹，伊歐的妻子。

Arminas 阿爾米那斯 諾多精靈，與格勒米爾一同到納國斯隆德警告歐洛佳斯該國面臨的危險。

Arroch 阿羅赫 胡林的馬。

Arvernien * 阿佛尼恩 貝雷瑞安德的海岸，位在西瑞安河口的西邊。比爾博在瑞文戴爾所唱的歌中提到過。

Asgon 阿斯貢 多爾露明人，在圖林殺了伯達之後幫助他逃走。

Azaghâl 阿札格拉勒 貝磊勾斯特堡的矮人王。

Barad Eithel 伊希爾塔 「泉塔」，諾多精靈位在西瑞安泉旁的要塞。

Baragund 巴拉岡 莫玟的父親，貝倫的堂兄弟。

Barahir 巴拉希爾（巴拉漢） 貝倫的父親，布雷苟拉斯的兄弟。

Bar-en-Danwedh 巴爾—恩—當威茲 「贖金之屋」，小矮人密姆給自己的住處所取的名字。

Bar-en-Nibin-noeg 巴爾—恩—尼賓—諾義格 「小矮人之屋」，位在路斯山上。

Bar Erib 巴爾・伊利伯 路斯山南邊多爾—庫爾索的堡壘。

Battle of Unnumbered Tears 淚雨之戰 見Nirnaeth Arnoediad。

Bauglir 包格力爾 「壓迫者」，魔苟斯的別名之一。

Beleg 畢烈格 多瑞亞斯的精靈，是名偉大的弓箭手；是圖林的朋友與夥伴。旁人又稱他為「庫薩理安」，意思是「強弓」。

Belegost 貝磊勾斯特堡 「大堡壘」，矮人在藍色山脈中所建的兩座城市之一。

Belegund 貝雷根德 麗安的父親；巴拉岡的兄弟。

Beleriand * 貝雷瑞安德（貝爾蘭） 在遠古時代，藍色山脈西邊的整片內陸地區。

Belthronding 貝勒斯隆丁　畢烈格的大弓。

Bëor 比歐　他是第一批進入貝雷瑞安德的人類的領袖，比歐家族的祖先，三個伊甸人家族之一。

Beren 貝倫　比歐家族的人，露西安的情人，他從魔苟斯的王冠上挖下了一顆精靈寶鑽；又被人稱為「獨手」和伲洛斯特，意思是「空手而返」。

Black King, The 黑暗之王　魔苟斯。

Black Sword, The 黑暗之劍　見Mormegil。圖林在納國斯隆德的名字，同時也是那把劍的名字。見Mormegil。

Blue Mountains 藍色山脈　遠古時期，位在貝雷瑞安德和伊利雅德之間的一座大山脈（又稱為隆恩山脈和林頓山脈）。

Bragollach 布拉苟拉赫（班戈拉赫）　見Dagor Bragollach。

Brandir 布蘭迪爾　當圖林來到布雷希勒時，他是哈蕾絲的百姓的統治者；韓迪爾的兒子。

Bregolas 布雷苟拉斯　巴拉岡的父親；莫玟的祖父。

	（貝國拉斯）	
Bregor	布雷苟爾（貝國爾）	巴拉希爾與布雷苟拉斯的父親。
Brethil *	布雷希勒（貝西爾）	位在泰格林河與西瑞安河之間的森林，為哈蕾絲的百姓，布雷希勒人居住的地方。
Brithiach *	布立希阿賀渡口	位在布雷希勒森林北方，越過西瑞安河的渡口。
Brodda	布洛達	在尼奈斯・阿農迪亞德戰役後居住在希斯盧姆的東來者。
Cabed-en-Aras	卡貝得—恩—阿拉斯	「鹿的一躍」，泰格林河上一處很深的峽谷，圖林在這裡殺了格勞龍。
Cabed Naeramarth	卡貝得・奈拉馬爾斯	「恐怖命運的一躍」，自從妮諾爾從卡貝得—恩—阿拉斯的懸崖上跳河之後，該地就改為這名字。
Celebros	凱雷布洛斯	布雷希勒的一條小溪，在泰格林渡口附近注入泰格林河。
Children of Ilúvatar	伊露維塔的兒女	精靈與人類。
Círdan	奇爾丹	又被稱為「造船者」；法拉斯的領主；在尼奈斯・

		阿農迪亞德戰役海港遭到破壞後，他逃到了南方的巴拉爾島。
Crissaegrim *	克里塞格林群峰（克瑞沙格林群峰）	貢多林南邊的一群山峰，是巨鷹索隆多的巢穴。
Crossings of Teiglin *	泰格林渡口	前往納國斯隆德的南方古道要通過泰格林河的地方。
Cúthalion	庫薩理安	「強弓」，畢烈格的名字。
Daeron	戴隆	多瑞亞斯的吟遊詩人。
Dagor Bragollach	布拉苟拉赫戰役（班戈拉赫戰役）	「驟火之戰」（也簡稱為布拉苟拉赫），在這場戰爭中魔苟斯終結了安格班所遭到的圍困。
Dark Lord, The	黑暗之王	魔苟斯。
Deer's Leap, The	鹿的一躍	見Cabed-en-Aras。
Dimbar *	丁巴爾	位在西瑞安河與明迪伯河之間的地區。
Dimrost	丁羅斯特	「多雨的階梯」，在布雷希勒森林中凱勒伯斯的瀑布，後來更名為吉瑞斯瀑布。
Dor Cúarthol	多爾・庫阿爾索勒	「弓與盔之地」，圖林與畢烈格從他們路斯山的巢穴

出來防衛的地區。

Doriath * 多瑞亞斯 辛葛與美麗安在尼多瑞斯森林與瑞吉安森林中所建立的王國，他們從位在伊斯果都因河旁的明霓國斯統治整個王國。

Dorlas 多爾拉斯 布雷希勒森林中哈蕾絲的族人，最後遭到了報應。

Dor-lómin * 多爾露明 位在希斯盧姆南邊的一片區域，芬鞏賜給哈多家族的封邑；為胡林與莫玟的家。

Dorthonion * 多爾索尼翁（多索尼安） 「松樹之地」，位在多瑞亞斯北界的森林高地，後又後又稱為Taur-nu-Fuin。

Drengist * 專吉斯特 一道深入回聲山脈露明山的狹長海灣。

Easterlings 東來者 人類的部族，跟隨著伊甸人進到貝雷瑞安德。

Echad i Sedryn 伊哈德・伊・西德林 （又稱艾哈得）「忠誠者的營地」，人對密姆在路斯山的住處的稱呼。

Ecthelion 艾克希里昂 貢多林的精靈領主。

Edain 伊甸人 （單數為Adan）三支精靈之友的人類家族。

Eithel Ivrin * 艾佛林泉 「艾佛林的井」，納羅格河的源頭，位在威斯林山脈下。

Eithel Sirion *	西瑞安泉堡	「西瑞安的井」，位在威斯林山脈的東邊，該處建有諾多精靈的堡壘，又稱為「伊希爾塔」。
Eldali	艾爾達利伊	「精靈族子民」，等同於艾爾達。
Eldar	艾爾達	加入浩浩蕩蕩的西遷行列，離開東方前往貝雷瑞安德的精靈。
Elder Children	年長的子女	精靈。見Children of Ilúvatar。
Eledhwen	伊蕾絲玟（艾列絲玟）	「精靈光輝」，莫玟的名字。
Encircling Mountains	環抱山脈	環抱著倘拉登谷的山脈，建有貢多林城的平原。
Enemy, The	大敵	魔苟斯。
Eöl	伊歐	又被稱為「黑精靈」，住在艾莫斯谷中的偉大冶金家；安格拉赫爾劍的鑄造者；邁格林的父親。
Ephel Brandir	布蘭迪爾圍欄	「布蘭迪爾柵欄」，是布雷希勒人在歐貝爾山上用柵欄圍起的住處；又稱為伊菲爾。

Ered Gorgoroth * 勾爾勾洛斯山脈（戈堝洛斯山脈） 「恐怖山脈」，一片廣大的峭壁，坐落在浮陰森林的南邊；又稱為勾爾勾洛斯。

Ered Wethrin 威斯林山脈 「陰影山脈」，「闇影山脈」，整條山脈轉了一個大彎成為希斯盧姆東邊與南邊的屏障。

Esgalduin * 伊斯加勒督因河（伊斯果都因河） 多瑞亞斯中的河流，隔開了尼多瑞斯森林與瑞吉安森林，注入西瑞安河。

Exiles, The 流亡者 那些反叛維拉諸神返回中土大陸的諾多精靈。

Faelivrin 費麗弗林 葛溫多為芬朵菈絲取的名字。

Fair Folk 美麗的種族 艾爾達。

Falas * 法拉斯 貝雷瑞安德的西邊海岸。

Fëanor 費諾 芬威的長子，諾多精靈的第一位領導者；芬國昐的同父異母哥哥；精靈寶鑽的製造者；是諾多精靈反叛維拉諸神的領導者，但在返回中土之後不久便在戰爭中被殺。見 Sons of Fëanor。

Felagund 費拉剛 「洞穴挖鑿者」，在納國斯隆德奠定之後，芬羅德王被大家稱為費拉剛，也常單稱他費拉剛。

Finarfin　芬納爾芬　芬威的三子，芬國昐的弟弟與費諾的異母小弟；芬羅德·費拉剛與凱蘭崔爾的父親。芬納爾芬沒有返回中土大陸。

Finduilas　芬朵菈絲　納國斯隆德第二個王歐洛佳斯的女兒。

Fingolfin　芬國昐　芬威的次子，諾多精靈的第一位領導者；諾多精靈住在希斯盧姆時的最高君王；芬鞏與圖爾貢的父親。

Fingon　芬鞏　芬國昐王的長子，在芬國昐死後成為諾多族的最高君王。

Finrod　芬羅德　芬納爾芬的長子；他是建立納國斯隆德的王，是歐洛佳斯與凱蘭崔爾的哥哥；常被人稱為費拉剛。

Forweg　佛爾威格　多爾露明人，圖林加入的匪黨的首領。

Galdor the Tall　「長身」高多　「金髮」哈多之子，胡林與胡爾的父親；在西瑞安泉陣亡。

Gamil Zirak　戛米勒·日拉克　矮人工匠，諾格羅德城的鐵勒恰爾的老師。

Gaurwaith　高爾外斯　「狼人」，圖林所加入的，位在多瑞亞斯西界過去的森林中，那一幫匪徒的稱號。

Gelmir (1)	格勒米爾（吉米爾）	納國斯隆德的精靈，葛溫多的兄弟。
Gelmir (2)	格勒米爾	諾多精靈，與亞米那斯一同前往納國斯隆德去警告歐洛隹斯即將臨到的危險。
Gethron	格司隆	陪伴圖林前往多瑞亞斯的同伴之一。
Ginglith *	根格理斯河（金理斯河）	流經納國斯隆德上方注入納羅格河的河流。
Girdle of Melian	美麗安的環帶	見Melian。
Glaurung	格勞龍	「惡龍之祖」，魔苟斯的第一隻惡龍。
Glithui *	葛理蘇伊河	從威斯林山脈流下，在馬勒都因河北邊注入泰格林河。
Glóredhel	葛羅瑞希爾	哈多的女兒，胡林的父親高多的妹妹，是布雷希勒的哈勒迪爾的妻子。
Glorfindel	葛羅芬戴爾	貢多林的精靈領主。
Gondolin *	貢多林城	圖爾貢王所建的隱藏城市。
Gorgoroth	勾爾勾洛斯山脈	見Ered Gorgoroth。

	（戈堝洛斯山脈）	
Gorthol	勾爾索勒	「可怕之盔」，圖林在多爾・庫阿爾索勒地區所用的名字。
Gothmog	勾斯魔格	炎魔之王，殺害了精靈王芬鞏。
Great Mound, The	大墓塚	見Haudh-en-Nirnaeth。
Great Song, The	偉大之歌	埃努的樂章，世界在這樂章中開始誕生。
Grey-elves	灰精靈	辛達爾精靈，那些仍留在貝雷瑞安德，沒有渡過大海前往西方的艾爾達的稱謂。
Grithnir	格利斯尼爾	陪伴圖林前往多瑞亞斯的同伴之一，老死在該處。
Guarded Plain, The	監視平原	見Talath Dirnen。
Guarded Realm, The	防禦疆土	多瑞亞斯。
Guilin	圭林	納國斯隆德的精靈，格勒米爾與葛溫多的父親。
Gurthang	古爾桑格	「死亡之鐵」，安格拉赫爾劍在納國斯隆德重鑄之後，圖林給寶劍所取的新名字。
Gwaeron	寡隆	「多風之月」，三月。
Gwindor	葛溫多	納國斯隆德的精靈，芬朵菈絲的情人，圖林的同

伴。

Hador Goldenhead	「金髮」哈多	精靈之友，多爾露明的領主，芬鞏的家臣；是高多之父，胡林與胡爾的祖父；於布拉苟拉赫戰役中陣亡於西瑞安堡壘。哈多的家族，為伊甸人的家族之一。
Haldir	哈勒迪爾	布雷希勒之哈米爾的兒子；娶了多爾露明哈多的女兒葛羅瑞希爾為妻。
Haleth	哈蕾絲（哈麗絲）	又被稱為哈蕾絲小姐，很早就成為伊甸人第二家族的領導者，此後他們又被稱為哈蕾絲的百姓，他們住在布雷希勒森林中。
Halmir	哈米爾	布雷希勒人的領主。
Handir of Brethil	韓迪爾	哈勒迪爾與葛羅瑞希爾的兒子；布蘭迪爾的父親。
Hareth	哈瑞絲	布雷希勒之哈米爾的女兒；嫁給多爾露明的高多，是胡林的母親。
Haudh-en-Elleth	豪茲—恩—伊蕾絲（伊列絲墓塚）	「精靈少女的墳塚」，芬朵菈絲的墳墓，靠近泰格林河的渡口。

Haudh-en-Nirnaeth 豪茲—恩—尼爾奈斯（恩登禁墳丘） 「眼淚的墳丘」，位在安佛格利斯沙漠當中。

Hidden Kingdom, The 隱藏的王國 多瑞亞斯。

Hidden Realm, The 隱藏的疆域 貢多林。

High Faroth, The * 法羅斯高地 位在納羅格河西邊，納國斯隆德上方的高地森林；也稱為法羅斯。

Hirilorn 希瑞洛恩 生長在尼多瑞斯森林中的山毛櫸巨樹，有三根分叉的樹幹。

Hithlum * 希斯盧姆（希斯隆） 「迷霧之地」，北方的區域，東邊有陰影山脈做為屏障。

Hunthor 杭索爾 布雷希勒人，陪同圖林前往攻擊格勞龍。

Huor 胡爾 胡林的弟弟；圖爾的父親，埃蘭迪爾的祖父；在「淚雨之戰」中陣亡。

Húrin 胡林 多爾露明的領主，莫玟的丈夫，圖林與妮諾爾的父親；又稱為薩理安，意為「堅定的」、「強壯的」。

Ibun	伊布恩	小矮人密姆的兒子之一。
Ilúvatar	伊露維塔	「眾生萬物之父」。
Indor	印多爾	多爾露明人，艾玲的父親。
Ivrin *	伊芙林湖（艾佛林湖）	位在威斯林山脈下方的湖泊與瀑布，是納羅格河的發源處。
Khîm	奇姆	小矮人密姆的兒子，被安德羅格的箭射死。
Labadal	拉巴達	圖林給撒多爾取的名字。
Ladros *	拉德羅斯	多索尼安的東北邊地區，為諾多君王送給比歐家族的居住地。
Lady of Dor-lómin	多爾露明的夫人	莫玟。
Lalaith	菈萊絲	「歡笑者」，他人給烏爾玟的名稱。
Larnach	拉爾那賀	泰格林河南邊森林中的人。
Lord of Waters	眾水的主宰	瓦拉烏歐牟。
Lords of the West	西方的主宰	維拉。
Lothlann	洛斯藍平原	多索尼安（浮陰森林）東邊的大平原。
Lothron	洛斯隆	第五個月。

Lúthien 露西安 辛葛與美麗安之女，在貝倫死後選擇了凡人的生命，好與他有同樣的命運。又被稱為提努維爾，「微光的女兒」，夜鶯。

Mablung 馬博隆（梅博隆） 多瑞亞斯的精靈，辛葛的大將，圖林的朋友；又被稱為「狩獵人」。

Maedhros 邁茲羅斯 費諾的長子，掌控多索尼安以東的地區。

Maeglin 邁格林 黑暗精靈伊歐與圖爾貢之妹雅瑞希爾的兒子；貢多林的出賣者。

Malduin * 馬勒都因河 泰格林河的支流。

Mandos 曼督斯 維拉之一：審判者，在維林諾的「亡靈殿堂」的看管者。

Manw 曼威 維拉之首，又稱為大君王。

Melian 美麗安 邁雅之一（見埃努的介紹）；多瑞亞斯辛葛王的王后，她在多瑞亞斯四周布下看不見的保護柵欄：美麗安的環帶；是露西安的母親。

Melkor 米爾寇 魔苟斯的昆雅語名字。

Menegroth * 明霓國斯 「千石窟宮殿」，辛葛與美麗安位在多瑞亞斯的隱藏王宮，地點在多瑞亞斯中的伊斯加勒都因河畔。

Menel 米涅爾 天空，眾星的領域。

Methed-en-glad 梅歇德—恩—葛拉德 「樹林的盡頭」，位在泰格林河南邊森林邊緣的多爾・庫阿爾索勒的堡壘。

Mîm 密姆 小矮人，住在路斯山上。

Minas Tirith 米那斯提力斯 「守望之塔」，為芬羅德・費拉剛所建，位在西瑞安島上。

Mindeb * 明迪伯河 西瑞安河的支流，位在丁巴爾與尼多瑞斯森林之間。

Mithrim * 米斯林 是位在希斯盧姆東南邊的區域，靠著米斯林山脈與與多爾露明分隔開來。

Morgoth 魔苟斯 維拉中的大叛徒，他原本是維拉中最有能力的一位；又被稱為「大敵」、「黑暗主宰」、「闇王」，包格力爾。

Mormegil 摩米吉爾 「黑劍」，圖林當納國斯隆德大軍的將領時的別名。

Morwen 莫玟 比歐家族的巴拉岡的女兒，胡林之妻，圖林與妮諾爾的母親；又稱為伊蕾絲玟，「精靈光輝」，以及多爾露明的夫人。

Mountains of Shadow * 陰影山脈 見Ered Wethrin。

Nan Elmoth * 艾勒莫斯谷地 貝雷瑞安德東邊的一座森林，伊歐的住處。

Nargothrond * 納國斯隆德 「納羅格河旁的地下大堡壘／要塞」，為芬羅德・費拉剛所建立，被格勞龍所毀；納國斯隆德王國則包括納羅格河流域的兩岸地區。

Narog * 納羅格河 西貝雷瑞安德最大的一條河流，發源自伊芙林湖，在靠近西瑞安河口處注入該河。納羅格的百姓，指納國斯隆德的精靈。

Neithan 內桑 「受冤屈者」，圖林在亡命之徒當中自取的名字。

Nellas 內菈絲 多瑞亞斯的精靈，為圖林在童年時的朋友。

Nen Girith 吉利斯之水（吉瑞斯瀑布） 「顫抖之水」，丁羅斯特瀑布被取的新名字，它是布雷希勒森林中凱雷布洛斯溪的瀑布。

Nen Lalaith	拉來斯水	發源自威斯林山脈中達西爾山下的小溪，在多爾露明流經胡林的家。
Nenning *	能寧河（南寧格河）	西貝雷瑞安德的河流，在伊葛拉瑞斯特港入海。
Nevrast *	內弗拉斯特（內佛瑞斯特）	多爾露明的西邊的區域，在回聲山脈（露明山脈）的另一邊，是圖爾貢在遷到貢多林之前的居住地。
Nibin-noeg, Nibin-nogrim	尼賓—諾易格，尼賓—諾格林	小矮人。
Niënor	妮諾爾	「哀哭的」，胡林與莫玟的女兒，圖林的妹妹；見 Níniel。
Nimbrethil *	寧白希爾	在阿佛尼恩的樺樹林；比爾博在在瑞文戴爾所唱的歌中提到過。
Níniel	妮妮耶勒（奈妮爾）	「淚水姑娘」，圖林在布雷希勒時給妮諾爾取的名字。
Nirnaeth Arnoediad	尼奈斯・阿農迪亞德戰役	「淚雨之戰」，也稱為尼奈斯。
Nogrod	諾格羅德城	矮人位在藍色山脈上的兩座城之一。

Noldor	諾多族精靈	離開東方踏入西遷遠行而來到貝雷瑞安德的第二大支艾爾達；又稱為「深奧精靈」，「學識大師」。
Núath, Woods of *	努阿斯森林	從納羅格河上游往西延展的森林。
Orleg	歐爾列格	圖林的匪黨中的一分子。
Orodreth	歐洛佳斯	在他哥哥芬羅德・費拉剛死後繼任為納國斯隆德的王；芬朵菈絲的父親。
Ossë	歐西	邁雅（見埃努），為眾水的主宰烏歐牟的臣屬。
Petty-dwarves	小矮人	中土的矮人種族中的一支，密姆和他兩個兒子是該族最後的三個人。
Powers, The	主宰者	維拉們。
Ragnir	拉格尼爾	多爾露明胡林家中的盲眼僕人。
Region *	瑞吉安森林	多瑞亞斯王國南部的濃密森林。
Rían	麗安（瑞安）	莫玟的堂妹，胡林的弟弟胡爾的妻子；圖爾的母親。
Rivil *	瑞微勒河	從多索尼安流下的溪流，在西瑞赫沼澤注入西瑞安河。

Sador	撒多爾	木匠，胡林在多爾露明家中的僕人，圖林童年的朋友，圖林喚他拉巴達。
Saeros	塞羅斯（西羅斯）	多瑞亞斯的精靈，辛葛的顧問之一，對圖林深懷敵意。
Sauron's Isle	索倫之島	西瑞安島。
Serech *	西瑞赫沼澤	西瑞安通道北邊的一處大沼地，瑞微爾河從多索尼安流下在此注入西瑞安河。
Shadowy Mountains	闇影山脈	見Ered Wethrin。
Sharbhund	夏爾伯亨德	矮人語，對路斯山的稱呼。
Sindarin	辛達林	灰精靈語，貝雷瑞安德的精靈所用的語言。見Grey-elves。
Sirion *	西瑞安河	貝雷瑞安德的大河，發源自西瑞安泉。
Sons of Fëanor	費諾的眾子	見Fëanor。這七個兒子掌控著東貝雷瑞安德地區。
South Road *	南大道	一條始於西瑞安島，越過泰格林河抵達納國斯隆德的古道。
Spyhill, The	監視之丘	見Amon Ethir。

Strawheads	稻草頭	東來者在希斯盧姆時對哈多的百姓的蔑稱。
Strongbow	強弓	畢烈格的名字；見Cúthalion。
Talath Dinen *	迪能平原	「監視平原」，位在納國斯隆德北邊。
Taur-nu-Fuin *	浮陰森林	「夜暗籠罩的森林」，多爾索尼翁後來的名稱。
Teiglin *	泰格林河	西瑞安河的支流，發源自威斯林山脈，流經布雷希勒森林。見Crossings of Teiglin。
Telchar	鐵勒恰爾（鐵爾恰）	諾格羅德城最有名的鐵匠。
Telperion	鐵勒佩理翁	聖白樹，在維林諾發光的雙聖樹中年紀較長的一棵。
Thangorodrim	桑苟洛墜姆（安戈洛墜姆）	「暴虐之山」，魔苟斯在安格班上方豎立起來的三座山。
Thingol	辛葛（庭葛）	「灰斗篷」，多瑞亞斯的國王，灰精靈（辛達）的統治者；娶了邁雅美麗安；是露西安的父親。
Thorondor	索隆多	「大鷹之王」（參《王者再臨》第六章第四節：「老索隆多，當中土大陸尚年輕時，牠在不可觸及的環抱山脈尖峰上築巢。」）

Three Houses (of the Edain)	三個家族（伊甸人）	比歐家族，哈蕾絲家族，以及哈多家族。
Thurin	蘇林	「秘密」，芬朵菈絲為圖林取的名字。
Tol Sirion *	西瑞安島	在西瑞安通道上方，西瑞安河中的小島，芬羅德在上面建了米那斯提力斯塔；後來被索倫占領。
Tumhalad *	圖姆哈拉德谷（淌哈拉德谷）	位在貝雷瑞安德西邊，納羅格河與根格理斯河之間的谷地，納國斯隆德的大軍在此被擊敗。
Tumladen	圖姆拉登谷	位在環抱山脈當中的隱藏山谷，貢多林城建在這山谷中。
Tuor	圖爾	胡爾和瑞安的兒子，圖林的堂弟，埃蘭迪爾的父親。
Turambar	圖倫拔	「命運的主宰」，圖林在布雷希勒人當中為自己取的名字。
Turgon	圖爾貢（特剛）	芬國盼王的次子，芬鞏的弟弟，貢多林城的王與建立者。
Túrin	圖林	胡林與莫玟的兒子，「胡林子女的故事」的主角。

他其他的名字見Neithan、Gorthol、Agarwaen、Thurin、Adanedhel、Mormegil（黑劍）、森林中的野人、圖倫拔。

Twilit Meres * 微光沼澤 埃洛斯河流入西瑞安河處，布滿沼澤與池塘的區域。

Uldor the Accursed 受咒詛的烏多 東來者的領導人之一，在「淚雨之戰」中被殺。

Ulmo 烏歐牟 偉大的維拉之一，「眾水的主宰」。

Ulrad 烏勒拉德 圖林參與的匪黨中的一分子。

Úmarth 烏瑪爾斯 「命運乖舛的」，圖林在納國斯隆德時給他父親取的假名。

Unnumbered Tears 無數的眼淚 尼奈斯・阿農迪亞德戰役。

Urwen 烏爾玟 胡林與莫玟的女兒，年幼時去世；又稱為菈萊絲，「歡笑者」。

Valar 維拉 「那些具有大能力者」，指那些在時間開始之時進入宇宙的偉大神靈。

Valinor 維林諾 維拉們在越過大海後位於西方的居住之地。

Varda　瓦爾妲　維拉中最偉大的王后，曼威的配偶。

Wildman of the Woods　林中野人　圖林第一次遇見布雷希勒人時的自稱。

Wolf-men　狼人　見Gaurwaith。

Woodmen　林中人　居住在泰格林河南邊的森林中，遭到狼人的劫掠。

Year of Lamentation　慟哭之年　發生尼奈斯·阿農迪亞德戰役那一年。

Younger Children　年少的子女　人類。見Children of Ilúvatar。

地圖註解

這張地圖（編按：見本書文前所附地圖）非常接近已經出版的《精靈寶鑽》中的那張，是源自我父親在一九三〇年代畫的一張地圖，他用那張老地圖發展了他後來所有的故事，從未拿別的地圖取代它。後來定型的地圖，很顯然所繪之物是經過選擇的，而代表山脈、丘陵和森林的圖形，都是模仿他的風格繪製的。

在這張重繪的地圖上，我刻意引入了一些不同之處，目的在簡化它，並使它更清楚地適用於「胡林子女的故事」。因此，它沒有向東延展，將歐西瑞安和藍色山脈包括進來，並且有些地理的特色被省略了；唯獨（除了少數例外）那些確實出現在這個故事內容裡的地名，才被列出來。

譯後記

鄧嘉宛

首先，我要感謝幫本書做校訂的噴泉（Ecthelion Fountain），中英文俱佳的噴泉是個超級托爾金迷，看她取這筆名就知道了。噴泉願意幫我修訂錯誤並潤飾譯稿，我與讀者都甚有福氣。本書若非她大力幫忙，我翻譯的過程肯定會更痛苦十倍。

其次我要感謝我在「台灣托爾金協會」中認識的方克舟先生；他是精靈文中的辛達林語專家。我在動手翻譯本書之前，曾請他將書中所有名詞的正確發音一個個音譯出來，讓我得以一窺精靈語的真貌。不過，當我收到他的翻譯時，還真有點不知如何是好。精靈語是每個音節都發音的，換句話說，一個名詞的中文譯名可以長達八到十字，甚至更多。為了避免讀者看了倒彈三尺棄書而去，最後在跟噴泉以及方克舟討論過後，大部分名詞還是保留了《精靈寶鑽》中的譯名，只有少數更改成發音更貼近原文的新譯名。

如何將托爾金所寫故事中的各種人、事、物、地等名詞翻譯成令人滿意的中文，一直是個難題。我一時三刻之間所譯出來的當然不是最好的，廣大的華文讀者群中若有人有興趣，可以一起努力來想出更好的譯名。

《胡林的子女》是一個會令人滿腹鬱悶或翻桌抓狂的故事。在翻譯本書的過程中，一些與我相熟的托爾金迷朋友會時常找我拿書中人來打趣，以免我被悶死。譬如：

有一天傍晚綠小葉在MSN上喚我，問：「胡林的小鬼怎麼樣了？」

「所向披靡。」我答：「人家精靈數百年的穩固基業被他一碰就垮了。凡他所沾，非死即傷。」

（滿臉黑線表情符號）「圖林真是白虎三根毛加掃把星！」

「是啊；不過這一切都是拜他阿母所賜。」我說：「蘑菇絲真是好運氣，當年抓到的是他阿爸，如果抓到的是他老母，安格班肯定早已俯首稱臣，無計可施了。」

「蘑菇絲？」

「Morgoth，魔苟斯啦。」

（一堆豎大拇指的表情符號）「這個強！」綠小葉說：「不過，這翻譯也給我一種很恐怖的感覺，好像會釋放出一大堆孢子，無止無盡……。」

「是啊，他在地洞裡孵半獸人不就像長蘑菇，一窩一窩源源不絕……。」

我們後來胡扯了更多笑話（希望托老不會在墳裡翻身罵人），唯有如此，方能一抒胸中鬱氣，稍減故事帶給人的沉重。從編纂此書的小托所寫的附錄裡，我們得知托老對這故事耗費了極大的時間與心力，而故事中所講的關於命運與個性、善惡的爭戰、寧死不屈等等，都會令人沉思良久，不敢也不能輕易斷言。

在陸陸續續六個多月的閱讀與翻譯過程中，我一直身體不適；中醫西醫看遍，總算在兩個月前找到原因，獲得了正確治療，目前正在逐漸康復中。這帳，當然要算在圖林頭上，他害我被蘑菇絲的孢子掃到，辛苦賺來的稿費大半拿去送給了醫生。

若要問我譯完這書最大的感想是什麼？說實話，我只想把圖林他阿母莫玟跟編纂者小托抓來打一頓。理由很簡單——實在是太惹人厭了啊！（小托惹人厭的理由，請去讀他寫的英文原文，並試著翻譯，你就懂我的意思了。）

生平第一次譯書譯得如此難過，終於交稿了，真想放鞭炮！

二〇〇七年十二月於景美貓窩

胡林的子女

2008年5月初版
2022年10月初版第六刷

Printed in Taiwan.

定價：新臺幣360元

著者	J.R.R. Tolkien
編者	Christopher Tolkien
繪圖	Alan Lee
譯者	鄧嘉宛
叢書主編	邱靖絨
校對	吳美滿
	陳怡真
內文排版	翁國鈞

出版者	聯經出版事業股份有限公司
地址	新北市汐止區大同路一段369號1樓
叢書主編電話	(02)86925588轉5305
台北聯經書房	台北市新生南路三段94號
電話	(02)23620308
台中辦事處	(04)22312023
台中電子信箱	e-mail:linking2@ms42.hinet.net
郵政劃撥帳戶第	0100559-3號
郵撥電話	(02)23620308
印刷者	文聯彩色製版印刷有限公司
總經銷	聯合發行股份有限公司
發行所	新北市新店區寶橋路235巷6弄6號2F
電話	(02)29178022

副總編輯	陳逸華
總編輯	涂豐恩
總經理	陳芝宇
社長	羅國俊
發行人	林載爵

行政院新聞局出版事業登記證局版臺業字第0130號

本書如有缺頁，破損，倒裝請寄回台北聯經書房更換。　ISBN 978-957-08-3266-2 (平裝)
聯經網址 http://www.linkingbooks.com.tw
電子信箱 e-mail:linking@udngroup.com

國家圖書館出版品預行編目資料

胡林的子女/J.R.R. Tolkien著．Christopher Tolkien編．鄧嘉宛譯．初版．新北市．聯經．2008年5月（民97）；336面；14.8×21公分．
譯自：The Children of Húrin
ISBN 978-957-08-3266-2（平裝）

[2022年10月初版第六刷]

873.57　　97007425